»Du, sagte er mühsam, pass mal auf, kennst du den? Was haben Wolken und Lehrer gemeinsam?« Ein motivierter Junglehrer trifft in seiner Stammkneipe auf zwei gescheiterte Existenzen – einen Altlehrer und einen verkrachten Privatdetektiv. Der Altlehrer Theo nimmt den jungen Schiefer bei sich auf und benutzt ihn quasi als Studienobjekt. In der Folge wird ein scheinbar harmloses Experiment zur Groteske über den Schulalltag.
Ein wunderbar hintergründiger Roman zu einem Thema, das allen auf den Nägeln brennt.

KAI WEYAND, geboren 1968, Studium, Arbeit als Lehrer im Strafvollzug, Mitarbeiter einer Sozietät, lebt in Freiburg. Er ist mit dem 1. Preis beim open mike der Literatur-WERKstatt Berlin, dem Irseer Pegasus und dem Bolero Literaturpreis ausgezeichnet worden und war nominiert für den Deutschen Buchpreis.

KAI WEYAND BEI BTB
Applaus für Bronikowski

Kai Weyand

Schiefer eröffnet spanisch

Roman

btb

Der Autor dankt dem Deutschen Literaturfonds e.V.
sowie dem Förderkreis deutscher Schriftsteller
in Baden-Württemberg e.V.

MIX
Papier aus verantwortungsvollen Quellen
FSC® C014496

Verlagsgruppe Random House FSC® N001967

1. Auflage
Genehmigte Taschenbuchausgabe Juli 2017,
btb Verlag in der Verlagsgruppe Random House GmbH,
Neumarkter Straße 28, 81673 München

www.wallstein-verlag.de
Umschlaggestaltung: semper smile, München
Umschlagmotiv: © plainpicture/Daniel Sadrowski
Druck und Einband: GGP Media GmbH, Pößneck
MK · Herstellung: sc
Printed in Germany
ISBN 978-3-442-71435-3

www.btb-verlag.de
www.facebook.com/btbverlag
Besuchen Sie auch unseren LiteraturBlog www.transatlantik.de

Ich starrte auf das Brett und sah, dass meine beiden Läufer von Schiefers Pferden bedroht wurden, dass sein Turm auf meine Dame zielte und dass zwei seiner noch zahlreich vertretenen Bauern eine realistische Chance besaßen, zu meiner Grundlinie vorzustoßen. Es gab keinen Zweifel, dass er mich in wenigen Zügen schachmatt gesetzt haben würde. Trotzdem sagte Schiefer: Ich glaube, ich habe einen Fehler gemacht.

Ich beschloss, seine Bemerkung zu ignorieren, so zu tun, als hätte ich sie nicht gehört. Bloß nicht provozieren lassen, dachte ich. Dennoch fragte ich mich, welchen Fehler Schiefer begangen haben könnte. Wenn ich ihn jetzt angucke, um in seinem Gesicht nach Anzeichen zu suchen, würde er meine Unsicherheit bemerken, spüren, dass ich den Fehler noch nicht bemerkt hätte, sich zurücklehnen und leicht lächelnd sagen: Na ja, vielleicht auch nicht. Also vermied ich den Blickkontakt und nickte vor mich hin, als wüsste ich längst Bescheid und überlegte, welcher Zug am besten geeignet wäre, seinen Fehler zu bestrafen.

Ich bin mir nicht mehr sicher, was richtig oder falsch ist, sagte Schiefer plötzlich. Seine Stimme klang resigniert, so als wollte er, dass ich nachfragte, seinen falschen Zug analysierte, ihm eine Alternative aufzeigte. Oder wollte er mich nur provozieren, sich über meine Unfähigkeit, das Spiel offen zu gestalten, amüsieren? Ich überlegte, ebenso provokant zu reagieren, zu sagen, dass ich ihn schon besser habe spielen sehen, mittelmäßig sei das Spiel, das er hier zeige. Mehr aus Scherz denn im Ernst bot ich ihm ein Remis an.

Stillschweigend schob Schiefer seine Figuren zu einem Haufen zusammen, nahm die neben dem Brett auf dem Tisch liegenden dazu und baute sie in der Ausgangsstellung wieder auf. Ich schaute ihn an, aber er reagierte nicht. Gedankenverloren nahm er in jede Hand einen Läufer und haute sie immer wieder aneinander, als müssten sie einen Crash-Test bestehen. Als wünschte er, auf diese Art einen Sieger zwischen den beiden Figuren zu ermitteln.

Gestern habe ich ein Telefongespräch geführt, sagte er unvermittelt und stellte die beiden Figuren zurück aufs Brett. Er schüttelte den Kopf. Eigenartig war das. Grotesk. Ich weiß nicht, ob es richtig ist, zu behaupten, das Gespräch *geführt* zu haben, oder ob es nicht vielmehr so war, dass es mich geführt hat.

Wahrscheinlich war das Wort *beunruhigend* treffender für das Telefonat, dachte ich. Seit ich mich mit Schiefer traf, hatte er noch nie ein Schachspiel aufgegeben. Selbst wenn ich durch Züge, die ich so aufs Geratewohl machte, ein strategisches Übergewicht herstellen konnte, wusste Schiefer, dass in irgendeinem Bauern noch eine Karpowsche Finesse lauerte, mit der er das Spiel drehen könnte. Bisher hatte er sie noch immer gefunden, selbst wenn er dafür eine weitere Flasche Bordeaux leeren musste. Das Telefonat musste ihm schwer im Magen liegen, dass er dieses Spiel so einfach aufgegeben hatte. Schiefer wollte gewinnen.

Du hast also einen seltsamen Anruf erhalten?, fragte ich. Auf deine Anzeige hin?

Schiefer nickte. Der Einzige, der sich gemeldet hat.

Schiefer konnte sich seine Wohnung nicht mehr leisten und stand vor der Wahl, unterzuvermieten oder umzuziehen. Tage hatte er an der Anzeige gefeilt, keine Lösung gefunden und mich schließlich um Rat gefragt. Er sei unsicher, es gebe heute so eine Bedeutungsvielfalt, alles sei Auslegungssache und Wörter verstehe jeder nur noch so, wie es ihm in den Kram passe. Ihm seien im Lauf der Jahre so oft die Wörter im Mund verdreht worden, dass er fürchte, ein Missverständnis zu provozieren. Wenn er schreibe, er suche einen ehrlichen Mitbewohner, frage er sich, ob das Wort *ehrlich* geeignet sei, das Zusammenleben, das er sich wünsche, treffend zu charakterisieren. Er befürchte, dass das Wort zu sehr in einem sexuellen Kontext verstanden werde und der Anzeigentext damit den Geruch einer Kontaktanzeige bekäme. Er wolle da in kein falsches Licht geraten. Wenn er aber *interessant* schreibe, fürchte er damit gepiercte Freaks anzusprechen, die sich über Tätowierungen austauschen wollen, und bei dem Wort *unterhaltsam* glaube man vielleicht, dass er sich gerne Lebensgeschichten anhöre. Einen halbwegs normalen Menschen wolle er, wenn ich verstünde.

Ich empfahl ihm, einen *freundlichen* Mitbewohner zu suchen.

Ich glaubte, Schiefer würde es guttun, wenn er wieder mit jemandem zusammen wohnte. Er hatte schon jetzt Züge eines seltsamen Kauzes und ich fürchtete, wenn sich nicht bald etwas an seinem Zustand änderte, würde er vollständig mutieren.

Er kam fast täglich zu mir. Wir saßen auf dem Sofa, spielten Schach, tranken Wein, hörten Musik, aber nach zwei Flaschen Bordeaux fragte ich mich, ob ich mich an meinem Leben nicht versündigte.

Schiefer hätte mir wahrscheinlich widersprochen oder achselzuckend ein weiteres Glas eingeschenkt. Er widersprach gerne. Aus Prinzip, wie ich manchmal vermutete. Wenn ich sagte: die spanische Eröffnung ist leidenschaftlich und feurig wie eine Paella, sagte er, die ist fad wie eine marokkanische Tortilla. Wenn ich sagte, der größte Schachspieler aller Zeiten ist Garri Kasparow, schüttelte er den Kopf und sagte, Bobby Fischer sei ein Hecht, Kasparow höchstens eine Forelle, wenn nicht gar nur ein Hering. Wenn ich sagte, am Wochenende wird gutes Wetter, konnte ich mich darauf verlassen, dass er sagte, nein, das Wetter wird schlecht. Waren dann nur ein paar Wolken am Himmel, sagte er: Siehst du, was habe ich gesagt. Wenn ich dann erwiderte: Nur ein paar Wolken, ansonsten ist der Himmel blau, sagte er, das sind Kumuluswolken, und Kumuluswolken sind Regenwolken.

Also hatte ich ihm erst mal von einer Anzeige abgeraten, gesagt, so ein Zusammenleben zu zweit in einer Wohnung, das sei schwierig, auf Dauer gebe das nur Scherereien, ein Blick in die Tierwelt reiche, um zu sehen, dass man nur im Rudel zusammen sein könne, aber für ein Rudel sei die Wohnung definitiv zu klein, er solle sich deshalb lieber nach einer kleineren und billigeren Wohnung umsehen.

Schiefer sagte nur: Zusammenleben mit einer Frau sei schwierig, aber er suche ja nach einem Mann. Die Anzeige gab er auf.

Das Gespräch lief von Anfang an merkwürdig, sagte Schiefer, nahm ein Pferd vom Brett und ließ es durch seine Finger gleiten.

Ich weiß nicht, warum, aber mich beschlich ein mulmiges Gefühl, als am Telefon jemand sagte, er rufe wegen des Zimmers an. Spontan sagte ich, dass das Zimmer im Grunde schon vergeben ist. Ich dachte, eine klare Aussage getroffen zu haben, hoffte, dass der Andere sich nun verabschieden würde, aber der hat einfach geschwiegen. Geatmet, aber nichts gesagt. Kannst du dir vorstellen, wie so etwas den Puls in die Höhe treibt?, fragte mich Schiefer empört. Wütend schmiss er das Pferd auf das Brett, wo es mehrere Bauern umkegelte.

Erzähl weiter, bat ich ihn.

Schließlich sagte ich, dass es folglich keinen Sinn ergebe, sich herzubemühen, eigentlich sei es vergebliche Mühe. Aber der am anderen Ende der Leitung war hartnäckig. Der sagte: *im Grunde* und *eigentlich* seien keine Wörter, die etwas zementierten, im Gegenteil, sie seien uneindeutig, relativierend, Zeugnis einer Unsicherheit, ein Signal, dass das Rennen noch offen sei. Ich solle ihm doch die Chance geben, sich für das Zimmer empfehlen zu können. Ob man es nicht auf ein Treffen ankommen lassen wolle. Eine Mühe sei es für ihn keinesfalls, herzukommen, und wenn doch, so sei es keine, die er nicht gerne in Kauf zu nehmen bereit wäre, selbst wenn sich hinterher erweisen sollte, dass sie vergeblich gewesen sei.

Schiefer hielt mir kopfschüttelnd sein Glas entgegen und wartete darauf, dass ich ihm Rotwein nachschenkte.

Wer redet so?, fragte er mich.

Du manchmal, sagte ich und füllte sein Glas.

Aber nicht nüchtern, entgegnete Schiefer. Geschliffen wie ein Messer redete der, fuhr er fort, ohne ein Ähm oder Öh, als sage er solche Sätze jeden Tag. Kannst du dir vorstellen, wie unterlegen und verwirrt ich mich fühlte?, fragte Schiefer.

Ein Gefühl wie beim Schäfermatt, sagte ich. Wie ging es aus?

Ich sagte, er kann sich das Zimmer gerne angucken.

Beide tranken wir unsere Gläser mit einem Zug leer. Ich aus Erleichterung, Schiefer aus Fassungslosigkeit über seine Niederlage.

Dann aber, fuhr Schiefer plötzlich fort, merkte ich, dass ich meine Adresse noch nicht genannt hatte, dass also noch nichts beschlossen war. Ich entschied mich, zu sagen, dass alles doch ein Missverständnis gewesen sei, und den Hörer aufzulegen. Aber da sagte der Mann plötzlich, übrigens heiße er Theo Mal.

Mal wie Minus, Mal wie Maler oder Mal wie Malheur, fragte ich und lachte, so erleichtert war ich. Ob da nicht noch etwas fehle bei dem Namen, fragte ich. Ich wollte zeigen, dass ich einen Spaß verstehe, einem guten Humor nicht abgeneigt sei. Aber dann fiel mir auf, dass der andere nicht mitlachte. Mal wie manchmal, sagte er, machen sich kleingeistige Menschen über Namen lustig, obwohl kein Name einer Zimmerbewerbung im Wege stehen sollte, es sei denn, der Vermieter sei ein Namenskonventionalist. Ich kam mir vor, als hätte ich einen Witz über Behinderte gerissen, sagte Schiefer. Natürlich beteuerte ich sofort, dass der Name kein Hindernis sei, auf jeden Fall solle er kommen.

Das heißt, er kommt?, fragte ich.

Freitag, halb elf, sagte Schiefer und ließ sich erschöpft ins Sofa fallen, als fühle er sich schon im Vorhinein von der kommenden Begegnung erschlagen.

Das ist in drei Tagen, sagte ich. Vermassel's nicht, Schiefer.

*

Mit einem batteriebetriebenen Schachcomputer hatte ich im *Schmalen Wurf* gesessen. Ich hatte das Schachspielen angefangen, weil es das strategische Denken fördert. Als Detektiv muss man strategisch arbeiten, mögliche Eventualitäten voraussehen und in seine Strategie miteinbeziehen, jeder Schritt muss mit Bedacht gewählt und genau geplant sein. Überlegtes, zielorientiertes Handeln ist Grundlage eines Ermittlungserfolgs. Dennoch gerät man immer wieder in Situationen, in denen man in Sekundenschnelle eine Entscheidung treffen muss. Situationen, in denen man nur auf seine Intuition vertrauen kann, ohne zu wissen, ob sich die Entscheidung als richtig erweisen wird.

In so eine Situation kam ich, als ein Mann an meinem Tisch plötzlich stehen blieb. Ich warf ihm einen kurzen Blick zu, aber da sein Erscheinungsbild darauf schließen ließ, dass er mich um Geld anbetteln wollte, richtete ich meinen Blick sofort wieder auf das Schachbrett, legte meine Stirn in Falten und versuchte eine so abweisende Haltung einzunehmen, dass der Mann es für aussichtslos hielt, hier etwas zu bekommen.

Aus den Augenwinkeln heraus bemerkte ich, dass der Mann sich von meiner Haltung nicht beeindruckt zeigte. Im Gegenteil: Er beugte sich nach vorne mit schräg gestelltem Kopf, wie ein neugieriger Vogel, immer weiter, bis er schließlich das Schachbrett mitsamt seiner LCD-Anzeige gänzlich in den Schatten brachte.

Hatte ich mich für die Strategie des Ignorierens entschieden, so entschied er sich für eine Art hartnäckige Präsenz.

Spielen Sie eine Partie gegen mich, sagte er plötzlich. Ich war mir nicht sicher, ob das eine Frage oder eine Aufforderung war.

Der Mann trug ein grünes Hemd, das zur Hälfte aufgeknöpft war und aus der Hose hing, darunter ein schwarzes T-Shirt, auf dem lodernde Flammen zu sehen waren. Die Jeans schlabberte um seine Hüften und seine Haare machten einen ungewaschenen, fettigen Eindruck. Sein Gesicht war unrasiert, aber nicht so, dass man hätte sagen können, er sehe verwegen aus, eher wirkte er nachlässig, uninteressiert an seinem eigenen Erscheinungsbild. Seine Augen waren blass und müde. Er machte nicht den Eindruck, als sei er obdachlos, seine Kleider waren nicht abgerissen, es kam mir eher so vor, als hätte er sie wahllos miteinander kombiniert und ohne Bedacht angezogen.

Ich war mir nicht sicher, ob die Unachtsamkeit seinem Äußeren gegenüber auch die psychische Verfassung des Mannes widerspiegelte. Sein Beugen über den Tisch war eine eigenartige Mischung aus Zurückhaltung und Entschlossenheit, und es fiel mir schwer, es als aufdringlich zu bezeichnen. Und dass er einen Schatten warf, hing nicht nur mit ihm, sondern auch mit der Aufhängung der Lampe zusammen, die man nicht anders als ungeschickt bezeichnen konnte. Dennoch fürchtete ich, dass seine Spielanfrage ein trojanisches Pferd war, dass es ihm in Wahrheit um etwas anderes ging, nämlich darum, mir seine Lebensgeschichte zu erzählen, was seinem Äußeren nach zu urteilen eine enervierend lange und betrübliche Angelegenheit werden würde. Lehnte ich sein Angebot ab, riskierte ich, dass er neben mir stehen blieb und lautstark meine Züge kommentierte. Ich war kein guter Schachspieler. Mit einem Nicken bot ich ihm einen Stuhl an und hoffte, dass er meine wortlose Geste richtig interpretieren würde.

Seine Hände zitterten leicht, wenn er die Figuren bewegte, und wenn er eine auf ein neues Feld schob, hielt er sie noch eine Weile fest, kippelte sie hin und her, bis er sie schließlich losließ und damit den Zug gültig machte. Als wollte er auf keinen Fall einen Fehler machen. Dabei machte er keinen einzigen, zumindest keinen, den ich erkennen konnte. Wir spielten insgesamt drei Partien, und ich hatte nicht den Hauch einer Chance. Entgegen meinen ersten Befürchtungen schien er an einem Gespräch überhaupt nicht interessiert zu sein. Wir wechselten kaum ein Wort miteinander. Aber im Laufe des zweiten Spiels fing er an, in sehr leisem Ton seine Züge zu kommentieren: warum er meinen Läufer verschonte und stattdessen den Turm auf h4 setzte, warum er es vorzog, mit einem Bauern auf ein freies Feld zu ziehen, obwohl er ungehindert mein Pferd schlagen konnte. Er sprach so leise, dass ich mich immer weiter über den Tisch beugen musste, um seinen Ausführungen lauschen zu können. Durch das Aufzeigen verschiedener Spielmöglichkeiten und seine

Hinweise auf die möglichen Konsequenzen meiner Züge transferierte der Mann das Spiel auf eine Metaebene, befreite es vom bloßen Sinn des Gewinnens und Verlierens, und schnell kam es mir so vor, als ginge es ihm darum, mich zu einem besseren Spieler zu machen. Das alles in einem so vertraulichen Ton, dass niemand in der Kneipe auf die Idee kommen konnte, hier mache sich einer über den anderen lustig.

Dennoch verstand ich viele seiner Züge erst, als es bereits zu spät war. In einer für mich unangenehmen Geschwindigkeit wurden meine Figuren vom Feld genommen. So dass ich noch während der Partie eine Revanche forderte, was ihn zu der Bemerkung veranlasste: Ein Kämpfer vor dem Herrn sei ich wohl nicht.

Es stellte sich heraus, dass wir den gleichen Nachhauseweg hatten, er sogar schräg gegenüber von mir wohnte. Ich wunderte mich, dass wir uns nie zuvor begegnet waren, schob das aber darauf, dass ich selbst erst vor einem halben Jahr in diese Gegend gezogen war. Zum Abschied gab er mir die Hand und sagte: Schiefer.

Wie schiefer?, fragte ich.

Schiefer, wiederholte er. Mein Name.

Hatte ich ihn zuvor nie wahrgenommen, sah ich ihn nun umso öfter. Die Schnürsenkel offen, ein Hosenbein umgekrempelt, das Hemd aus der Hose hängend, lief er schief und gebeugt, als wäre sein Name Programm. Er unternahm keinerlei Anstalten, mich zu grüßen. Ohne mich auch nur eines Blickes zu würdigen, den Blick stur auf den Boden geheftet, lief er an mir vorüber. An anderen Tagen schien er wie ausgewechselt. Lief gerade, mit gestrecktem Oberkörper, in passenden und ordentlich angezogenen Kleidern und mit offenem Blick. Er nickte mir zu und manchmal hob er gar seine Hand zum Gruß, als wären wir gut miteinander bekannt. Vielleicht war es dieser wechselnde uneindeutige Eindruck, der mich faszinierte und mich seinen Gruß erwidern ließ.

Eines Tages klingelte er an meiner Tür. Mit einem Schachbrett unterm Arm. Anfangs trafen wir uns alle drei bis vier Wochen, irgendwann kam er zweimal die Woche und bald stand er fast täglich an seinem Fenster gegenüber mit einem Schachbrett und einer Flasche Wein in der Hand und winkte mir damit zu. Wenn ich dann nickte, vergingen keine fünf Minuten und er saß bei mir auf dem Sofa. Inzwischen kannte ich ihn drei Jahre und in all der Zeit hat er mir nicht einmal seinen Vornamen genannt.

Schiefer redete nicht viel, außer über Schach und über Musik. Er spielte Gitarre in einer Hochzeitsband und hielt sich selbst für den Bobby Fischer der Gitarre. Wenn Schiefer betrunken war, erzählte er, in seiner Jugend habe ihn jemand den weißen Jimi Hendrix genannt. Wer dieser Jemand war, erfuhr ich nie, aber ab einem gewissen Promillegrad war es in der Regel der Studioboss von Sony. Schiefers Band hieß Honeymoon, und die Bandmitglieder trugen so klangvolle Namen wie *Magic Electric*, *Johnny Fingerdreams* oder *Route 66*. Schiefer behauptete: eine Reminiszenz an den American Dream, der ja nichts anderes bedeutet als: Alles ist möglich. Und das müsse das Motto für jede Ehe sein.

Bevorzugte Schiefer in der Musik gerne laute, harte

Gitarrenriffs, so betrachtete er das Schachspiel nach zwei Flaschen Wein gern philosophisch.

Dann packte er mich plötzlich am Arm, nickte Richtung Brett, was ein Zeichen dafür war, dass meine Situation hoffnungslos war, und sagte Sätze wie: Beim Schach hat man manchmal schon verloren, bevor man schachmatt ist. Wie im Leben. Manchmal ist man schon tot, bevor man tot ist. Aber für das Leben gilt das nicht. Leben, bevor man lebt, geht nicht. Verstehst du das?, fragte er mich.

Nein, das verstehe ich nicht, sagte ich.

Das heißt, den Tod bekommt man geschenkt, das Leben muss man sich verdienen. Mit dem letzten Wort schlug Schiefer meinen Läufer und setzte mich matt. Ich war mir nicht sicher, ob Schiefer sich die Siege gegen mich tatsächlich verdiente oder ob ich sie ihm schenkte. Das Leben schien ihm jedenfalls ein Stück weit abhanden gekommen zu sein, so wie er auf meinem Sofa saß, Wein in sich hineinschüttete und immer wieder behauptete: Schach ist ein lebensnahes Spiel. Wenn du nicht schlägst, wirst du geschlagen. Merk dir das.

Manchmal kam er mir vor wie eine implodierte Fernsehröhre: die Fassade nur leicht beschädigt, aber innen herrscht Chaos.

*

Zwei Tage lang meldete sich Schiefer nicht bei mir. Die Tatsache, dass ich es nicht lassen konnte, zwischendurch immer mal wieder durchs Fenster zu schauen, ob ich ihn dort stehen sah, erschreckte mich. Es war höchste Zeit, dass etwas passierte. Ich machte mir Sorgen, dass Schiefer es sich anders überlegt hatte.

Donnerstagabend dann rief er an.

Ich bin nervös, sagte er. Morgen ist Freitag und ich bin mir nicht sicher, ob das eine gute Idee ist mit dem Mitbewohner. Eigentlich weiß ich gar nicht, warum ich mich darauf eingelassen habe.

Schiefer schwieg. An seinen Atemstößen, die unregelmäßig durch die Leitung rauschten, hörte ich, wie sehr er mit der Entscheidung haderte. Wie im *Schmalen Wurf* vor einigen Jahren, überkam mich das Gefühl, eine schnelle Entscheidung aus dem Bauch heraus treffen zu müssen. Sagte ich das Falsche, so würde sich zwischen Schiefer und mir nichts ändern und wir würden weiterhin Bauern und Pferde austauschen, während draußen die Sonne schien. Selbst wenn er umzog, würde das wohl nur seinen Weg verlängern.

Du hast recht, sagte ich. Eine blöde Idee. Dann noch so ein Name: Theo Mal. Das klingt schon so mathematisch. Wahrscheinlich feilscht er um den Mietpreis. Sag ihm ab, sag ihm, du hättest plötzlich Schimmelflecken in dem Zimmer entdeckt, das Zimmer sei unvermietbar. Er soll sich was anderes suchen.

Sag mal, spinnst du, entrüstete sich Schiefer. Ich brauche das Geld. Außerdem gibt es bei mir keinen Schimmel. Sich über Namen lustig zu machen ist kleingeistig. Lautstark und nachdrücklich blies er seinen Atem in den Hörer. Dann hängte er auf.

Am nächsten Abend stand er vor meiner Tür.

Frag mich nicht, wir spielen Schach. So rauschte

er an mir vorbei ins Wohnzimmer und ließ sich aufs Sofa fallen. Er hatte tiefe Ringe unter den Augen, seine Arme hingen kraftlos in seinem Schoß und ab und an schüttelte er seinen Kopf, als sei ihm etwas unbegreiflich. Mit leerem Blick starrte er auf das Schachbrett, dann aufs Fenster, wieder auf das Schachbrett, murmelte ein paar unverständliche Worte und nahm schließlich einen großen Schluck Cognac aus der Flasche.

Du bist weiß, du beginnst, sagte ich mit Blick auf das Schachbrett. Aber Schiefer schien mich gar nicht zu hören, stattdessen nahm er einen weiteren Schluck aus der Flasche.

Wie wär's mit der Nimzowitsch-Verteidigung?, fragte ich, da Schiefer keinerlei Anstalten machte, das Spiel zu eröffnen.

Ich habe ihm im Pyjama die Türe geöffnet, sagte er. Im blau-weiß gestreiften, fügte er kopfschüttelnd hinzu, als wäre ihm ein anderer Pyjama angenehmer gewesen.

Ich dachte, man könne es als Zeichen verstehen, sagte Schiefer auf mein Stirnrunzeln hin, als Chance, das unglückliche Telefongespräch vergessen zu machen, nach dem Motto: Schau her, ich bin kein Konventionalist, Konventionen sind mir schnurz. Aber der Mal schaute mich an, als wollte ich ihm eine Beulenpest andrehen.

Er selbst trug einen dunkelblauen Anzug, ein weißes Hemd und eine blau-grün karierte Krawatte. Als ginge es um ein Vorstellungsgespräch bei McKinsey. So saß er dann auch in der Küche, steif und aufrecht, als müsste er zeigen, dass er einen Topf Wasser auf dem Kopf balancieren kann.

Ich war so beschäftigt mit der Frage, ob ich mich noch umziehen sollte, ob das für den weiteren Verlauf der Begegnung hilfreich sei, dass ich völlig vergaß, ihm einen Kaffee anzubieten. Stattdessen wunderte ich mich, dass er in der Küche saß und nichts sagte. Nicht mal, dass die Küche schön ist oder wie gut, dass es eine Spülmaschine gibt. Möglicherweise wollte er mich mit seinem Schweigen provozieren. Ich entschloss mich, meinen Pyjama anzubehalten, schließlich musste es mir überlassen sein, wie ich in meiner Wohnung herumlaufe. Ich dachte, wenn der Herr Mal nichts sagt, sage ich auch nichts.

Ihr habt euch gegenüber am Tisch gesessen und beide geschwiegen?, fragte ich.

Die Uhr hat getickt, sagte Schiefer. Tick tack tick tack. Eine Viertelstunde lang. Und der Wasserhahn hat getropft: Plopp. Alle fünfzehn Sekunden ein Plopp. Dann läutete das Telefon. Sekunden lang war nichts anderes zu hören als ein Ticken, Ploppen und Läuten. Wie gelähmt fühlte ich mich von diesem Dreiklang und ging deshalb auch nicht ran, woraufhin der Herr Mal die Augenbrauen runzelte. Flau wurde es mir im Magen ob dieser Situation, aber inzwischen ging es nicht mehr nur darum, wer was anhatte, sondern auch darum, wer zuerst aufstand.

Schließlich befürchtete ich, fuhr Schiefer fort, dass es Abend werden würde, bevor ein Wort gesprochen wäre. Also fragte ich Herrn Mal, was er von Beruf sei.

Schiefer richtete sich auf, sagte, er brauche jetzt noch einen Cognac, einen doppelten, schenkte sich einen dreifachen ein und stürzte ihn in zwei großen Schlucken hinunter.

Er sagte, er sei Lehrer, und da wurde mir schwarz vor Augen. Irgendwann spürte ich etwas an meiner Nase kitzeln. Ich schlug meine Augen auf und sah direkt in die Augen von Herrn Mal, der sich über mich gebeugt hatte. Seine Krawatte pendelte an meiner Nase herum, als sei sie auf eine Wasserader gestoßen, und er selbst schlug mir mehrmals auf die Wangen, ohne zu merken, dass ich längst wieder bei Bewusstsein war. Dann sagte er, ich solle mal meine Zuckerwerte kontrollieren lassen. Er könne sich das Zimmer jetzt gerne anschauen, sagte ich.

Und?, fragte ich. Nimmt er das Zimmer?

Er ist Lehrer, sagte Schiefer in vorwurfsvollem Ton und sah mich kopfschüttelnd an, als wundere er sich, wie ich so eine Frage überhaupt stellen konnte. Er nahm die Cognacflasche vom Tisch, trank einen großen Schluck aus der Flasche, stellte sie dann zwischen seine Beine und murmelte: Mal wie malträtieren, dass ich darauf nicht gekommen bin. Dann nahm er wieder die Flasche in die Hand, trank sie leer, ohne abzusetzen, kippte links aufs Sofa und schloss die Augen. Auf dem Tisch vor mir stand das Schachbrett, Schiefer hatte noch immer nicht gezogen.

*

Seine Beine hingen über dem Sofaende wie zwei Würste auf einer Stange. Eine Hand lag auf der Brust, die andere baumelte auf den Boden herab. Das Hemd war ihm aus der Hose gerutscht und gab einen Blick auf seinen Bauch frei. Er schnarchte.

Auf einmal kam es mir so vor, als wäre Schiefer, der besoffen auf dem Sofa lag, ein Bildnis für meinen eigenen Zustand. Als läge auf dem Sofa meine eigene Bankrotterklärung.

Die Trostlosigkeit meiner eigenen Tage trat mir auf einmal deutlich vor Augen: Wenn ich nicht gerade jemanden beim außerehelichen Sex fotografierte, vertrödelte ich halbe Tage mit Nichtstun, wartete auf Schiefer und verbrachte dann die andere Hälfte des Tages damit, mich im Schach von ihm vorführen zu lassen. Jetzt okkupierte er mein Sofa, blies seinen faulen Atem in das Polster, und wenn ich nichts unternahm, dann blieb er dort liegen bis morgen früh. Ich stand auf, um in der Küche ein Glas Wasser zu holen, das ich ihm ins Gesicht schütten konnte. In dem Moment rutschte Schiefer vollends vom Sofa und schlug mit einem dumpfen Knall am Boden auf. Er kippte gegen den Tisch, der sich gegen meine Knie drückte, dadurch stabilisiert wurde, so dass nichts umkippte. Die Schachfiguren waren nur leicht verrückt, aber auf ihren Feldern geblieben. Bis auf einen weißen Bauern, der deutlich zwei Felder vorgerückt war, von e2 auf e4. Ich zog ebenfalls. Das Spiel hatte begonnen.

Schiefer richtete sich langsam auf, mühselig kam er auf alle viere und versuchte, wieder auf das Sofa hochzukommen. Sein Blick fiel auf das Schachbrett. Noch auf Knien hockend, nahm er sein Pferd und zog g1-f3: Schiefer eröffnete spanisch.

Ich ging zu ihm, half ihm auf und sagte: Ab morgen werden sich die Dinge ändern, Schiefer. Er legte seinen Arm um mich, lehnte sich schwer gegen mich, nickte und tätschelte mir mit seiner freien Hand die Wange, als wollte er mich für meinen Optimismus loben. Ich brachte ihn zur Tür.

Vom Fenster aus sah ich Schiefer über die Straße torkeln. Mitten auf der Straße blieb er plötzlich stehen. Er drehte sich um, schaute zu mir hoch, lachte und schüttelte den Kopf. Als wundere er sich über meinen naiven Glauben, dass die Dinge sich ändern könnten. Sein Kopf wackelte hin und her, in unrhythmischen Bewegungen wie ein schwächer werdender Kreisel. Obwohl mir klar war, dass er seine Bewegungen nicht mehr unter Kontrolle hatte, sah ich in diesen Bewegungen einen Vorwurf liegen: Schau her, so geht es auch deinem Vorsatz: Er wird immer schwächer und schwächer und am Ende fällt er um. Schiefer streckte beide Arme in die Höhe, jeweils Zeige- und Mittelfinger zum Victory-Zeichen ausgestreckt. Ich hob die Hand zum Gruß, dann drehte er sich um und ich wartete, bis in seiner Wohnung das Licht anging.

Es war halb drei Uhr morgens, als ich mir noch mal Schiefers Erzählungen über Theo Mal vergegenwärtigte. Ich ging in die Küche und machte eine Flasche Wein auf. Um halb sechs, nach zwei Flaschen Bordeaux glaubte ich an keine Lösung mehr. Theo Mal war Lehrer, daran scheiterte jede Überlegung. Ich stand auf. Plötzlich verkehrten sich Decke und Boden und stürzten auf mich zu, Schiefer und ein Mann mit blau-grün karierter Krawatte flogen zur Tür herein und wieder heraus und schrien: Wir sagen nichts. Wir sagen nichts. Ich geriet in Schieflage, dann ins Fallen, mein Magen kippte. Mal wie Malaise kam mir in den Sinn. Von irgendwoher kam ein Waschbecken, ich hörte ein Plopp, es tat weh, mir wurde schwarz vor Augen. Mein letzter Gedanke, bevor ich aufschlug: Beide Lehrer. Das war die Lösung. Ich war selig.

Die Sonne stand bereits im Zenit, als ich aufwachte. Mein Kopf dröhnte, der ganze Körper schmerzte vom Liegen auf dem harten Boden und dennoch spürte ich eine Euphorie in mir, wie ich sie schon lange nicht mehr wahrgenommen hatte. Schiefer und Theo Mal waren beide Lehrer und heute war der Tag, an dem ich Schiefers Leben eine neue Richtung geben würde. Ich riss die Fenster auf, entsorgte die leeren Flaschen und den Papiermüll, saugte die Zimmer und bezog das Bett mit frischer Bettwäsche. Danach ging ich ins Bad, wusch und rasierte mich. Ich zog meinen besten Anzug an, einen dunkelblauen aus Schurwolle. Die rote Krawatte band ich mit einem Windsorknoten. Ich fühlte förmlich, wie das Blut durch meine Adern pulsierte. Die Brust war breit, der Rücken gestreckt. Jetzt konnten die Dinge sich ändern.

Es war Spätnachmittag, als ich bei Schiefer klingelte. Er stand im Treppenhaus, trug seinen blauweiß gestreiften Pyjama und sah aus, als wäre er in der Nacht gegen mehrere Türen gelaufen. Wenn sich dieser Anblick Theo Mal geboten haben sollte, war es ein Akt von Höflichkeit, dass er geschwiegen hatte. Ein Wunder, dass er überhaupt die Wohnung betreten hatte.

Ich packte Schiefer bei den Schultern und schob ihn zurück in die Wohnung. Ein beißender Geruch von Schweiß und Alkohol schlug mir entgegen. In einem Tonfall, der Aufbruchsstimmung vermitteln sollte, sagte ich: Heute wird alles anders. Schiefer gähnte.

Mir fiel auf, dass ich zum ersten Mal in Schiefers Wohnung war, obwohl ich sonst oft Einblick in fremde Wohnungen nahm. Immer empfand ich sie als Spiegelbild seelischer Abgründe. An den Möbeln, den Bildern, den Pflanzen, der Zahl der Kaffeetassen, dem Inhalt des Kühlschranks, dem Platz des Fernsehers, den Plätzen, an denen sich der Staub sammelte, waren Verzweiflung, Verbitterung, Naivität, Unverfrorenheit und Dummheit in einer Deutlichkeit zu erkennen, die irgendwann jede Neugier zum Verdruss werden ließ. Vielleicht, dachte ich, hatte ich unsere Beziehung intuitiv so gelenkt, dass die Treffen immer bei mir stattfanden, weil ich mich davor fürchtete, mit der Sichtbarkeit von Schiefers Elend konfrontiert zu werden. Nun war ich verwundert, in Schiefers Flur einen Kronleuchter zu entdecken, der eine Bürgerlichkeit repräsentierte, die ich Schiefer nicht mehr zugebilligt hatte. Vom Flur aus gingen mehrere Türen nach links und rechts ab. Im Flur selbst stand eine hüfthohe Holzkommode. Darauf mehrere lose Zettel, ein Wecker und ein Telefon. Ich schob Schiefer vor mir her, bis zu einer Tür, auf der ein altes Emaille-Schild angebracht war. Es sah aus, als stammte es aus einer Jugendherberge, und trug das Wort *Waschraum*. Ich öffnete die Tür, stieß Schiefer hinein, der bereitwillig vorwärtsstolperte, als könnte er sich vorstellen, dass alles anders und besser würde, wenn er sich einfach treiben ließ. Ich stellte das Wasser in der Dusche an und sagte: In zwanzig Minuten geduscht und rasiert, wir haben was vor.

Du siehst aus wie dieser Theo Maledingsbums, sagte Schiefer mit Blick auf meinen Anzug. Willst du dich auch um das Zimmer bewerben?

Mach dich frisch, sagte ich und schloss die Tür.

Die Wohnung machte einen für mich unerwartet aufgeräumten und gepflegten Eindruck, nichts war in irgendeine Ecke gestellt, wo es darauf wartete, verräumt zu werden, keine Spinnweben waren zu entdecken, auf den Blättern des Hibiskus im Wohnzimmer lag kein Staub und sogar der Kronleuchter im Flur war abgestaubt.

Das Zimmer, das Schiefer vermieten wollte, war komplett leer geräumt, nur an der Decke hing eine nackte Glühbirne. Die Wände waren weiß, vielleicht sogar frisch gestrichen. Ein kirschholzbrauner Parkettboden verlieh dem Zimmer eine angenehm warme Atmosphäre. Nach Süden und Westen hin gab es zwei große Fenster, die auch im Winter für genügend Helligkeit sorgen würden. Von dem Zimmer führte eine Tür ab in ein weiteres Zimmer. Die Tür war zugeschlossen. Auch die Tür, die vom Flur aus in dieses Zimmer führte, war abgeschlossen. Schiefer hatte nicht wissen können, dass ich auftauchte. Was konnte es geben, dass er vor sich selbst verschließen musste?

Auf dem Küchentisch stand eine fast leere Flasche Rotwein, kein Glas. Im Kühlschrank befanden sich eine offene Packung Toastbrot, Butter, ein bisschen Käse, Joghurt, vier Eier, zwei Tetrapak Orangensaft, das Gemüsefach war leer. Auf der Spülablage gespültes Geschirr, kein Glas. Über der Spüle hing eine Bahnhofsuhr, der Sekundenzeiger tickte laut. Der Wasserhahn tropfte. Ich zählte die Sekunden. Schiefer hatte nicht gelogen. Alle fünfzehn Sekunden machte es Plopp.

Auf dem Kühlschrank ein Radiowecker. Die Uhrzeit in roten Leuchtziffern.

Das Wohnzimmer dominierte eine schwarze Ledercouch im Bauhausstil, die einen sündhaft teuren Eindruck machte. Vor der Fensterfront ein dazu passender Sessel, neben einer schlanken Edelstahllampe. Gegenüber der Couch eine antike Kommode aus Nussbaumholz. Über der Kommode hing ein Foto, an dem mein Blick hängen blieb. Irgendetwas stimmte mit dem Format nicht, ich ging näher dran: ein lachendes Kind mit einer Schultüte vor der Brust. Das Foto war an der rechten Seite abgeschnitten. Der Schnitt war schief. Eine Handlung im Affekt, dachte ich. Neben dem Foto hing eine kinderhandgroße Wanduhr mit einem kleinen Pendel. Sie war stehen geblieben.

Ich öffnete die oberste Schublade der Kommode. Ein Reparaturbuch für eine Kawasaki 850, daneben Fotos, manche von ihnen an den Rändern angebrannt. Vorsichtig nahm ich sie in die Hand: Schiefer auf dem Motorrad mit Freunden und zersausten Haaren, Schiefer lachend am Grill, zwei verkohlte Bratwürste in die Kamera haltend, Schiefer auf dem Balkon mit seinem Sohn auf dem Arm. Schiefer in Badehose am Strand, Schiefer am Küchentisch Tomaten schneidend. Ein einziges Bild, auf dem Schiefer nicht lachte: Im Kreis seines Kollegiums vor dem Schulhaus. Ich legte die Fotos zurück in die Schublade.

Das Wohnzimmer machte einen seltsam unbenutzten Eindruck. Das Leder der Couch und des Sessels wiesen keinerlei Knicke und Falten auf, als ob darauf lange Zeit niemand gesessen hatte. Ich fuhr mit dem Finger darüber. Auch hier keinerlei Staub. Das leicht abgewetzte Leder der Armlehnen schien aus einer anderen Zeit herzurühren.

Ganz anders Schiefers Zimmer: Auf dem Schreibtisch lagen Stapel von ausgeschnittenen Zeitungsartikeln, Statistiken über die Entwicklung von Krankheiten bei Lehrern, Berichte über Lernforschung, dazwischen Todesanzeigen und über den ganzen Schreibtisch verstreut lauter kleine gelbe Zettel mit gekritzelten, unleserlichen Notizen. Auf dem Boden lagen Blätter mit Noten, mehrere Stifte, eine Schere, Bücher, alles wild durcheinander. In der Ecke neben der Tür lehnte eine E-Gitarre, daneben eine akustische Gitarre, bei der eine Saite gerissen war. Auf dem schmalen Bett, das ehemals vielleicht als Gästebett fungiert hatte, lagen mehrere Kleidungsstücke, auf dem Boden daneben standen zwei leere Kaffeetassen und ein Reisewecker. Eine Längswand des Zimmers war durchgehend mit einem Bücherregal belegt. Es roch muffig.

Gefällt's dir? Ich hatte Schiefer nicht kommen hören. Ein Handtuch um die Hüften gewickelt, stand er plötzlich hinter mir.

Du solltest lüften, sagte ich.

Schiefer lächelte müde. Alles was als frischer Wind beginnt, endet als laue Brise. Das ist Lebenserfahrung.

Deine Lebenserfahrung ist so kraftlos wie dein Körper. Das ist Wahrheit.

Wenn du so schlagfertig spielen würdest, wie du redest, müsste ich mich beim Schach mehr anstrengen. Das ist Erkenntnis.

Zieh dich jetzt an, sagte ich.

Schiefers Körper sah man an, dass er früher einmal viel Sport getrieben haben musste, vielleicht verstärkte das den Eindruck, dass die letzten Jahre an seinem Körper nicht spurlos vorübergegangen waren. Dass er oft so saft- und kraftlos wirkte, mochte ich nicht dem Alter zuschreiben. Sein Kopf wirkte eingezogen, so als fürchte er immer einen Ball, der plötzlich aus dem Hinterhalt geschossen kam und vor dem er sich in Acht nehmen müsste. Seine Schultern hingen nach vorne, nahmen der Brust jegliche Spannung, und sein Bauch wölbte sich leicht über dem Handtuch. Schiefer zog einen braunen Cordanzug an, setzte sich auf sein Bett, strich sich mit den Händen über die Wangen und fragte: Und jetzt?

Beginnt ein neues Leben, sagte ich.

Eine halbe Stunde später saßen wir im Bus und fuhren auf den Berg. Während der Fahrt redeten wir kein Wort miteinander, ich sah aus dem Fenster und im Glas der Scheibe, dass Schiefer die Augen geschlossen hatte. Oben angekommen, führte ich Schiefer zu einer Bank, von der aus man die Stadt überblicken konnte. Es war hell und warm, Schiefer schlug die Beine übereinander, verschränkte die Arme hinter seinem Kopf und sagte: Viel zu selten, dass man oben ist.

Ich habe nachgedacht, sagte ich. Theo Mal wäre der falsche Mitbewohner für dich. Vielleicht ist er ein netter Mensch, aber er ist Lehrer. Erst dachte ich, das wäre eine glückliche Fügung, das würde passen, aber inzwischen bin ich überzeugt davon, dass es letztlich wäre wie bei Hamstern.

Wieso wie bei Hamstern?

Weil Theo Mal noch als Lehrer arbeitet und du nicht. Theo ist also ein Hamster im Laufrad und du bist ein ehemaliger Hamster im Laufrad, der ihm nun beim Laufen zuschaut. Das wäre so, wie wenn Viktor Kortschnoi Garri Kasparow zuschaut, wie der gegen Anatoli Karpow spielt. Das wünscht man seinem ärgsten Feind nicht. Einer strampelt und einer, der früher einmal gestrampelt hat, schaut dem Neuen beim Strampeln zu. Der, der strampelt, würde sich doch immer fragen, was der andere über sein Strampeln denkt: Strampele ich nicht gleichmäßig genug, habe ich keinen Rhythmus, warum guckt der so streng ...

Und der Schauende würde sich fragen: Bin ich früher besser gestrampelt? oder: Warum strampelt der besser als ich? Ist sein Laufrad besser? Oder hat er nur eine bessere Technik? Und schon ist man bei einer Hirnzermarterei. Verstehst du, Schiefer, das ist keine Basis für ein glückliches Zusammenwohnen. Schiefer nahm die Hände vom Kopf, räusperte sich und stand auf. Er steckte seine Hände in die Hosentaschen, holte sie wieder raus, griff in die Jacketttaschen und fingerte eine Packung Zigaretten heraus. Umständlich zündete er sich eine an, dann drehte er sich von mir weg. Die Sonne stand tief, in der Ferne durchschnitt ein ICE die Ebene. Über Schiefers Kopf zog langsam und gerade der Rauch. Nachdem er einige Züge genommen hatte, drehte er sich um, ließ die Zigarette fallen und trat sie aus. So betrachtet, wären die Hamster sehr menschlich, sagte er.

Allzu menschlich, Schiefer, allzu menschlich, sagte ich.

Schiefer zündete sich eine weitere Zigarette an.

Schon ein paar Jahre her, sagt er, da war ich beim Pferderennen. Ein Bekannter hatte mich mitgenommen. Er hatte gesagt: Komm mit, wirst sehen, das kann dein Leben ändern, wenn du Glück hast. Schiefer sah mich an und lächelte spöttisch. Ich hatte von Pferden keine Ahnung, sah auch keine Unterschiede, alle waren sie in etwa gleich groß, waren gepflegt, jedes von ihnen sah aus, als könnte es gewinnen. Bis zuletzt zweifelte ich, weil ich immer an die Worte meines Bekannten denken musste, dass sich mein Leben ändern könnte, nicht, dass ich unzufrieden war, aber man denkt ja immer, es hat noch Luft nach oben. Schließlich setzte ich, kurz bevor das Wettbüro keine Wetten mehr annahm, sechzig Mark auf *Crazy Horse*. Ich rannte so schnell es ging zurück zur Bahn, weil jeden Moment das Rennen gestartet werden sollte. Da lief mir eine Frau direkt vor die Füße. Ich stolperte, fiel die Treppe runter und zog mir eine Platzwunde an der Stirn zu. Die Frau trug einen roten Hut und hatte einen kleinen Leberfleck auf dem linken Nasenflügel. Bevor sie etwas sagen konnte, hatte ich mich schon wieder aufgerappelt und gesagt, schon gut, alles halb so schlimm, und war weitergerannt. Ich dachte, so ein Unglück komme nicht von ungefähr und werde sich jetzt gleich beim Rennen auszahlen. Die Pferde waren bereits in der Startbox, bis auf eines, das sich beharrlich weigerte, seinen Platz einzunehmen. Mein Bekannter fragte mich, was passiert sei, also erzählte ich ihm von dem Malheur und dass ich mir nun sicher sei, dass *Crazy Horse* gewinne. Mein Bekannter schüttelte den Kopf. *Crazy Horse*, lachte er, das tauge bestenfalls als Kinderschaukel. Die Chance, dass mein Esel gewinne, sei geringer als von der Frau ein Schmerzensgeld zu bekommen, ich sei doch ein Idiot, so eine Frau wortlos gehen zu lassen, wenn mir schon auffiele, dass sie weiß der Herrgott wo einen Leberfleck habe. Ich hastete zurück, die Treppe hoch, sah die Frau auf dem Gang stehen, als wüsste sie nicht, wohin, drückte ihr meinen Wettschein in die Hand und sagte: *Crazy Horse*, todsicher, wenn ich recht habe, gehen Sie mit mir essen. Für die Schmerzen.

Und?, fragte ich. Wie ist es ausgegangen?

Crazy Horse lief auf Platz, sie gewann 240 Mark und ich ihr Herz.

Schöne Geschichte, sagte ich.

Schiefer zuckte mit den Schultern und schnippte die Zigarette in hohem Bogen weg. Übrig bleibt ein leeres Zimmer, murmelte er. Das kommt davon, wenn man auf Ratschläge von Bekannten hört.

Als ich mich eine Stunde später vor seinem Haus von ihm verabschiedete, gab er mir die Hand. Er schüttelte sie nicht, hielt sie nur fest. Kennst du den Begriff der *teilnehmenden Beobachtung*?, fragte er. Ich schüttelte den Kopf, obwohl mir nun klar war, dass Schiefer angebissen hatte. Der Köder schmeckte ihm. Ein Begriff aus der Wissenschaft, sagte er, per se ist das noch nichts Unanständiges.

*

Um halb zehn am nächsten Morgen klingelte das Telefon. Schiefer sagte, er wolle noch mal auf die Hamster zu sprechen kommen. Angenommen, man deklariere einen Hamster als Forschungsobjekt, dann könne man doch Feldstudien an ihm betreiben.

Worauf willst du hinaus?, fragte ich.

Angenommen, da ist ein Hamster im Laufrad, sagte Schiefer, der strampelt und strampelt und irgendwann fliegt er aus dem Laufrad raus. Da fragt der sich doch, warum. War er zu langsam oder das Laufrad zu schnell? War das Laufrad in eine Schieflage gekommen? War es falsch montiert oder gar falsch konzipiert? Oder ist der Hamster einfach nicht laufradgerecht gestrampelt? Die einzige Möglichkeit, herauszufinden, woran es lag, besteht doch in der Beobachtung eines neuen Hamsters im Laufrad: Seine Lauftechnik zu beobachten, aber auch das Laufrad selbst unter die Lupe zu nehmen; läuft es gleichmäßig, kann der Hamster darin adäquat laufen, bestimmt das Laufrad die Geschwindigkeit oder der Hamster und so fort.

Komm zum Punkt, unterbrach ich ihn.

Schiefer räusperte sich. Nehmen wir einen Lehrer, sagte er, einen Lehrer, der aus dem Schuldienst ausgeschieden ist. Um herauszufinden, warum genau er gescheitert ist, ob *er* der Fehler im System Schule war oder ob das System Schule fehlerhaft ist, wäre doch die Beobachtung eines anderen Lehrers ein legitimes Vorgehen.

Theo Mal als Forschungsobjekt, fragte ich?

Mein Leben ändert sich, sagte Schiefer und legte auf. Ich ging in die Küche und köpfte eine Flasche Sekt.

Um drei Uhr nachts klingelte erneut das Telefon. Schiefer, sagte ich, es ist drei Uhr nachts, geht's noch? Schiefer schnaufte ins Telefon. Entweder war es verächtlich gemeint, weil ich so eine kleinliche Uhrzeit-Schlaf-Korrelation herstellte, oder es brannte ihm etwas unter den Nägeln, was seiner Meinung nach keinerlei Verschiebung durch eine Diskussion über

Uhrzeit duldete. Ich merke, sagte er, wie die Lust an der Wissenschaft in mir hochkocht, ja hochkocht, wiederholte er, mein Blutdruck, verstehst du, ich will gar nicht wissen, wie hoch.

Schiefer, hat das nicht Zeit bis morgen?

Wie ein Forscher, der seinen Mäusen Pflanzenschutzmittel spritzt und ihre Reaktionen beobachtet, müsse man Theo Mal studieren. Als Schiefer das Wort *Pflanzenschutzmittel* gebrauchte, fragte ich mich, ob ich Schiefer daran erinnern sollte, dass Theo Mal ein Mensch aus Fleisch und Blut war. Andererseits hatte ich ja gehofft, dass in Schiefer ein Gefühl der Euphorie aufkommen würde.

Aber so wie das vorgestrige Treffen verlaufen ist, sagte Schiefer, kann ich mir kaum vorstellen, dass Theo Mal das Zimmer überhaupt will, vielleicht hat er schon etwas anderes gefunden. Wahrscheinlich mache ich mir Gedanken um einen leeren Suppentopf. Mir selbst steckt ja die Peinlichkeit, die das Treffen hinterlassen hat, auch noch in den Knochen. Vielleicht ist das ein Zeichen, dass es mir an der nötigen Souveränität und Abgebrühtheit für so ein Unternehmen mangelt. Was meinst du? Kannst du nicht auch mal was sagen, schließlich bist du schuld daran, dass ich mir überhaupt den Kopf zerbrechen muss, du mit deinem Hamstergeschwätz.

Schiefer, sagte ich, es ist drei Uhr nachts, mir steckt auch was in den Knochen, und zwar der Tag, ich bin müde, ich muss mich regenerieren, ich melde mich morgen früh bei dir.

Nein, sagte Schiefer, du bist schuld an der Misere, das sollte dir in den Knochen stecken, sonst nichts, ich bestehe auf einer Antwort.

Ruf ihn halt an, sagte ich, sag ihm, du wärst schlecht drauf gewesen, hättest eine traurige Nachricht bekommen, irgendwas, vielleicht einen Todesfall. Todesfall geht immer. Du seiest dir im Klaren darüber, was er für einen Eindruck von dir haben müsse, aber das sei ein falscher, da könne er sich sicher sein. Du seiest eigentlich ein ganz Lieber. Oder sag ihm die Wahrheit. Dass die Liebe zur Wissenschaft in dir hochkocht, dass du gerne ein Experiment mit ihm machen würdest, ob er etwas dagegen hätte, wenn du ihn ein bisschen studieren würdest. Du würdest dich auf jeden Fall sehr freuen, wenn er das Zimmer nehmen würde, das würde vieles erleichtern.

Idiot, raunzte Schiefer, und kurz darauf hörte ich nur noch ein Tuten.

*

Zwei Wochen später, am 6. August, zog Theo Mal bei Schiefer ein. Ein Samstag. Das Thermometer war die ganze Nacht nicht unter 20 Grad gefallen. Ich war bereits um sechs Uhr wach. Schiefer hatte sich gestern Abend gemeldet. Eine kurze Notiz auf dem Anrufbeantworter: Theo kommt morgen früh. Ich bin vorbereitet. Das war alles. Das Wort *vorbereitet* hatte er ausgesprochen, als hätte er nicht die Wohnung, sondern die Waffe geputzt. Obwohl ich mir der Lächerlichkeit meiner Handlung bewusst war, hatte ich mir noch spät am Abend einen Platz am Fenster so eingerichtet, dass ich es eine Zeit lang aushalten konnte. Ich ging in die Küche, brühte mir einen Kaffee auf und schaltete das Radio an. Eine

Frau gedachte mit betroffener Stimme des Atombombenabwurfs auf Hiroshima vor sechzig Jahren. Danach sang Peter Maffay *Über sieben Brücken musst du gehn*. Plötzlich das Telefon: Schiefer. Im Radio haben sie gerade des Atombombenabwurfs auf Hiroshima gedacht. Hast du das gehört? Ja, ja, sagte ich, vor sechzig Jahren.

Vielleicht hat das was zu bedeuten, sagte Schiefer. Was, wenn ich mich da in etwas verrannt habe? Im Grunde ist Theo Mal ja unschuldig. Unschuldig, hörst du, brüllte Schiefer ins Telefon.

Entspann dich. Du willst ihn ja nicht umbringen. Beobachten. Nicht umbringen, brüllte ich nun ebenfalls ins Telefon, um ihn zu erinnern, worum es eigentlich ging.

Um acht fuhr ein Umzugswagen eines weltweit operierenden Unternehmens vor Schiefers Haus vor. Zwei professionelle Umzugshelfer in blauen Overalls mit dem Firmenlogo auf dem Rücken sprangen aus dem Führerhaus und ein Mann mit beiger Stoffhose und blauem Hemd. Das musste Theo Mal sein.

Drei Stunden später rief mich Schiefer an: Theo freut sich, er hofft auf ein gutes Zusammenwohnen. Ich habe gar nicht gewusst, was ich darauf antworten sollte, schließlich habe ich gesagt: Wird schon werden. Wie findest du das?, fragte er mich. Ist das zu distanziert? Er richtet jetzt sein Zimmer ein, wie jeder normale Mensch, aber, wenn ich ihn sehe, denke ich, dass das jetzt ein Hamster im Laufrad ist. Neulich habe ich im Zusammenhang mit einem Entführungsfall über das sogenannte Stockholm-Syndrom gelesen. Hast du davon schon mal gehört? Das Entführungsopfer baut ein emotionales Verhältnis zu seinem Entführer auf, manchmal sogar dahingehend, dass es Mitleid mit dem Täter empfindet. Das bezeichnet man als Stockholm-Syndrom. So etwas darf mir nicht passieren. Keine Empathie mit Theo Mal, sage ich mir. Und umgekehrt auch nicht. Ich will und muss Theo wie unter einem Mikroskop beobachten können. Gefühlskalt. Verstehst du, was ich meine? Wenn es sein muss, will ich ihn drehen und wenden können. Wie ein Forscher einen Käfer mit der Pinzette an die Beinchen greift, um ihn auf dem Deckglas besser zu platzieren. Da darf kein Mitleid aufkommen.

Schiefer, sagte ich, bleib auf'm Teppich. Theo Mal ist ein Mitbewohner und kein Entführungsopfer.

Mal wie mal sehen, sagte Schiefer. Da liegt was in der Luft.

Fortan meldete sich Schiefer fast täglich. Entweder rief er mich an oder er kam vorbei. Er wirkte wie aufgezogen, begann manchmal schon im Treppenhaus zu erzählen. Dass er wieder angefangen habe zu lesen. Detektivromane. Er sei ja jetzt irgendwie selber einer. Manchmal komme er sich vor, als wäre er einem Verbrechen auf der Spur. Ob das nicht verrückt sei.

Verrückt ist es, den Springer auf e5 zu setzen, sagte ich mit Blick auf das Schachbrett.

Schiefer lachte, beugte sich nach vorne und haute mir freundschaftlich auf mein Knie. Du machst dir Hoffnung, sagte er. Ich mir auch.

Das Schuljahr beginnt bald, sagte ich. Schiefer nickte, ließ sich zurück aufs Sofa fallen und blickte gedankenverloren an mir vorbei. Er legte die Hände auf seinen Bauch, als bekäme er Bauchschmerzen.

Manchmal stelle ich mich im Flur hinter den Türrahmen und lausche, fing er plötzlich an. Ganz ruhig stehe ich da, atme flach und lausche den Geräuschen aus Theos Zimmer. Meistens lässt er die Tür einen Spaltweit offen stehen oder lehnt sie nur an. Ich höre das Umblättern der Buchseiten, das Klacken der Tastatur oder das schleifende Geräusch, wenn Theo einen Ordner aus dem Regal zieht. Manchmal spricht er laut vor sich hin, als wollte er überprüfen, ob seine Gedanken und Thesen ihre Stringenz und Klarheit behalten, wenn sie seinen Kopf verlassen. Ich höre ein Wort und weiß sofort, welches Thema, welche Klassenstufe. Wenn er im Zimmer auf und ab geht und vor sich hin spricht, weiß ich, dass er innerlich schon vor der Klasse steht, überprüft, wo Fragen aufkommen könnten, wo er zusätzliche Informationen geben muss, wie er den Arbeitsauftrag formuliert. Manchmal erwische ich mich dabei, wie ich ihn in Gedanken verbessere. Formuliere es klarer, denke ich dann oder: *Explizit* ist ein Fremdwort, das verstehen nicht alle, das müssen sie nachfragen, das gibt Unruhe, das wird ausgenutzt. Pass auf, will ich ihm zurufen.

Und dann denke ich: Selber aufpassen, Theo ist ein Hamster. Du sollst ihn beobachten und nicht warnen.

Das Problem ist, dass ich mir ja nur Gedanken mache, weil Theo ein ganz akzeptabler Kerl zu sein scheint. Aber ich habe eine Mission, und da sind Gefühle hinderlich, verstehst du?

Ich nickte.

Deshalb sage ich mir morgens nach dem Aufstehen: Theo Mal ist nur ein Objekt. Ein Hamster. Ein tierisches Forschungsobjekt. Objektiv betrachtet, komme ich aber nicht umhin, zu sagen, Theo ist ein Mensch. Und ich wollte Menschen nie als Objekte betrachten, verstehst du den Konflikt? Ich befinde mich in einer Zwickmühle.

Schiefer nahm immer größere Schlucke Wein zu sich. In immer kürzeren Abständen hielt er mir sein Glas entgegen, um es nachfüllen zu lassen.

Vor ein paar Tagen beim Frühstück betonte Theo mehrmals, dass er sich auf die Schule freue, obwohl ich ihn gar nicht danach gefragt hatte. Er sei nicht Lehrer geworden, weil er nicht gewusst habe, was er werden solle, sondern, weil er Lehrer werden wollte. Seine Augen funkelten, als müssten sie eine Disco beleuchten, als er das sagte, und er sagte das so voller Überzeugung, dass mir angst und bange um ihn wurde. Als ich dann später vor seiner Tür stand und lauschte, auch heimlich einen Blick riskierte, da wurde mir bewusst, dass ich einmal genauso war: leidenschaftlich, gewissenhaft, euphorisch. Und deshalb habe ich mir gesagt, fuhr Schiefer fort, ist es doch letztlich so, dass ich mich gewissermaßen selbst beobachte, wenn ich Theo beobachte.

Und das ist doch mehr als legitim, oder?, fragte er mich, verschränkte die Arme hinter seinem Kopf, starrte auf die Flasche, die leer neben dem Schachbrett stand, dann auf mich. Ich nickte ihm zu. Sich selbst beobachten ist legitim, sagte ich. Eine zweite Flasche auch. Damit stand ich auf, ging in die Küche, holte eine weitere Flasche Merlot, es war noch nicht mal vier Uhr.

Was weißt du von ihm?, fragte ich, nachdem ich Schiefer nachgeschenkt hatte.

Seine Eltern besitzen Schuhgeschäfte. Wenn ich ihn richtig verstanden habe, ist es egal, ob du nach Norden, Süden, Osten oder Westen gehst, irgendwann landest du in einem dieser Geschäfte.

Klingt nicht so, als hätte er es nötig, irgendwo zur Untermiete zu wohnen, sagte ich.

Vielleicht macht er eine Entdeckungsreise durch die Menschheit, sagte Schiefer, er sei aufgewachsen zwischen einer Haushälterin, die bei der Arbeit tränenreich Soaps im Fernsehen verfolgte, einer Köchin mit Brüsten so groß wie Wassermelonen und einem Gärtner, der die Büsche in ihrem hauseigenen Park in Schuhformen schneidet: Buchsbaumstiefel und Forsythienbudapester. Die Schnürsenkel sind quer übereinandergelegte Rosenzweige.

Wie findest du das?

Klingt nach Leuten, die einen Privatdetektiv engagieren, sagte ich.

Ich finde es großartig, sagte Schiefer. Ein Garten als vertrauensbildende Maßnahme. Man denkt doch: Wer seinen Garten beschuht, der meint es ernst, dem sind Schuhe eine Herzensangelegenheit. Schiefer lächelte versonnen, als sei er selbst kurz davor, die Hecken im nahe gelegenen Park zu schneiden. Dann aber beugte sich Schiefer nach vorne, so als wollte er dem, was er jetzt zu sagen gedachte, mehr Gewicht verleihen. Im Grunde genommen aber, sagte Schiefer mit gesenkter Stimme, ist Vertrauen eine Illusion. *Magic Electric* sagte mir nach der ersten Probe: Wenn ich bei Honeymoon mitspielen wolle, müsse ich bei den Auftritten einen Ehering tragen, egal, ob ich geschieden, verwitwet oder vom anderen Ufer sei. Die

Leute müssten sehen, dass ich verheiratet sei und trotzdem voller Inbrunst *Marmor, Stein und Eisen bricht* singen könne. Schiefer ließ sich wieder zurück ins Sofa fallen. Er legte seine Stirn in Falten, und im Bewusstsein, etwas Schwieriges auf eine einfache Formel gebracht zu haben, sagte er: Eheringe und Buchsbaumstiefel sind gut fürs Geschäft.

Was weißt du sonst noch von ihm?

Er war zwei Jahre an einer Privatschule als Lehrer tätig. Jetzt hat er die Chance auf eine Beamtenstelle, deshalb der Umzug.

Schiefer schüttelte müde den Kopf. Kaum zu glauben, dass jemand freiwillig in den öffentlichen Schuldienst geht. Man sollte Wetten abschließen, wie lange es dauert, bis er seinen Entschluss bereut und anfängt, Beethoven zu hören.

Was ist schlecht an Beethoven?, fragte ich.

Schiefer erhob sich milde lächelnd, ging langsam und schwankend, aber aufs Äußerste darauf bedacht, nicht zu stürzen, zum CD-Spieler und legte eine CD von Beethoven ein. Wein und Beethoven, das ist für die, die sich keinen Therapeuten leisten können, sagte er.

Was ist mit Jimi Hendrix?, fragte ich und bugsierte Schiefer vorsichtig Richtung Tür. Ich muss morgen früh raus, sagte ich. Auf dem Treppenabsatz drehte er sich zu mir: Jimi Hendrix ist für die, die noch Träume haben. Schiefer zwinkerte mir zu und ging vorsichtig, Stufe für Stufe, sich am Geländer festhaltend, die Treppe hinunter.

Er torkelte zwischen den parkenden Autos hindurch, dann mit schwankendem Schritt über die Straße, bis er wieder ein parkendes Auto zu fassen bekam, an dem er sich eine Zeit lang ausruhte, in den Himmel starrte, als suchte er den Mond, dann mit einer wegwerfenden Handbewegung seinen Schritt fortsetzte und schließlich hinter seiner Haustür verschwand. Die Sonne war noch nicht untergegangen.

Schiefer hatte mit mir nie über seine Zeit als Lehrer geredet. Als ich ihn einmal danach gefragt hatte, wollte er erst von mir wissen, auf welcher Schule ich gewesen bin, welche Erinnerungen ich an meine Schulzeit habe, was ich von meinen Lehrern hielt, wie sich mein Magen anfühle, wenn ich an die Schulzeit zurückdenke, und so fort. Einen ganzen Fragenkatalog warf er mir vor die Füße, ohne einmal Luft zu holen. Als ich sagte, dass ich nie eine normale Schule besucht hatte, dass wir über Jahre meinen Vater auf Montage im Ausland begleiteten und er alle paar Monate die Stadt oder das Land wechselte, dass meine Mutter eine Sondergenehmigung hatte, mich selbst zu unterrichten, war Schiefer in Lachen ausgebrochen, wenn das so sei, dann verstünde ich sowieso nichts, und hatte sich wieder dem Schachspiel zugewandt. Aber immer wieder schaute er mich an, schüttelte ungläubig den Kopf und sagte, du hast wirklich nie eine Schule besucht? Nein, sagte ich, einmal drei Monate in Managua und ein halbes Jahr in Manila, aber beide Städte lösten keine Erinnerungen aus.

*

Ende August musste ich für ein paar Tage verreisen. Ein Fall von vermutetem Datenklau in einer kleinen Forschungseinrichtung. Wenn es günstig lief, kam ich mit ein paar Tagen Observation davon, im ungünstigen Fall müsste ich mir zwei Wochen in einem billigen Hotel an einer lauten Straße mit wenig Schlaf und schlechtem Essen als suboptimale Lebenszeit schöndenken. Detektiv zu sein ist eine trostlose Angelegenheit. Auch wenn man mich gerne engagiert, um einen Betrug feststellen zu lassen, so findet man meine Arbeit im Allgemeinen eklig. Einer, der durch Schlüssellöcher guckt, der in privater Wäsche spioniert, in Angelegenheiten schnüffelt, die nicht die seinen sind, gilt als anrüchig, als schmutzig.

Einmal kam ich zufällig zusammen mit einem Rohrreiniger in eine Wohnung. Er wegen eines verstopften Rohres, das von Darmausscheidungen befreit werden musste; ich wegen Ehebetrugs. Mir fiel auf, dass man uns beiden nicht die Hand schütteln wollte, ich dachte, aha, auch einen Rohrreiniger findet man unappetitlich. Während der Rohrreiniger mit einer Spirale in der Toilette beschäftigt war, legte ich der Frau meine Beweise für den Ehebetrug ihres Mannes vor. Die Frau war nicht glücklich, im Gegenteil, sie war unglücklich, weil sich nun bestätigte, was sie befürchtet hatte. Aber ich wusste, wenn ich ihren Mann nicht überführt hätte, wäre sie auch nicht glücklich, sondern misstrauisch geworden. Sie hätte an meinen Fähigkeiten gezweifelt oder geglaubt, ich stecke mit ihrem Mann unter einer Decke. Es kam mir so vor, als sei sie insgesamt mit dem Besuch des Rohrreinigers glücklicher.

Manchmal entdecke ich bei meinem Bäcker, dass er ein neues Brot im Angebot hat. Dann ertappe ich mich dabei, dass ich meinen Bäcker um seine Unabhängigkeit beneide, dass er einfach von sich aus initiativ werden kann. Ich muss immer erst warten, dass mich jemand beauftragt, bevor ich aktiv werde. Und dafür muss irgendjemand etwas tun. Wenn niemand etwas tut, zum Beispiel fremdgehen oder Firmengeheimnisse verraten, bin ich überflüssig. Ich muss mich also glücklich schätzen, wenn jemand beschließt, ein bisschen Geld zu veruntreuen, obwohl ich das natürlich eigentlich nicht gutheiße. Tut jemand etwas Schlechtes, tut er mir etwas Gutes. Ich bedanke mich, indem ich mithilfe eines Fotoapparates dafür sorge, dass derjenige es bereut, Gelder veruntreut zu haben oder fremdgegangen zu sein. Demjenigen, der mir etwas Gutes getan hat, tue ich nun etwas Schlechtes an. Mein Beruf ist ein Paradoxon. Manchmal denke ich: Bäcker und Rohrreiniger sind unterschätzte Berufe.

Mit Schiefer redete ich kaum über meine Arbeit, manchmal erzählte ich ein paar Anekdoten, um ihn aufzuheitern oder bei Laune zu halten, aber wenn Schiefer besoffen auf meinem Sofa lag, schlecht träumte und vor sich hin stöhnte, dachte ich manchmal: Gescheiterte Lehrer sind auch kein Zuckerschlecken.

Ich lag ausgestreckt auf dem Bett, in der Hand die Fernbedienung. Im Fernseher liefen Nachrichten. Ich wartete auf die Wörter *Explosion* oder *explodieren*. Seit jeher hatte ich eine Affinität zu Explosionen, zu der Explosion an sich, zu dem Umstand, dass etwas in die Luft fliegt. Vor 102 Tagen hatte ich angefangen zu zählen. Seitdem war kein Tag vergangen, an dem nicht eins dieser Wörter vorkam. Ich wollte die 200er Grenze knacken und war guten Mutes.

Selbst wenn eines Tages das öffentlich-rechtliche Fernsehen keine Explosion zu vermelden hatte, was ich mir nur schwer vorstellen konnte, gab es immer noch die Privaten und die fanden immer irgendwo ein Haus, in dem ein Rentner ungeschickt an der Gasleitung hantiert hatte. Ursprünglich wollte ich Feuerwehrmann werden. In den Ländern, in denen mein Vater arbeitete, gehörten Brände und Explosionen zur Tagesordnung, aber ich merkte schnell, dass in unseren Breitengraden lieber betrogen als gezündelt wird. Nachdem das Wort gefallen war, rief ich Schiefer an. Gut, dass du anrufst, sagte er. Theo macht einen guten Eindruck. Körperlich und seelisch. Er hat einen kräftigen Appetit und eine gesunde Gesichtsfarbe. Ich habe ihn gefragt, ob er irgendwelche Krankheiten habe, etwas Chronisches zum Beispiel. Aber er sagte, er sei gesund, kerngesund, ich bräuchte mir keine Sorgen machen.

Wieso fragst du ihn nach Krankheiten?

Ein kranker Hamster lässt keine ordentlichen Rückschlüsse auf das Laufrad zu. Man würde doch das Falsche denken: Man glaubt, das Laufrad ist defekt, dabei lahmt der Hamster. All meine Untersuchungsergebnisse wären hinfällig.

Nimmst du die Sache nicht vielleicht etwas zu ernst?, fragte ich.

Ich habe mir ein Notizbuch gekauft, sagte Schiefer. Ein rotes. Ich führe Buch. Ein wissenschaftliches Tagebuch über Theo Mal. Nahrungsaufnahme ist eine Rubrik.

Schiefer bat mich für den Fall, dass ich vorhätte, noch mal anzurufen, eine Uhrzeit mit ihm zu verabreden. Es wäre ihm unangenehm, wenn ich zufällig

Theo am Apparat hätte, er würde ja nichts von mir wissen.

Zwei Tage später rief ich Schiefer erneut an. Bevor ich etwas sagen konnte, brüllte er in den Hörer: Sie geben ihm eine achte Klasse. Theo wird Klassenlehrer. Hörst du, eine Achte! Schiefers Stimme überschlug sich fast. Er schien mir entsetzt und gleichzeitig begeistert darüber zu sein. Ungläubig und auf eine Art fassungslos, dass es so gekommen ist, wie er es sich gedacht hatte. Er schrie: Ich habe es gewusst, dass es so kommt, ich habe es gewusst.

Schiefer, sagte ich, ich höre dich, aber was bedeutet eine achte Klasse? Ist das gut oder schlecht?

Ob das gut oder schlecht ist? Auf was für einem Planeten lebst du? Stell dir vor: Du hast all deine Bauern, deine Pferde und Läufer schon verloren, selbst deine Dame und deine Türme sind bereits im Jenseits. Einsam und verlassen steht dein König auf e8, begleitet von einem letzten verbliebenen Bauern auf e7. Um dich herum nichts als schwarz, eine Armada von schwarzen Bauern, Läufern, Pferden und Türmen, die langsam Schritt für Schritt näher kommen, um dich zu vernichten. So ist es, eine achte Klasse zu haben. Und weißt du, wer der Bauer ist, der dich noch begleitet?

Nein, sagte ich, weiß ich nicht.

Das ist die Hoffnung, dass es doch noch gut ausgeht. Schiefer fing an zu lachen. Ein brüllendes Lachen, ein verzweifeltes Lachen, das mir einen Stich versetzte, denn es kam mir so vor, als lachte er mich aus.

Ein Lehrer setzt seine Hoffnung auf einen Bauern, auf das schwächste Glied, stell dir vor, dabei taugt ein Bauer doch nur etwas, wenn man sowieso schon am Gewinnen ist. Schiefer schnappte nach Luft.

Theo geht in die Schule, sagte ich, er zieht nicht in den Krieg. Bleib auf'm Teppich.

Weißt du, was Menschen sind, die glauben, alles sei halb so schlimm?, fragte Schiefer in einem Ton, dass ich froh war, ihm nicht direkt gegenüber zu sitzen.

Beneidenswert, sagte er gleich darauf. Dann legte er auf.

Drei Tage später kam ich zurück. Früher als erhofft. Geheime Firmendaten an die private Mail-Adresse seiner Mutter zu schicken – manche Menschen sind so dumm, dass die Herausforderungen klein bleiben. Und der Verdienst auch.

Es dämmerte bereits. Schiefer stand auf dem Balkon. Mit Handzeichen machte er deutlich, dass er vorhabe, auf einen Sprung zu mir zu kommen. Als ich nickte, ging er sofort in seine Wohnung. Als hätte er seit Stunden ungeduldig auf meine Rückkehr gewartet.

Theos Eltern haben angerufen, sagte er bereits auf dem Treppenabsatz. Er ist aber sofort mit dem Telefon in sein Zimmer gegangen und hat die Tür hinter sich geschlossen. Ich dachte, das wäre ein ruhiger Genosse, sagte er mit hochgezogenen Augenbrauen, aber, uiuiui, da gab es ordentlich Schallwellen. Gebrüllt hat der: Nein, nein und nochmals nein, das sei sein Leben, er habe so entschieden. Dann brachte er das Wort *Schuhe* in Zusammenhang mit einer Fäkalie, die sie sich sonst wohin schmieren könnten. Ich stand vor der Tür, mein Herz klopfte und im Zimmer ging Theo aufgeregt auf und ab. Ich dachte, wer so aufgeregt ist, dass er derartig den Mund aufreißt, der könne in dieser Gemütsverfassung auch jederzeit die Tür aufreißen, sei es nur, um sich Luft zu verschaffen, und mich in dieser missverständlichen Lage entdecken. So entschied ich mich, meine Stellung vor der Tür aufzugeben. Man darf das Schicksal nicht zu früh herausfordern, oder? Schiefer sah mich fragend an. Noch immer stand er vor der Tür. Mit verstrubbelten Haaren, an der Backe ein Klecks Zahnpasta.

Man weiß halt nie, wann das Schicksal zurückschlägt, sagte ich und bat ihn, endlich hereinzukommen.

Schiefer kam herein, blieb aber im Flur stehen.

Theo kam nach dem Gespräch in die Küche, um zwei, drei Gläser Wasser zu trinken, fuhr er fort. Erhitzt und rotgesichtig sah er aus und ließ sich so erschöpft auf einen Stuhl fallen, dass man denken konnte, er komme gerade von einer Boxrunde in seine Ecke zurück. Ich habe dann den Vorschlag gemacht, zusammen eine Flasche Wein zu trinken. Lassen wir den Hamster für einen Moment beiseite, dachte ich mir. Dennoch ließ ich es bei einer Flasche bewenden. Bei zwei Flaschen steigt doch allerlei in den Kopf und dann kommen schnell Verbrüderungsgedanken auf und so ein Rad ist schwer zurückzudrehen. Obwohl Theo dann vielleicht von dem Telefongespräch mit seinen Eltern erzählt hätte. Stattdessen habe ich Theo darauf hingewiesen, dass die Schule in drei Tagen losgehe. Theo sagte, ich bräuchte das nicht in so einem mitleidigen Ton zu sagen, alles hänge davon ab, wie man die Sache angehe. Er sei gut vorbereitet und habe ein gutes Gefühl. Außerdem freue er sich und das sei die wichtigste Voraussetzung. Schiefer seufzte leicht und schüttelte den Kopf, als berge der Satz ein Unglück, das er schon voraussehe. Und tatsächlich sagte Schiefer: Ich war versucht zu sagen, dass eine katholische Privatschule etwas anderes sei als eine öffentliche Anstalt. Das sei ein Unterschied wie rahmengenähte Schuhe aus Kalbsleder und Lumpen, die man sich um die Füße wickle.

Als Wissenschaftler solltest du vielleicht etwas vorurteilsfreier an deine Untersuchung herangehen, sagte ich.

Ich hatte jahrelang einen Blick von vorn, mein Lieber, sagte Schiefer. Was glaubst du, was ich als Gitarrist bei Hochzeitsgesellschaften erlebe. Da sieht es oberhalb der Tischkante in den Gesichtern gefühlsmäßig ganz anders aus als unter den Tischen bei den Füßen: Oben blickt man liebevoll seinen Partner an, aber unten füßelt man fremd. Vor allem, wenn wir *Love me tender* spielen.

Was hat das denn mit der Schule zu tun?, fragte ich.

Ich weiß, wovon ich rede, sagte Schiefer aufgebracht, drehte sich um und verließ die Wohnung wieder, bevor ich ihn fragen konnte, ob er Lust auf eine Partie Schach hätte.

*

Sonntagabend, ein Tag bevor das neue Schuljahr losging, kam Schiefer wieder vorbei. Sein Hemd hing aus der Hose und die Schnürsenkel seiner Schuhe schleiften ungebunden am Boden. In der Hand hielt er eine Leinenstofftasche. Auf dem Kopf trug er eine karierte Mütze mit hochgebundenen Ohrenklappen.

Eine Mütze, wie Sherlock Holmes sie in seinen Filmen trug. Schiefer nahm sie vom Kopf, eine Detektivmütze, sagte er und drückte sie mir in die Hand. Schenk ich dir.

Er setzte sich aufs Sofa und baute das Schachspiel auf. Seine Hände zitterten leicht. Schiefer bemerkte meinen Blick, lächelte verlegen und sagte, eine Muskelschwäche. Ich wusste, dass er log, denn es waren nicht nur seine Hände, die zitterten, sondern auch sein Blick war unruhig, gehetzt, so als treibe ihn etwas um.

Morgen ist erster Schultag, sagte ich. Schiefer fiel ein Bauer aus der Hand. Seine Hand zitterte jetzt unübersehbar. Schnell rieb er beide Hände gegeneinander, so als wäre ihm kalt oder als gälte es, etwas anzupacken. Morgen geht es los. Endlich, sagte er.

Wir spielten eine Zeit lang schweigend, aber je länger das Spiel dauerte, desto finsterer wurden seine Gesichtszüge. Obwohl es gut für ihn aussah. Sogar besser, als mir bewusst war, denn er sagte auf einmal: Siehst du deinen Turm? Und siehst du meinen Läufer?

Sehe ich, sagte ich.

Und fällt dir da nichts auf?

Ich betrachtete meinen Turm und seinen Läufer, es dauerte einige Sekunden, dann schlug ich mir vor Schreck mit der Hand vor die Stirn. Nicht nur, dass mein Turm von seinem Läufer bedroht wurde, nein, schlug er meinen Turm, bedrohte er meinen König, der einen Schritt würde machen müssen, worauf Schiefers Pferd zu warten schien. Das Pferd, das mir bislang vollkommen ohne Plan abgestellt worden zu sein schien. Ich schüttelte den Kopf und ärgerte mich, dass ich überhaupt annehmen konnte, Schiefer würde ein Pferd ziellos irgendwo abstellen.

Du siehst das Unheil kommen, ja?, fragte er.

Schon gut, sagte ich, du musst es nicht zelebrieren.

Darum geht es nicht, sagte Schiefer. Es geht um das Hamsterrad. Ich kann es nicht sehen.

Was soll das heißen, du kannst das Hamsterrad nicht sehen?

Schiefer holte sein rotes Notizbuch aus der Leinentasche heraus. Mit seinem Daumen blätterte er es auf, langsam Seite für Seite, so als wollte er, dass ich sehen könnte, wie viele Seiten schon beschrieben waren. Ich konnte keine Worte erkennen, sah aber, dass es mit großer Sorgfalt geführt wurde: Textteile waren mit Lineal und farbigen Stiften unterstrichen, er hatte Tabellen angelegt und an den rechten Seitenrändern waren immer wieder farbige Notizen zu sehen, als ob er seine Aufzeichnungen selbst mit Kommentaren versehen hatte.

Ich habe alles aufgezeichnet, sagte Schiefer. Alles, was Theo in den letzten Wochen gemacht und geäußert hat. Schiefer sah mich mit ernstem Gesicht an und wiederholte: Alles. Und ich werde auch weiterhin alles eintragen, was mir aufschlussreich erscheint. In welcher Stimmung er morgens das Haus verlässt und zur Schule geht, in welchem Gemütszustand er mittags nach Hause kommt, was und wie viel er redet, wie oft er auf die Uhr schaut, was er an Nahrung aufnimmt und, wenn es mir wichtig erscheint, auch, wie viel er ausscheidet.

Aber ich habe keinen Einblick in die Schule. Ich weiß nicht, was im Unterricht passiert, im Lehrerzimmer, in den Pausen, ich weiß nicht, ob er pünktlich in die Stunden geht oder den Beginn ein paar Minuten herauszögert, indem er noch die Toilette aufsucht, ich weiß nicht, ob er nach dem Unterricht verschwitzt ist und sich heimlich mit Toilettenpapier den Schweiß trockenreibt, ich weiß nicht, ob er in den Pausen mit den Kollegen spricht, ich weiß nicht, ob er seine Tasche als Schutzwall vor sich auf das Pult legt, ich weiß nicht, ob er sich mit dem Rücken zur Klasse dreht, wenn er etwas an die Tafel schreibt, ich weiß nicht, ob er dabei nasse Hände bekommt, ich weiß nicht mal, ob es ihm nicht vielleicht doch gut geht in der Schule und er mit einem Lächeln nach Hause kommt, das keine Maskerade ist.

Warum interessiert dich, wie oft er auf die Uhr schaut?, fragte ich und dachte an die vielen Uhren, die ich in Schiefers Wohnung gesehen hatte.

Die Uhr, lachte Schiefer. Er stand vom Sofa auf und ging ans Fenster. Durch das Licht der Straßenlaternen erkannte man die Umrisse der gegenüberliegenden Häuser. Schiefer stützte sich hinterrücks mit den Händen auf der Fensterbank ab. Die Uhr ist das Heroin des Lehrers, sagte er leise. Du hasst sie, aber ohne sie hältst du es nicht aus. Sie ist dein Freund und gleichzeitig dein schlimmster Feind. In der Schule hast du immer zu wenig Zeit und gleichzeitig zu viel. Zu wenig Zeit für das, was du dir vorgenommen hast, und zu viel Zeit für das, was du erleiden musst. Zu wenig Zeit, um dieses und jenes zu machen, zu wenig Zeit, um dieses und jenes Gespräch zu führen, zu viel Zeit … Schiefer brach den Satz unvermittelt ab. Irgendwann hast du ein todsicheres Gespür dafür, wann du auf die Uhr schauen musst, um zu wissen:

gleich ist es vorbei. Wie ein Drogensüchtiger, der weiß, wann er sich die nächste Spritze setzen muss. Wenigstens zeitmäßig musst du wissen, woran du bist, brüllte Schiefer auf einmal. Es macht doch einen scheiß verdammten Unterschied, ob Theo mit guter Laune nach Hause kommt, weil es im Unterricht läuft oder weil ihm eine Kollegin schöne Augen gemacht hat. Ob Theo unglücklich ist, weil ihm die Schüler auf der Nase herumtanzen oder weil ihm der Rektor den Zuschuss für die Klassenfahrt streicht. Schiefer hatte sich in Rage geredet, er schlenkerte mit den Armen, als suchte er nach einem Gegenstand, den er gegen die Wand schleudern könnte. Spekulation ist doch nichts, brüllte er, Spekulatius, Scheißdreck, hat mir noch nie geschmeckt. Man muss doch wissen, woran man ist. Schiefer schlug die Hände vors Gesicht, krümmte seine Finger, als wollte er sich das Gesicht zerkratzen, stöhnte, als unterdrücke er mühsam einen Schrei. Ich stand auf, wollte zu ihm hingehen, etwas Tröstliches sagen. Ich hatte ihn noch nie so erlebt. Ich legte ihm eine Hand auf die Schulter, aber er duckte sich weg, schüttelte unwirsch den Kopf und murmelte: Nein, nein, es ist nicht alles gut. Dann drehte er sich unvermittelt zu mir und schrie mir ins Gesicht: Ich bin nicht verrückt, aber du hast keine Ahnung, du weißt überhaupt nicht, worum es geht, du Blindkopf. Er stieß mich zur Seite, rannte raus in den Flur, riss die Wohnungstür auf und stürmte die Treppe hinunter. Ich ging ans Fenster und zog den Vorhang beiseite. Schiefer rannte quer über die Straße, aber nicht zu seinem Hauseingang, sondern links die Straße entlang. Es musste geregnet haben, während Schiefer bei mir gewesen war. Das

Pflaster der Straße glänzte im matten Lichtschein der Straßenlaternen und in den dunklen Pfützen spiegelten sich die Lichter wider. Ich öffnete das Fenster, beugte mich hinaus und verfolgte Schiefer mit meinen Blicken, bis ich ihn aus den Augen verlor. In Schiefers Wohnung brannte Licht: Theo war zurückgekehrt.

Ich fand Schiefer im *Schmalen Wurf*. Allein an einem Tisch, vor sich ein Viertel Rotwein, das Glas mit beiden Händen umklammert. Ich bestellte mir ein Bier und setzte mich zu ihm. Wir waren die einzigen Gäste. Schiefer starrte stur auf sein Glas Wein. An den Wänden hingen Landschaftsfotografien in Schwarzweiß. Ich konnte mich nicht erinnern, dass an den Wänden jemals etwas anderes gehangen hatte. Schiefers Augen waren gerötet. Ich fragte mich, warum ich Schiefer überhaupt hinterhergerannt war. Hatten wir ein Verhältnis, dass ich ihm eine Hand auf die Schulter legen konnte? Wollte? Irgendwie war es doch am leichtesten, sich gemeinsam zu betrinken. Verrückt, dachte ich, dass es leichter ist, sich betrunken in den Armen zu liegen, als sich nüchtern zum Trost eine Hand auf die Schulter zu legen. Schiefer nahm einen Schluck Rotwein, legte seinen Kopf schief und als habe er meine Gedanken erraten, fragte er mich plötzlich: Was ist der Mensch?

Schiefer, sagte ich, für solche Fragen bin ich nicht betrunken genug.

Was hast du die ganzen Jahre deines Lebens gemacht, dass du eine so einfache Frage nicht beantworten kannst? Deinen Kopf spazieren getragen? Das ist doch eine Frage, die man sich in deinem Beruf stellen muss, auf die man zwangsläufig gestoßen wird, oder ist das Selbstbild eines Schnüfflers so schlecht, dass man dieser Frage lieber aus dem Wege geht? Ich verspürte große Lust, Schiefer mein Bier über den Kopf zu schütten, andererseits kam ich nicht umhin, ihm recht zu geben. Ich war nicht stolz auf meinen Beruf, er hatte nichts mit dem zu tun, was ich mir vorgestellt hatte, und nichts mit dem, was ich sein wollte.

Also gut, sagte ich, du willst wissen, was der Mensch ist? Zuallererst ein Durchschnittswert. Und der Durchschnitt sieht folgendermaßen aus: ein Paar, Ende dreißig, verheiratet, zwei Kinder, gesellschaftlich etabliert, einigermaßen gesicherter Wohlstand. Dem Mann geht es nicht schlecht, aber er will nicht glauben, dass es nicht noch ein bisschen besser gehen kann. Also nimmt er sich eine Geliebte. Das Leben wird ein bisschen aufregender, prickelnder, das Blut in den Adern fließt wieder ein bisschen schneller und schon hat der Mann das Gefühl: Na also, geht doch. Er ist stolz auf sich, seine Gesichtszüge entspannen sich, weil er spürt, er ist ein Risiko eingegangen und es hat sich gelohnt. Der Mann ist ein Spieler, einer, der bereit ist, ein Risiko einzugehen, einer, der beim Roulette nicht nur auf Rot oder Schwarz setzt. Das ist der Mensch, Kategorie eins.

Nun zu seiner Frau. Auch sie hat sich irgendwie mehr vom Leben versprochen, auch wenn sie weiß, dass sie eigentlich keinen Grund zur Klage hat. Auch sie denkt an einen Geliebten, traut sich aber nicht, einen zu nehmen, weil sie Angst vor den möglichen Konsequenzen hat. Das Risiko ist ihr zu groß: eine verhinderte Spielerin, die Frau. Aber sie bemerkt die entspannten Gesichtszüge ihres Gatten und die stoßen ihr bitter auf, weil sie weiß, das war nicht immer so, da ist etwas im Busch. Also ruft sie mich an, den Detektiv. So wird die Frau von einer verhinderten Spielerin zu einer Spielverderberin. Das ist der Mensch, Kategorie zwei.

Und nun komme also ich ins Spiel. Das Telefon klingelt. Ich nehme den Hörer ab und schon am Ton der Stimme am anderen Ende der Leitung höre ich, was los ist. Noch bevor die Frau zu Erklärungen ansetzt, sehe ich alles vor mir: Die Frau, den Mann, das Haus, die Küche, das Wohnzimmer, die Kinder, das Auto, ich sehe sogar das Bett und den Sex vor mir. Alles Sachen, die ich gar nicht sehen will, verstehst du? Die komplette Langeweile. Und in Sekundenbruchteilen, bevor ich ein Wort gesagt habe, hat sie mich durchdrungen. Ich sacke auf meinem Stuhl zusammen und fange innerlich an zu gähnen. Das bin ich. Mensch, Kategorie drei: gelangweilt. Drei Arten von Menschen: Spieler, Spielverderber und Gelangweilte. So sieht's aus.

Schiefer sah mich an und runzelte die Stirn. In der Schule ist der Durchschnitt Mitte fünfzig, alkoholkrank, zynisch, suizidal. Und entspannte Gesichtszüge kennt man nur vom Hörensagen.

In der Gesamtsicht ziemlich verheerend, sagte ich, nahm mein Glas und einen tiefen Schluck.

Es muss noch eine Kategorie geben, sagte Schiefer, und wenn sie erst noch erfunden werden muss, aber es muss noch eine Kategorie geben. Schiefer sagte das in einem Ton, als hätte er soeben einen Beschluss gefasst.

Wir zwei werden die Welt nicht ändern, sagte ich. Schiefer sah mich an mit einer Mischung aus Unverständnis, Ratlosigkeit und Enttäuschung. Er stand auf, warf mir einen verächtlichen Blick zu, ging zum Wirt an die Theke, wechselte mit ihm ein paar Worte, die ich nicht verstand, kam zurück zu mir an den Tisch und fragte, ob ich 50 Euro dabeihätte. Ich zahl's zurück, sagte er. Dann ging er zu den Wänden, hängte die drei Landschaftsfotografien ab und schmetterte sie auf den Boden. Der Wirt lachte und nickte Schiefer anerkennend zu. Schiefer ging zu ihm, drückte ihm das Geld in die Hand, bat ihn um Schaufel und Besen und machte sich daran, die Scherben aufzufegen. Die Bilder hingen zwanzig Jahre dort, raunte Schiefer mir ins Ohr. Zwanzig Jahre, stell dir vor, und niemandem haben sie gefallen, nicht mal dem, flüsterte Schiefer und zeigte unauffällig mit dem Handbesen auf den Wirt.

Warum hat er sie nicht abgehängt?

Sie waren von seiner Schwester. Ein Geschenk zur Einweihung, was sollte er machen.

Schiefer kippte die Scherben in den Abfalleimer, klopfte dem Wirt freundschaftlich auf die Schulter und machte mir ein Zeichen zum Gehen. In der Tür drehte er sich noch mal um. An den Wänden waren drei helle, rechteckige Flächen zu sehen. Jetzt sieht die Welt schon anders aus, oder?

Ich nickte. Aber es hat Geld gekostet.

Vor meiner Haustür schüttelte er mir die Hand. Es gibt noch eine andere Kategorie. Glaub's mir.

Ich zeigte mit der linken Hand auf seine Wohnung, die vollkommen dunkel war. Ab morgen dreht sich das Hamsterrad, sagte ich.

*

Ich stand noch lange am Fenster und starrte auf die Straße. An der Bushaltestelle gegenüber stellte ein älterer Mann auf der Parkbank vier prall gefüllte Plastiktüten ab. Er rollte seine Ärmel bis zum Oberarm hoch und machte sich daran, den Abfalleimer zu durchsuchen. Sorgfältig räumte er Schicht für Schicht aus dem Abfalleimer und legte den Dreck neben die Plastiktüten auf die Sitzbank. Ich nahm an, dass er nach Pfandflaschen suchte und dass diese aufgrund ihres Gewichts bis nach unten durchrutschten. Plötzlich fing er an zu fluchen und schüttelte angewidert seinen Arm, als wollte er etwas verscheuchen. Er nahm ein Stück alte Zeitung und wischte sich damit den Arm ab. Ich vermutete, es handele sich um Ketchupreste von einer Portion Pommes oder um Hundescheiße. Er fluchte wieder und trat mit dem Fuß wuchtig gegen den Abfalleimer. Noch einmal schüttelte er seinen Arm, bevor er ihn fluchend wieder in den Abfall streckte. In der Ferne schlug eine Kirchturmuhr halb drei. Der Anblick des Mannes deprimierte mich. Ich riss das Fenster auf und rief ihn zu mir rüber. Noch während er die Straße überquerte, warf ich ihm eine 2-Euro-Münze, die ich in der Tasche hatte, hinunter. Die Münze rollte unter ein Auto, der Mann rief etwas zu mir hoch, aber ich hatte das Fenster schon wieder geschlossen und mich umgedreht. Kurz darauf sah ich den Mann erneut im Abfalleimer herumwühlen. Ich warf mir meinen Mantel über und lief das Treppenhaus hinunter zur Straße. Ich ging zu dem Mann, der einen schier unerträglichen Gestank verbreitete, und sagte: Hören Sie, ich habe Ihnen doch zwei Euro gegeben. Der Mann reagierte nicht, sondern räumte irgendwelche Sachen in seine Plastiktüten, ohne mich auch nur eines Blickes zu würdigen.

Herrgottnochmal, verschwinden Sie endlich.

Zurück in der Wohnung, stellte ich mich noch mal ans Fenster. Der Mann war verschwunden. Die Welt sieht anders aus, dachte ich, aber es kostet Geld. 52 Euro, nur um nicht zu sehen, was man nicht mehr sehen will.

Halb sieben wachte ich auf. Bei Schiefer brannte Licht. Auf der Bank und um die Bank herum verteilt lag Abfall. Einige Menschen, die auf den Bus warteten, standen um die Bank herum. Gegenüber am Fenster tauchte Schiefer auf. Er winkte, ich nickte ihm zu. Dann ging ich in die Küche und machte mir einen Kaffee. Am Kühlschrank klebte ein Zettel: *Wie ein offener Kleiderschrank liegt der Tag vor dir – zieh ihn gut an.* Ich hatte den Spruch vor Monaten aus einer Zeitschrift ausgeschnitten und an den Kühlschrank geheftet. Als Motivation, die Tage, die ich nicht arbeiten musste, sinnvoll zu nutzen.

Halb neun klingelte das Telefon: Hast du Theo gesehen? Er trägt einen dunkelblauen Anzug, dazu ein blaues Hemd und eine in dunklem Grün gehaltene Krawatte. Was hältst du davon?, fragte Schiefer.

Was soll ich davon halten? Blau und Grün, warum nicht, ich denke, das passt.

Er geht in die Schule, sagte Schiefer. In die Schule, hörst du?, schrie er.

Ja, ja, schrei nicht so, ich weiß, heute ist erster Schultag.

Kannst du es dir als Detektiv eigentlich leisten, dermaßen auf dem Schlauch zu stehen?, fragte Schiefer. Theo begeht einen Kardinalfehler. Gleich am ersten Schultag einen Kardinalfehler.

So blöd kann man doch nicht sein, oder? Selbst wenn er ein Hamster ist. So blöd ist doch der dümmste Hamster nicht.

Schiefer seufzte, als fürchtete er, das Experiment könnte zu früh sein Ende finden.

Ich habe Theo gefragt, ob er ernsthaft im Anzug in die Schule gehen wolle. Er nehme die Schule ernst und das wolle er auch durch seine Kleidung zum Ausdruck bringen, hat Theo geantwortet. Daraufhin habe ich Theo darauf hingewiesen, dass er gerade mal dreißig sei, Junglehrer und als solcher müsse er doch Dynamik, Aufbruch und Kreativität verkörpern. Stattdessen kleide er sich, als sei er eine wandelnde Retrospektive der 50er Jahre. *Steif* sei das einzige Wort, das einem einfalle bei seinem Anblick. Und bei dem Wort *steif* sei das Wort *humorlos* nicht sehr weit weg. Ob er diesen Eindruck erwecken wolle? Theo schenkte meinen Worten überhaupt keine Beachtung, zumindest kam es mir so vor. Ohne ein Wort ging er zum Kühlschrank und schaltete den Radiowecker ein. Zufällig sang gerade Elvis Presley *Jailhouse Rock*. Theo schob einen Stuhl beiseite und fing an zu steppen.

In schnellen Schritten setzte er seine braunen Budapester auf den Boden, dass es nur so knallte. Die Krawatte schleuderte umher, als wäre sie die Angel eines Fliegenfischers.

Zwei Minuten ging das so, dann hat er sich wieder hingesetzt, mich angelächelt und gefragt, ob meine gedanklichen Rückschlüsse bezüglich seiner Kleidung als Reminiszenz an die geistige Flexibilität der

50er Jahre gedacht gewesen seien. Daraufhin habe ich nichts mehr gesagt. Theo frühstückte schweigend. Zwei Brote und einen Apfel. Er kam mir überhaupt nicht nervös vor. Verabschiedet aber hat er sich mit den Worten: Drück mir die Daumen, dass alles gut geht. Ich habe ihn dann vom Fenster aus verfolgt. Mit Blicken natürlich, bis zur Ecke. Eine schwarze Aktentasche baumelte im Rhythmus seiner Schritte in der rechten Hand. Fast beschwingt, sagte Schiefer, schwang sie vor und zurück. Seinen Schritt würde ich als *locker durchgetreten* bezeichnen. Wie findest du das?

Gut, sagte ich, *locker durchgetreten*, finde ich gut. Klingt entspannt und gleichzeitig zielgerichtet.

So habe ich es auch aufgeschrieben, sagte Schiefer. Der Schritt sagt viel über die innere Verfassung eines Menschen aus. Eine Tabelle habe ich angelegt. Links: Theos Schritt, rechts: Deutung. Links also: Locker durchgetreten, rechts: Theo ist voller Zuversicht, sieht seiner Aufgabe mit Freude entgegen, geht sie entschlossen an.

Klingt, als sei der Hamster gesund, sagte ich.

Aber dämlich angezogen, sagte Schiefer und legte auf.

Halb zwölf klingelte das Telefon erneut. Ich war draußen, sagte Schiefer, und habe versucht, locker durchzutreten. Habe mich mit meinen Schuhen kräftig abgestoßen, große Schritte gemacht und meine Arme beschwingt vor und zurück pendeln lassen. Schiefer machte eine Pause, er seufzte. Aber es hat nicht gepasst, sagte er. Ich habe mich wie ein schlechter Schauspieler gefühlt, nein, schlimmer, wie ein Hochstapler. Ich hatte das Gefühl, der Schritt steht mir nicht zu. Ich bin gelaufen wie ein Erfolgreicher, der es darauf anlegt, neues Terrain zu erobern. Aber das war falsch, das habe ich gespürt. Erst recht um diese Uhrzeit, morgens um zehn und ohne Tasche in der Hand. Für jedermann erkennbar: Der dort läuft, der tut nur so. Das ist nicht echt. Ein Schaumschläger. Zehn Uhr morgens, da fragt man sich doch: Hat der nichts zu tun? Ich habe mich dann in ein Café gesetzt und versucht mir vorzustellen, was in der Schule gerade vor sich geht. Wie Theo vor der Klasse steht, wie er redet, ob er hinter dem Pult sitzt oder lässig auf dem Pult hockt, ob er vor der Tafel auf und ab geht, ob er seinen Zeigefinger hebt, wenn er etwas Wichtiges mitzuteilen hat, ob er anfängt zu schwitzen, wenn er feststellt, dass die Schüler in den hinteren Reihen miteinander tuscheln, ob er die Schüler gleich ermahnt oder großzügig darüber hinwegsieht und darauf hofft, dass sie seinen Blick richtig interpretieren, ob er anfängt zu gestikulieren, wenn er nach Worten ringt, ob er einen Stift in den Händen hält; all das ist wichtig, die Schüler ziehen ihre Schlüsse daraus.

Schiefer, sagte ich, ich muss jetzt los.

*

Im Radio lief *Children of the Revolution* von U2. Der Titel erinnerte mich an eine Diskussion mit Schiefer.

Er sagte einmal, beim Schachspielen fühle man sich wie ein Revolutionär. Das sei unter allen Gefühlen eines der befriedigendsten. Es gehe beim Schach ja um nichts anderes, als darum, den König zu stürzen. Im übertragenen Sinn also darum, für eine Veränderung der Verhältnisse zu sorgen. Das sei doch der Gipfel dessen, was man als Mensch erreichen kann. Ich fragte, was daran revolutionär sein solle, wenn ein König einen anderen stürze. Das bringe doch keine Veränderung der Verhältnisse, zumindest nicht für die Bauern. Wenn es eine Konstante beim Schach gebe, dann doch die, dass die Bauern am Ende immer umgestürzt neben dem Spielfeld liegen. Ein Massengrab sei das bei Licht besehen. Verfügungsmasse seien die Bauern. Arme Schweine. Kanonenfutter. Und zwar jedes Mal aufs Neue.

Da habe er ein anderes Bewusstsein, sagte Schiefer. Für ihn sei jedes Spiel ein Kampf für ein besseres Königreich. Er sehe sich nicht nur als König, sondern auch als Vertreter der Massen, und das seien nun mal die Bauern. Die müssten zwar Opfer bringen, aber er sehe das als Kampf um die Zukunft. Ein Kampf für die Kinder und Enkelkinder der Bauern.

Meine Kinder und Enkelkinder kämen da schlecht weg, sagte ich, denn ich würde ja so gut wie jedes Spiel verlieren.

Du verlierst, weil die Strategie des Schachspiels auf simplen Alltagsweisheiten beruht, sagte Schiefer: Die Dame ist der Dreh- und Angelpunkt des Spiels. Um den gegnerischen König zu stürzen, musst du dir seine Dame vorknöpfen. Ist die Dame erst einmal weg, ist der König verloren. Das ist in Königshäusern nicht anders als bei Freddy Stober um die Ecke. Um zu gewinnen, bedarf es eines gewissen Einfühlungsvermögens in das Weibliche, sagte Schiefer. Du aber scheinst mit Frauen nicht viel am Hut zu haben. Deswegen verlierst du immer.

Schiefers Frau hatte ich vor zwei Jahren durch Zufall kennengelernt. Im Supermarkt. Schiefer und ich waren mit unseren Einkaufswagen zusammengestoßen. An Schiefers Seite eine Frau, die ich nicht gleich ihm zugeordnet hatte, weil sie anfangs etwas abseits stand und er sie mir auch nicht vorstellte. Unsere Begegnung war ihm sichtlich unangenehm, was ich aber zu spät bemerkte, denn ich hatte sogleich ein Gespräch begonnen. Ob er sich wieder mit Tiefkühlpizzen eindecke, fragte ich ihn, sagte, dass ich einen Merlot entdeckt hätte, so einen hätte er noch nicht einmal in seinen kühnsten Träumen geschmeckt, dass ich ihn bei unserer nächsten Partie mit einem Gabelangriff überraschen werde, er solle sich warm anziehen und so fort. Schiefer sagte nur: Ja, schön, dann bis bald, und ging mit seinem Wagen an mir vorbei. Die Frau aber blieb stehen, stellte sich als Schiefers Frau vor und fragte mich, ob ich mit Schiefer befreundet wäre. Ich wusste nicht, was ich sagen sollte. Na ja, sagte die Frau auf mein Zögern hin, auf jeden Fall scheinen Sie sich manchmal zu treffen. Das schon, ja, sagte ich, worauf die Frau mir ihre Adresse zuraunte und mich bat, sie auf dem Laufenden zu halten. Einfach, dass ich Bescheid weiß, wie es ihm geht, sagte sie und nickte Richtung Schiefer, der vor dem Milchregal stand.

Seitdem hatte ich zwei, drei Karten geschickt mit Botschaften wie: *Alles in Ordnung* oder *Kein Grund zur Sorge*. Schiefer wusste nichts davon. Auch nicht davon, dass ich vorhatte, heute seine Frau zu besuchen. Wie sollte ich ihm einen solchen Kontakt plausibel erklären? Seine Phantasie würde ihm einen Streich spielen. Er würde sich verraten und hintergangen fühlen und als Konsequenz den Kontakt zu mir abbrechen. Auch, wenn in der Regel er es war, der anrief oder vorbeikam, so musste ich mir doch eingestehen, dass ich seine Anrufe oder Besuche herbeisehnte. Der einzige Grund, den es geben konnte, Schiefer über mein Vorhaben zu informieren, war das Bedürfnis nach moralisch einwandfreiem Handeln. Aber wenn mir eins bewusst geworden war in den letzten Jahren, dann, dass Moral eine Knetmasse ist, die man sich zurechtbiegen kann. Je nach Gefühl. Mein Gefühl sagte mir, dass ich nicht der einzige Mitwisser dieser Geschichte zwischen Schiefer und Theo Mal sein wollte.

Für den Spätnachmittag war Regen vorhergesagt. Die ersten Schleierwolken waren bereits am Himmel aufgezogen, als ich aus der Haustür trat und zu meinem Auto lief. Ich sah Schiefer auf dem Balkon stehen. Die Kirchturmuhr schlug halb zwei. Schiefer winkte mir kurz zu, wendete seinen Blick aber sogleich wieder ab und schaute angestrengt die Straße entlang. Ich folgte seinem Blick. Ein Mann mit einer schwarzen Aktentasche kam die Straße herauf. Das musste Theo sein. Mir wurde bewusst, dass ich ihn bis jetzt noch nie von nahem gesehen hatte, überhaupt noch nie gesehen hatte bis auf den kurzen Moment bei seinem Einzug. Hätte ich ihn nicht dieses eine Mal gesehen, hätte er genauso gut eine Erfindung Schiefers sein können. Ein Phantom, das es gar nicht gab, der Phantasie entsprungen, und das Schiefer nur als Projektionsfläche diente, sein Leben aufzuarbeiten. Schiefer schaute plötzlich aufgeregt zu mir. Mit einer kleinen Handbewegung wollte er mich offenbar auf Theo hinweisen. Ich nickte ihm zu.

Schiefer formte seine Lippen zu abstrus verzerrten Gebilden. Als traute er sich nicht zu schreien und erwartete nun, dass ich von seinen Lippen ablas. Ich bildete mir ein, dass er sagte: Achte auf seinen Schritt. Das wollte ich, aber zwischenzeitlich war Theo an der Bushaltestelle stehen geblieben und studierte den Fahrplan. Ab und zu blickte er sich um, als wundere er sich über den ganzen Dreck, der herumlag. Dennoch fegte er schließlich mit der linken Hand ein Stück Zeitungspapier von der Bank und setzte sich. Er schlug die Beine übereinander, legte seine Tasche über den Bauch, die Hände darüber, ließ dann seinen Kopf über die oberste Planke nach hinten fallen und starrte in den Himmel. Ich fragte mich, was Schiefer jetzt wohl in seine Tabelle eintragen mochte? Was bedeutet es, wenn jemand in den bewölkten Himmel schaut? Vielleicht hing die Deutung davon ab, ob die Beine übereinandergeschlagen waren. Schiefer würde es mir erzählen.

*

Die Fahrt dauerte knapp zwei Stunden. Auf der Autobahn gab es Gewitter. Die Scheibenwischer kamen auf der höchsten Stufe kaum hinterher. Als ich in die Spielstraße am Ende des Neubaugebiets einbog, trommelte der Regen wie Maschinengewehrfeuer aufs Autodach. Die Scheibenwischer gaben ihren Geist auf. Schiefers Exfrau wohnte am Ende der Straße in einem Reihenhaus. Es kam mir so vor, als sei ihr Haus als einziges bewohnt. In allen anderen Häusern der Straße waren, soweit sie überhaupt fertiggestellt waren und nicht noch als Rohbau dastanden, die Rollläden heruntergelassen. Die Hauseinfahrt war ungepflastert. Fünf hintereinandergelegte, dreckbespritzte Holzpaletten führten zur Haustür. Ich zog mir die Jacke über den Kopf, hielt sie an beiden Seiten mit den Händen fest, knallte die Autotür mit einem Fußtritt zu und rannte über die Paletten, die bei jedem Sprung mit einem schmatzenden Geräusch ein Stück tiefer in den Schlamm sanken, zur Haustür. Die war nicht überdacht, der Regen fiel in Strömen auf mich herab, floß in meine Ärmel und sammelte sich im Bereich der Ellenbogen. Ich musste daran denken, die Arme fallen zu lassen und auszuschütteln, bevor ich das Haus betreten würde, dachte aber auch, dass das vielleicht gar nicht nötig sein würde, denn im Haus brannte kein Licht, soweit ich erkennen konnte. Ich ärgerte mich, dass ich mein Kommen nicht angemeldet hatte, und befürchtete, unverrichteter Dinge wieder heimfahren zu müssen. Dann ging auf einmal die Tür auf und eine Frau im gelben Bademantel stand vor mir. Ich ließ die Arme fallen, die Jacke rutschte nach hinten, ich spürte den Regen auf meinen Haaren und das Wasser die Ärmel hinausfließen. Die Frau zögerte einen Moment, ihre Augen verengten sich, sie suchte mich einzuordnen, dann huschte ein Lächeln über ihr Gesicht und ich wusste, dass sie sich an mich erinnerte.

Ich komme soeben aus der Dusche, entschuldigen Sie.

Ich wunderte mich: Es war Nachmittag, ihre Haare waren trocken und hinter ihr waren keine nassen Fußspuren zu erkennen. Ihr Gesicht sah blass und müde aus und hatte nicht den rosigen Teint, den die Haut nach einer Dusche aufwies. Als habe sie meine

Gedanken gelesen, fuhr sie sich mit den Händen durchs Gesicht und sagte: Bis zum Gesicht bin ich nicht gekommen. Sie lächelte schüchtern und mir war nicht daran gelegen, ihr etwas nachzuweisen.

Ich hoffe, ich komme nicht ungelegen, sagte ich.

Wenn er sich was angetan hätte, wäre wohl gleich die Polizei gekommen, nehme ich an. Warum keine Karte diesmal? Na ja, Sie werden es mir erzählen. Kommen Sie rein. Ziehen Sie Ihre Schuhe aus, bitte. Der Dreck draußen reicht. Sie trat einen Schritt zur Seite und lud mich mit einer Handbewegung ein, einzutreten. Sie hatte sich ihre Haare kurz schneiden und schwarz färben lassen, seit unserer Begegnung im Supermarkt.

Steht Ihnen gut, die neue Frisur, sagte ich.

Danke. Sie entschuldigen, dass ich Ihnen nicht sagen kann, ob sich bei Ihnen auch etwas verändert hat.

Was ist mit den Häusern?, fragte ich, während sie vor mir den Flur entlangging. Ich schätzte sie auf einen Meter siebzig, zehn Zentimeter kleiner als Schiefer. Sie war schlank und anhand des Ausschnitts der Beine, den ich sehen konnte, glaubte ich, dass sie ihren Körper nicht vernachlässigte. Vielleicht gab es einen neuen Mann in ihrem Leben.

Verspekuliert, sagte sie. Die hatten auf ein großes Autowerk gehofft, das hier produzieren wollte, aber dann doch nach Polen gegangen ist. Jetzt hat man Häuser und halbfertige Häuser, alle unterkellert, aber keine Käufer und Mieter. Sie lachte bitter auf, als habe sie darüber schon zu oft geweint.

Ich dachte, in einem Neubaugebiet wäre es leichter, Anschluss zu finden. Jetzt wohnen wir inmitten einer stillgelegten Baustelle und der nächste Nachbar ist zwei Straßenzüge entfernt. Trotzdem hat noch nie jemand versucht, hier einzubrechen. Ich habe schon um Hilfe geschrien, eine halbe Stunde lang, bis ich nur noch krächzen konnte. Danach war es noch ruhiger als zuvor. Die Vögel hörten auf zu zwitschern.

Manchmal lasse ich ganze Tage die Tür offen. Dann sage ich mir am Abend: Der Vorteil hier zu wohnen ist, dass man den ganzen Tag die Tür offen stehen lassen kann. Wieder lachte sie. Einmal hatte ich einen Fuchs im Haus. Er stand im Wohnzimmer am Fenster und blickte hinaus. Aber bleiben wollte er nicht.

Auch über laute Musik hat sich noch niemand beschwert. Ich kann machen, was ich will. Sie drehte sich abrupt zu mir um. Rechts schlängelte sich eine Treppe ins obere Stockwerk. Ich ziehe mir eben was an, sagte sie, nehmen Sie doch Platz. Sie wies mit der Hand nach links ins Wohnzimmer. Geradeaus sah ich durch einen Türspalt verchromte Türgriffe, vermutlich die Küche, dachte ich. Das Wohnzimmer war mit weißem Teppich ausgelegt. Die rechte Wand bestand aus einer deckenhohen, über die ganze Breite des Zimmers gehenden Fensterfront. Dahinter lagen die Terrasse und der Garten. Allerdings war kein Garten angelegt, ein etwa achtzig Quadratmeter großes Erdloch, das der Regen in eine Schlammgrube verwandelt hatte, lag da wie eine vergessene Baugrube. In der Mitte der Wohnzimmerwand stand ein roter Dreisitzer. Davor ein etwa kniehoher Tisch und gegenüber zwei braune Ledersessel. Mir fiel auf, dass keine einzige Pflanze im Wohnzimmer stand, nicht mal eine Blume auf dem Tisch, weder Fernseher noch eine Hifi-Anlage. An den Wänden hingen keine Bilder. Eine Kommode mit drei Schubladen stand an der Wand, die zur Tür führte, darauf eine Lampe mit weißem Schirm. Ich fuhr mit einem Finger über den Schirm und durchbrach eine feine Staubschicht. Ich drehte den Schirm, so dass der helle Strich zur Wand hin zeigte. Nahe der Fensterfront stand ein kleiner, schwarzer, gusseiserner Schwedenofen. Auch er mit einer feinen Staubschicht überzogen. Das Glas zeigte keinerlei Rußspuren und im Innenraum schien noch nie ein Holzscheit entflammt worden zu sein. Das Zimmer machte den Eindruck, als würde es überhaupt nicht benutzt, als wären die Möbel hier nur vorübergehend abgestellt.

Ich hatte sie nicht kommen hören. Sie räusperte sich, ich drehte mich um, sie stand in der Tür, als wollte sie den Rahmen für sich in Anspruch nehmen, als wäre ihr Anblick nun das Bild, als das sie wahrgenommen werden wollte. Sie hatte sich ein gelbes, ärmelloses Kleid angezogen, eine grüne Stola um die Schultern gelegt und Lippenstift aufgetragen. Kein Anblick, der nach einer Anrede mit Nachnamen verlangte, schoss es mir durch den Kopf. Im gleichen Moment wurde mir bewusst, dass ich nicht wusste, wie sie mit Vornamen hieß, und dass der Zeitpunkt, in dem ich sie danach hätte fragen können, vorbei war.

Eigentlich bringt man einer Frau Blumen mit, sagte sie. Ich spürte förmlich, wie mir die Röte ins Gesicht schoss, sie lachte und sagte: Nicht so schlimm wie Ihre Drei-Wort-Karten einmal im Jahr. Setzen Sie sich, ich nehme an, Sie trinken einen Kaffee.

Kurz bevor sie in der Küche verschwand, drehte sie sich noch einmal um. Wenn niemand kommt, fragt man sich nicht mehr, ob es gemütlich ist oder nicht. Sie zuckte mit den Schultern und ich hoffte, dass sie das nicht noch einmal tun würde. Eine Geste, die mir zu abgeklärt vorkam und die Stola unmittelbar zu einem Schal werden ließ. Eine Stola ist alles andere als gleichgültig, dachte ich.

Sie servierte den Kaffee in gutem Geschirr mit Tasse und Untertasse.

Und noch mal umziehen?

Ich habe gekauft, sagte sie. Mein komplettes Erbe steckt hier drin. Nach der Trennung wollte ich Florian ein Stück Sicherheit bieten. Jetzt ist das Haus so sicher wie die Bank von England. Wenn kein Wunder geschieht, bekomme ich das meinen Lebtag nicht mehr los. Weder verkauft, noch vermietet.

Ihr Sohn?

Beim Tischtennis. Sie haben Glück.

Wie meinen Sie das?

Freunde von Papa sind unerwünscht. Ohne Ausnahme.

Auf meinen fragenden Blick hin sagte sie: Es gibt keinen Kontakt, ja. Schiefer wollte nicht. Lieber gar keinen Vater als einen Versager, sagte er. Auf solch archaische Gedanken kommen Männer, wenn sie sich schämen. Ich musste an das abgeschnittene Foto in Schiefers Wohnung denken: das lachende Kind mit der Schultüte vor der Brust. Vielleicht hatte er gar nicht seine Frau rausgeschnitten.

Dabei hat er nur einmal versagt, fuhr Stola fort. Bei der Reparatur der Waschmaschine, aber das wollte er nicht hören. Ich sei einfältig, sagte er. Manchmal würde ich ihn gerne fragen, was ich jetzt bin, und dann denke ich, wenn etwas keine Rolle mehr spielt, dann, was ich bin. Aber was erzähle ich Ihnen das alles. Sie rieb sich die Augen, dann sprang sie unvermittelt auf, lächelte mich an und sagte: Trinken wir einen Schnaps. Ich bemerkte an ihrem Hals rote Flecken, die mir zuvor nicht aufgefallen waren. Sie ging in die Küche und ich fragte mich, ob ich mir einbilden durfte, dass sie die Stola für mich angezogen hatte. Immerhin hatte sie sie nicht von Anfang an angehabt. Ich ging zum Fenster. Draußen regnete es noch immer wie aus Kübeln. Ich dachte an meine kaputten Scheibenwischer.

Schaut er immer noch so gerne Western? Sie stand hinter mir, und wieder hatte ich sie nicht bemerkt. In der einen Hand hielt sie eine Flasche Schnaps, in der anderen zwei Gläser. Die Flasche war zu drei Vierteln voll. Im Stehen füllte sie beide Gläser bis an den Rand, bat mich, ihr eins aus der Hand zu nehmen, nickte mir zu und trank ihr Glas in einem Zug leer. Ich tat es ihr nach.

Wieso Western?, fragte ich.

Da wird nicht lang gefackelt, sondern gleich geschossen, sagte sie, lachte und legte lachend für einen Moment ihren Kopf an meine Schulter. Als sei sie selbst darüber erschrocken, zog sie ihn gleich wieder zurück.

In einem Film gibt es eine Szene, in der Clint Eastwood einen Schweinehirten spielt. Ständig fällt er in den schlammigen Dreck, in dem sich die Schweine suhlen. Er sieht schon selber aus wie ein Schwein. Es gibt noch ein Pferd, aber er kann nicht mehr reiten, nach ein paar Metern fällt er zurück in den Schlamm.

Das bin ich, sagte Schiefer immer. Wühle in der Scheiße und hab's mit Schweinen zu tun. Und zu mir gewandt: Du hast hier nichts verloren, in dem ganzen Dreck. Er hat mich regelrecht angeschrien, angefleht, ich solle endlich abhauen, aber ich wollte nicht. Florian auch nicht. Der hat immer gelacht und gesagt, das bist doch nicht du, Papa. Was redest du denn? Schnell füllte sie wieder unsere Gläser auf. Irgendwann hat er aufgehört, sich zu waschen, hat die Kleider nicht mehr gewechselt, ist nicht mehr aus dem Bett gestiegen, bis die Schule ihn entlassen hat und ich gegangen bin.

Beide schwiegen wir eine Weile. Dann sagte sie: Vor einiger Zeit habe ich mir alte Fotos angeschaut. Das Seltsame war, ich habe mich an diesen Menschen auf den Fotos kaum erinnern können, auf jedem Foto hat er gelacht und ich habe immer gedacht, das stimmt doch gar nicht. Aber das, wovon es keine Fotos gibt, das sehe ich Tag und Nacht. Da macht man Fotos, um etwas in Erinnerung zu behalten, und dann sind die Erinnerungen resistenter als jedes Foto.

Er spielt jetzt vornehmlich Schach, sagte ich schnell.

Ja, ja, die Veränderung der Verhältnisse, der Kampf um die Kinder und Enkelkinder. Sie schnaufte verächtlich, zog meine Hand zu ihr herüber und füllte mein Glas auf. Wo landet man in veränderten Verhältnissen? In Rohbauten, die keiner haben will. Beide fingen wir an zu lachen, tranken unsere Gläser leer, sie nahm mir meines ab und stellte es zusammen mit ihrem auf den Ofen. Dann hakte sie sich bei mir unter und wir gingen zurück zum Tisch. Sie ließ sich im Sessel nieder, ich setzte mich wieder aufs Sofa.

Er hat Großes vor, sagte ich und erzählte ihr von Theo Mal, von Hamstern in Laufrädern, von Sherlock Holmes und übereinandergeschlagenen Beinen, und immer wieder fing sie an zu lachen, sagte, sie verstehe überhaupt nichts, aber es sei herrlich, an Hamster habe sie das letzte Mal vor fünfundzwanzig Jahren gedacht, die Vergangenheit hole einen halt immer wieder ein, lachte sie, stand auf, um unsere Gläser zu holen, sie wankte ein bisschen, aber die Gläser füllte sie von Mal zu Mal mit immer größer werdender Anmut.

Draußen war es dunkel geworden. Ich wunderte mich, wo Florian blieb, aber ich wollte nicht nachfragen. Sie lächelte mich an, ich wollte ihr sagen, dass sie atemraubend ausgesehen haben musste, mit rotem Hut auf der Pferderennbahn, überhaupt sehe sie atemraubend aus, aber da hatte sie schon ihre Augen zu.

Ich versuchte vorsichtig aufzustehen, konnte mich aber nicht gerade halten, ging also erst mal in die Hocke, hielt mich am Tisch fest und atmete einige Male tief durch. Dann nahm ich die fast leere Flasche und schlurfte langsam in die Küche. Ich kippte den kleinen Rest in das Spülbecken, drehte den Wasserhahn auf, um auch den Geruch wegzuspülen, schüttete mir ein paar Hände voll Wasser ins Gesicht und wusste nicht, wohin mit der Flasche. Ich wollte nicht, dass Florian seine Mutter schlafend im Sessel fand und eine leere Schnapsflasche in der Küche. Ich beschloss, sie mitzunehmen. Eine im Herd integrierte Uhr zeigte: 23:07. Ich ging zurück ins Wohnzimmer. Ihr Kopf war leicht zur Seite geneigt, der Mund stand offen, sie schnarchte leise. Ich nahm ihre Füße und legte sie vorsichtig auf den Tisch. Dann schlich ich mich zur Haustür und drückte behutsam die Türklinke herunter. Es hatte aufgehört zu regnen, die Wolkendecke war aufgerissen, einige Sterne waren am Himmel zu sehen und die Holzpaletten schimmerten im fahlen Mondlicht. Es gab keine Straßenlaternen. Ich ließ die Tür einen Spaltweit offen, falls Florian keinen Schlüssel dabeihaben sollte. Es ging mir nicht in den Kopf, dass er noch nicht nach Hause gekommen war und dass seine Mutter sich keine erkennbaren Sorgen gemacht hatte. Dass der Schnaps ihren Sohn aus dem Bewusstsein verdrängt hatte, konnte ich mir nicht vorstellen. Ich stellte die Schnapsflasche auf den Boden und ging noch einmal zurück ins Haus. Ihr gleichmäßiges Atmen war bis in den Flur zu hören. Ich musste mir keine Sorgen machen, und sonst würde mir etwas einfallen. Ich ging rechts die Treppe hoch ins erste Stockwerk. Oben gingen drei Türen ab. Die erste führte ins Bad. Auf dem Badewannenrand standen mehrere Shampooflaschen, Duschgels und eine nicht geringe Anzahl von Körperlotionen. Über dem Waschbecken hing ein verspiegelter Badezimmerschrank. Darin mehrere Lippenstifte, Nagelscheren, eine Pinzette, Pflaster, Nagellack, eine Packung Midazolam, ein Mittel, das gegen Schlafstörungen und als Beruhigungsmittel eingesetzt wird. Eine ungeöffnete Packung Kondome, Mundwasser sowie eine Packung Clomipramin, ein stimmungsaufhellendes Antidepressivum, das ich kannte. Vom Bad aus führte eine Tür ins Schlafzimmer. Die Bettdecke war zerknüllt und hing halb auf dem Boden. In einer Ecke auf einem Holztisch stand ein Fernseher, er war auf Stand-by geschaltet. Ein zweitüriger Kleiderschrank stand offen. Einige Kleider waren halb vom Bügel gerutscht. Im obersten Kleiderfach lag ein roter Hut. Ich hob ihn vorsichtig hoch und entdeckte darunter zwei leere Wodkaflaschen. Vor dem Fenster stand ein Schreibtisch, eine Glasplatte auf zwei Holzböcken. Etliche Papiere lagen durcheinandergewürfelt, einige ungeöffnete Briefe waren darunter. Zuoberst lag ein Mahnschreiben. Dem Briefkopf entnahm ich, dass es sich um eine Internatsschule handelte. Eine Mahnung, die fehlenden Monatsbeiträge zu überweisen, zudem erbitte man ein baldiges Gespräch über Florian. Auf einmal hörte ich ein Geräusch. Schnell packte ich eine Wolldecke, die am Fußende des Bettes lag, und ging die Treppe hinunter. Das dritte Zimmer wollte ich sowieso nicht mehr sehen. Es war genug. Sie stand unten am Treppenaufgang und sah mich mit müden Augen an. Ich drückte ihr die Bettdecke in die Hand und sagte: Zum Zudecken. Ich wollte Sie nicht aufwecken. Sie ließ die Decke auf den Boden fallen und umarmte mich. Kommen Sie gut nach Hause, flüsterte sie.

Über die schmierigen Holzpaletten lief ich zum Auto. Ich hörte, wie hinter mir die Tür ins Schloss fiel. Ich kehrte noch mal zurück, sammelte die Schnapsflasche auf und kurz darauf saß ich im Auto und konnte mich nicht erinnern, wann ich zuletzt eine Frau im Arm gehalten hatte.

Es war nach Mitternacht, als ich in meine Straße abbog. Bei Schiefer war alles dunkel. Stola, dachte ich, Stola ist der passende Name.

*

Das Klingeln des Telefons riss mich aus dem Schlaf. Draußen war es taghell. Der Wecker zeigte halb elf.

Es ist halb elf, sagte ich in einem Ton, als wäre es halb sieben Uhr morgens.

Ich weiß, sagte Schiefer, Theo hat jetzt Geschichte in der neunten.

Muss ich das wissen?, fragte ich.

Ich komme nur drauf, weil ich mich gestern mit Theo über die babylonische Sprachverwirrung unterhalten habe. Theo sagte, Musik habe nur deshalb in allen Kulturen einen so großen Stellenwert, weil man erkannt habe, dass Musik das einzige Kommunikationsmittel ist, das über alle Sprachgrenzen hinweg funktioniert. Ein kluger Kopf, der Theo, sagte Schiefer.

Beruhigend, dass er kein Dummkopf ist. Des Projektes wegen, einen Dummkopf muss man ja wissenschaftlich anders untersuchen und beurteilen als einen hellen Kopf. Als Hochzeitsmusiker musste ich Theos These natürlich zustimmen. Neulich erst habe ich auf einer Hochzeit gespielt, bei der ein Deutscher eine Chinesin geheiratet hat.

Physiognomisch war da ein deutlicher Unterschied zu sehen, eine Chinesin erkennt man halt sofort, ohne sich besonders anstrengen zu müssen, zumindest dem asiatischen Raum kann man sie sogar bei Kurzsichtigkeit ohne Weiteres zuordnen. Auch die Esskultur hat einen unterschiedlichen Sozialisationshintergrund offenbart. Aber, sagte Schiefer und erhob seine Stimme, als glaubte er einen Grund zu haben, mein Trommelfell mehr als notwendig in Schwingung zu versetzen, das Tanzbein haben sie alle geschwungen: Chinesen, Deutsche, auch zwei

Türken und ein Libanese, die unter den Gästen waren. Und zwar zu amerikanischem Rock 'n' Roll, gespielt von deutschen Hochzeitsmusikern. Ist das nicht faszinierend? Beim Tanzen fällt alles Chinesische und Deutsche unter die Schuhsohlen und man ist nur noch Bruder und Schwester im Rhythmus der Musik. Schiefer redete immer weiter auf mich ein, aber ich konnte ihm kaum noch folgen, immer wieder musste ich an die leeren Wodkaflaschen in Stolas Kleiderschrank denken. Ob es auch faszinierend sei, dass seine Frau sich vor allem im Rhythmus des Rausches bewege, hätte ich ihn am liebsten gefragt. Aber ich sagte nichts und hörte stattdessen weiter zu, wie Schiefer monologisierte.

Theo finde es jämmerlich, dass kaum noch Musik unterrichtet werde, hörte ich Schiefer wie aus weiter Ferne sagen. Ich habe eine These, die ich dir vorstellen will, sagte Schiefer: Wenn Gott damals, angesichts des Turmbaus zu Babel, die einheitliche Sprache der Menschen zerstört hat, die Musik aber eine Sprache sei, die alle Menschen verstünden, dann wäre das doch ein Beweis, dass Gott seinen Job nicht gut gemacht hat, zumindest nicht vollständig. Ist Gott fehlerhaft? Ist er abhängig von Tageslaunen? Denkt er seine Sachen nicht zu Ende? Das ist doch bei einem Gott, der das Meer verdrängen und seinen Sohn auferstehen lassen könne, kaum vorstellbar.

Warum also verbannen wir den Musikunterricht aus unseren Lehrplänen, wenn Gott uns die Musik gelassen hat? Wir spielen uns auf, als wollten wir Gottes Werk, die Zerstörung einer einheitlichen Sprache, vollenden. Das ist doch die absolute Hybris, Gotteslästerung ist das. Wir zerstören uns damit doch das bisschen Paradies, das wir haben, selber. Ich glaube, Gott wäre mit den Lehrplänen nicht einverstanden.

Schiefer machte eine Pause und atmete tief durch. Das ist doch pfiffig gedacht, sagte er schließlich, oder nicht?

Lassen wir die Kirche im Dorf, sagte ich und legte auf.

Im Wohnzimmer fielen die Sonnenstrahlen auf das Schachbrett. Die Figuren standen noch immer so wie zum Ende des letzten Spiels. Es musste mindestens eine Woche her sein. Mein König wartete noch auf b3. Bedroht von Läufer, Turm und Pferd. Schiefer hatte schon fünf Züge zuvor angekündigt, dass b das Grab meines Königs sein wird. Weißt du, warum b ein gutes Grab für einen König ist, hatte er gefragt und die Antwort gleich hinterhergeschoben: weil b für Bauer steht. Von b aus nimmt jede Revolution ihren Anfang. Schachmatt eines Königs auf b steht symbolisch dafür, dass der König letztlich auch nur ein Bauer ist.

Mir lag die Frage auf der Zunge, wie Schiefer es in Einklang bringen konnte, sich für die Kinder und Enkelkinder der Bauern einzusetzen, aber gleichzeitig seinen eigenen Sohn zu verraten. Ich traute mich nicht.

Im Laufe des Tages klingelte noch ein paar Mal das Telefon, aber ich nahm nicht ab. Auch die nächsten Tage nicht.

Eine Woche später bekam ich eine Postkarte: Vorne drauf eine Henne und ein Ei. Darüber in Druckschrift: *Spielt es eine Rolle, wer von beiden zuerst da war?*

Auf der Rückseite in Schönschrift und grüner Tinte: *Es ist wie es ist. Schiefer trifft keine Schuld.*

Die Karte war nicht unterschrieben, aber ich hatte keinen Zweifel, dass sie von Stola stammte.

*

Schiefer meldete sich mehrere Tage nicht bei mir. Wir liefen uns auch nicht zufällig über den Weg. Theo sah ich ein paar Mal vom Fenster aus. Er trug immer einen Anzug. An der Art, wie er lief, konnte ich nichts Auffälliges entdecken.

Aus professioneller Sicht war mein Besuch bei Stola ein Fehler gewesen. Ich hätte wissen müssen, dass ich durch meine freundschaftliche Beziehung zu Schiefer keine Distanz besitzen konnte, die mich die Dinge objektiv und nüchtern betrachten ließ. Jetzt war ich in eine Situation geraten, von der ich wusste, dass ich mich aus ihr nicht so leicht würde befreien können. Das, was ich am besten konnte, war schnüffeln, aber nun war mir meine Schnüffelei zum Verhängnis geworden. Leere Wodkaflaschen, unter einem roten Hut versteckt, waren nicht leicht zu ignorieren. Aber was sollte ich tun?

War mein Verhältnis zu Schiefer eine Freundschaft? Ich wusste es nicht. Zumindest keine, die sich schon bewiesen hätte. Aber ich konnte auch nicht sagen, dass Schiefer kein Freund war. Er war ein skurriler Zeitgenosse, und auf diese Skurrilität blickte ich mit einer Mischung aus Faszination und Unbehagen. Skurrilität ist nichts, das man mit auf die Welt bringt. Der Humor der Unglücklichen, hatte ich mal gelesen, ein Panzer, den man sich zulegt, wenn man nichts mehr zu lachen hat.

Ich konnte es drehen und wenden, wie ich wollte: Ob Schiefer ein Freund war oder nicht, ob ich mich in Stola verliebt hatte oder nicht: Klarheit würde ich erst bekommen, wenn ich verstand, was vorgefallen war. Bis jetzt hatte ich – wenn überhaupt – immer noch erst eine Ahnung.

Es war Spätnachmittag, die Sonnenstrahlen wurden müde. Ich stand am Fenster. Auf der Bank an der Bushaltestelle gegenüber saß der Obdachlose, der neulich den Mülleimer ausgeräumt und den ganzen Dreck auf der Parkbank verteilt hatte. Es kam mir so vor, als schaute er zu mir hoch. Unwillkürlich trat ich vom Fenster zurück, ging in die Küche und öffnete eine Flasche Chardonnay. Zurück im Wohnzimmer, warf ich einen kurzen Blick aus dem Fenster. Beim Anblick des Penners musste ich an seinen beschmierten Ärmel denken. Da mich das Gefühl beschlich, ihn nicht das letzte Mal wahrgenommen zu haben, beschloss ich, ihn für mich fortan Ketchup zu nennen.

Ich zog die Vorhänge zu, setzte mich und nahm Stolas Karte in die Hand: *Es ist wie es ist. Schiefer trifft keine Schuld.*

Woran sollte Schiefer keine Schuld treffen? Dass seine Frau Alkoholikerin geworden war, dass er den Kontakt zu seinem Sohn abgebrochen hat, dass er seinen Mitbewohner beim Gehen beobachtete und seine Ergebnisse in einer Tabelle schriftlich fixierte? Wer sonst als Schiefer war dafür verantwortlich? Ich drehte die Karte zwischen meinen Fingern hin und her, betrachtete abwechselnd Henne und Ei und Stolas Sätze auf der Rückseite: *Es ist wie es ist. Schiefer trifft keine Schuld.*

Diese Sätze hatte ich so ähnlich schon einmal gehört. Eine Freundin hatte sie gesagt, als ich eines Tages nach Hause gekommen war und sie dabei war, ihre Koffer zu packen. *Bitte akzeptiere es, es ist wie es ist. Dich trifft keine Schuld.* Ich hatte nichts gesagt, die Art und Weise, wie sie ihre Koffer packte, hatte mich sprachlos gemacht, aber ich dachte: Nein, das stimmt nicht. Es ist nicht so, wie es ist. Es hatte ja auch einen Tag gegeben, da hast du deine Koffer ausgepackt. Und da war es anders gewesen.

Stola hatte Unrecht. Ihre Sätze waren falsch, zumindest der erste. Und der zweite stand auf wackligen Füßen. Der erste Satz musste lauten: Es ist, wie es gekommen ist. Nichts ist so, wie es ist, sondern immer so, wie es gekommen ist. Ein Zustand ist immer das Produkt eines Prozesses. Ein Hamsterrad ist nicht einfach kaputt, weil es kaputt ist, sondern, weil es falsch konstruiert wurde oder weil es nicht regelmäßig gewartet wurde oder weil Hamsterrad und Hamster nicht zusammenpassen. Und jeder Prozess wird von jemandem bestimmt, zumindest beeinflusst. Also musste es auch einen Schuldigen geben. Falls Stola recht hatte und Schiefer keine Schuld an dieser Tragödie traf, dann mussten die Umstände schuld daran sein. Aber was waren das für Umstände, die Schiefer skurril und seine Frau Alkoholikerin hatten werden lassen? Wieder kam mir der Hamster in den Sinn: Der Lauf des Hamsters wird bestimmt durch den Zustand des Laufrads. Und durch die Verfassung des Hamsters. Angenommen, der Hamster war in guter Verfassung, dann musste das Laufrad defekt sein. Schiefer hatte recht mit seiner Untersuchung. Das war kein skurriler Blödsinn, den Schiefer mit Theo Mal trieb. Vielmehr diente es Schiefers Ziel, die Umstände seines Scheiterns zu beleuchten und somit die Schuldfrage zu klären.

Ich ließ mich in den Sessel fallen und nahm einen tiefen Schluck Chardonnay. Ein eigentümliches Gefühl von Stolz ergriff mich. Jetzt ergab alles einen Sinn. Ich wunderte mich, dass mir das nicht eher in dieser Klarheit bewusst geworden war, denn schließlich war meine Erkenntnis ja nichts weniger als die Grundlage meines Berufs: etwas ans Licht zu bringen. Draußen war es dunkel. Bei Schiefer brannte noch Licht.

Dass Schiefer an seinem Lebensgepäck schwer zu tragen hatte, war offensichtlich. Ich würde ihm helfen müssen, herauszufinden, ob sein Gepäck noch zu schultern war, ohne dass er darunter zerbrach. Ich wusste inzwischen zu viel, als dass ich weiterhin nur in der Beobachterrolle bleiben konnte. Außerdem fühlte ich mich verantwortlich. Schließlich war ich derjenige gewesen, der Schiefer auf die Idee gebracht hatte, Theo Mal als Forschungsobjekt zu betrachten. Nicht zuletzt brauchte ich Klarheit für mich selber. Meine Gefühle Schiefer gegenüber waren widersprüchlich. Stola hatte sich in meine Träume geschlichen. Zu gern hätte ich sie jetzt angerufen, gesagt, dass ich Schiefer nicht alleine lasse und sie auch nicht, dass ich mich kümmere, dass nun alles anders wird. Aber aus Angst, dass Stola mit meinem verqueren

Gestammel nichts anzufangen wüsste, außer zu denken: Nicht nur Schiefer, nun auch er, beschloss ich, einen Spaziergang zu machen.

Die Parkbank an der Bushaltestelle war verwaist. Ketchup war nirgends zu sehen. Es berührte mich eigentümlich, festzustellen, dass ich überhaupt auf seine Anwesenheit achtete, und zu merken, dass mich seine Abwesenheit insgeheim beruhigte. Ich hatte kein Ziel vor Augen und ließ mich aufs Geratewohl durch die Straßen treiben. An Kreuzungen entschied ich willkürlich, ob ich nach links oder rechts abbog, die Straße überquerte oder geradeaus weiterging. Ab und an blieb ich vor einem beleuchteten Schaufenster stehen, blickte in die Auslagen, sah Möbel, Lampen, Kleider, Gläser und Teppiche. Vor allem und immer wieder Teppiche. Ich kam an mindestens drei Teppichgeschäften vorbei, an deren Schaufenstern lange weiße Zettel klebten mit der Aufschrift *Totalausverkauf*. Darüber und darunter waren gelbe Zettel angebracht, die in roter Schrift Preisnachlässe von bis zu 75% offerierten. Ich betrachtete mich im Schaufenster und fragte mich, ob ich jemand war, der einen Preisnachlass brauchte, um unterzukommen. Ich zog die Mundwinkel nach oben, um ein ansprechendes Gesicht aufzusetzen.

Plötzlich hörte ich einen Schrei, dann einen lauten Knall. Ich schreckte aus meinen Gedanken hoch und sah gerade noch, wie hinter mir etwas auf dem Boden zersplitterte. Instinktiv sprang ich links in einen Hauseingang. Es folgte ein zweiter Knall, aber leiser und dumpfer als der erste. Eine Tür oder ein Fenster, dachte ich. Vorsichtig schaute ich um den Mauervorsprung. Eine Pflanze lag über die Bordsteinkante gestreckt, die Zweige unförmig abstehend, wie bei einem menschlichen Körper, der aus großer Höhe auf die Straße gefallen war. Wenige Zentimeter von einem parkenden Auto entfernt. Der Größe und den Blättern nach zu urteilen, handelte es sich um eine Art Gummibaum. Ringsherum Tonscherben. Es war fast windstill. Irgendwo schrie ein Kind. Auf der gegenüberliegenden Straßenseite wurde krachend ein Fenster aufgerissen. Ein Kopf erschien. Gleich darauf ein zweiter. Auf meiner Straßenseite war ein Mann etwa fünfzig Meter vor mir stehen geblieben. Die Hände in den Manteltaschen, schaute er sich um, als erwartete er, dass aus weiteren Fenstern Gegenstände geflogen kamen. Schnell duckte ich mich zurück in den Schatten des Hauseingangs, lehnte mich an die Wand und holte tief Luft. Schiefer. Was hatte er hier zu suchen? War er unbemerkt an mir vorbeigegangen, als ich vor dem Schaufenster gestanden hatte? Am Fenster auf der gegenüberliegenden Straßenseite streckte einer der zwei Menschen seinen Arm in meine Richtung. Kurz darauf hörte ich, wie ganz in meiner Nähe ein Fenster aufgerissen wurde. Dann flogen knäuelweise Klamotten auf die Straße: Hemden, Hosen, Gürtel, Socken, ein Bademantel und Unmengen von T-Shirts und Pullovern. Manche spannten sich während des Flugs auf und segelten wie Fallschirme langsam zu Boden. Eine kreischende Frauenstimme kommentierte jeden Wurf: Hier, deine scheiß Unterhosen. Hier, deine scheiß Pullover. Hier, dein scheiß Bademantel. Es kam mir so vor, als wollte sie sich selbst immer wieder versichern, was sie gerade aus dem Fenster warf. Als führte sie Inventur und wollte sichergehen, nichts zu vergessen. Vorsichtig schaute ich um die Ecke. Schiefer stand da mit den Händen in den Manteltaschen, sein Kopf bewegte sich langsam, aber stetig von oben nach unten, als überprüfe er, ob das, was die Frau mit unvermindert schriller Stimme schrie, mit den fliegenden Kleidern in Einklang zu bringen war. In immer mehr Wohnungen ging nun Licht an, Fenster und Balkontüren wurden geöffnet und verschlafene Gestalten kamen heraus, um dem Spektakel beizuwohnen. Schnell entwickelte sich eine Stimmung wie beim Karneval. Etliche Zuschauer begleiteten das Schauspiel mit rhythmischem Klatschen und Hopp-Hopp-Rufen. Sobald eine Pause im Kleiderwurf auftrat, kamen Gesänge wie *Einer geht noch, einer geht noch raus* auf oder *Wir wollen den Fernseher sehen.* Prompt flog eine Hifi-Anlage aus dem Fenster und krachte auf die Motorhaube eines ungünstig geparkten Autos. Die Zuschauer johlten vor Begeisterung und verlangten nach Tellern, Tassen und Gläsern. Schiefer wandte sich ab. Er drehte sich auch nicht mehr um, als eine Schreibtischlampe krachend auf dem Gehsteig zerschellte. Im Schatten der Hauswände folgte ich Schiefer. Aus einem Eingang vor mir stürmte ein Mann in Jeans und mit nacktem Oberkörper, rannte quer über die Straße zu dem Auto, auf dessen Motorhaube sich Trümmer der Hifi-Anlage befanden. Das Auto machte ein klickendes Geräusch, kurz darauf leuchteten die Blinker auf, wenig später sprang der Motor an. Die Gegengerade rief Buh, Pfui und Feigling. Noch eine ganze Zeit lang hörte ich hinter meinem Rücken Gegenstände auf dem Pflaster zerschellen, immer begleitet von dem lauten

Wunsch nach Zugabe. Ich wäre gerne geblieben, Schiefers Haltung kam mir würdevoller vor, das ärgerte mich. Schiefers Kopf war leicht nach unten gesenkt, so, als sei er in Gedanken versunken. Er erweckte nicht den Eindruck, als wollte er sich noch einmal umdrehen, dennoch verlangsamte ich immer wieder meinen Schritt, blieb Momente lang stehen oder zog mich in einen Hauseingang zurück. Schiefer sollte nicht durch einen dummen Zufall oder eine Nachlässigkeit meinerseits auf mich aufmerksam werden.

Ich fragte mich, warum ich Schiefer nicht einfach anrief und mich zu erkennen gab. Zum zweiten Mal innerhalb weniger Minuten überfiel mich das Gefühl eines Würdeverlustes. Es gab keinen Grund, ihn zu beschatten, außer meinem Gefühl, dass Schiefer nicht zufällig um diese Uhrzeit hier entlangging. Und das war kein Grund, der mich etwas anzugehen hatte.

Vielleicht hätte ich ihn angesprochen, wenn es diesen Zwischenfall nicht gegeben hätte, ja, ich redete mir ein, dass ich das sogar mit Sicherheit getan hätte, aber er hatte mir das Gefühl eines Voyeurs gegeben und das galt es nun heimzuzahlen: Raubte er mir meine Würde, so nahm ich mir das Wissen, das er glaubte nur für sich zu haben. Schiefer kam an eine Kreuzung und bog nach links ab. Die Straße war kaum beleuchtet. Mehrere Laternen waren ausgefallen. Schiefer lief unbeirrt mit gesenktem Kopf weiter. Außer seinen Schritten war kein Geräusch zu hören. Ich achtete bei jedem Schritt darauf, lautlos aufzusetzen. Schiefer machte nicht einfach einen Spaziergang, das spürte ich. Plötzlich stoppte er und drehte sich unvermittelt um. Da auf der linken Gehwegseite über mehrere hundert Meter ein mit Plakaten beklebter Bauzaun angebracht war, hatte ich rechtzeitig die Straßenseite gewechselt, so dass ich mich schnell hinter ein Auto ducken konnte. Dennoch war ich mir nicht sicher, ob Schiefer mich nicht doch gesehen hatte. Ich hielt mich an einer Stoßstange fest und beobachtete ihn durch Heck- und Frontscheibe hindurch. Schiefer blickte in meine Richtung, wenn er auf mich zukam, blieb mir nichts anderes übrig, als unter ein Auto zu kriechen. Dass ich jemanden beschattete, konnte ich kaum sagen, außer Schiefer war niemand zu sehen. Der nahm die Hände aus den Manteltaschen, kratzte sich am Kopf, ging ein paar Schritte in meine Richtung und blieb dann wieder stehen. Erneut kratzte er sich am Kopf und blickte um sich. Dann ging ein Ruck durch seinen Körper. Er ging zurück zum Bauzaun, drückte dagegen, als wollte er überprüfen, ob er auch stabil war. Vor ihm die Konzertankündigung einer Boygroup: Vier sehr jugendlich aussehende Jungen. Schiefer strich mit seiner Hand über das Plakat, sah sich wieder um und fuhr sich dann mehrmals mit den Händen durchs Gesicht, als sei er sich nicht sicher, ob er tun sollte, was er zu tun gedachte. Er wird das Plakat herunterreißen, wahrscheinlich empfindet er die Musik als Verrat an Jimi Hendrix, nicht geeignet, die babylonische Sprachverwirrung aufzulösen, dachte ich.

Dann aber kramte Schiefer einen Schlüssel aus seiner Manteltasche hervor, nahm ihn zwischen zwei Finger und zerkratzte die Gesichter der Jungen bis zur Unkenntlichkeit. Ging zwei Meter zurück und betrachtete sein Werk, als wäre er Besucher eines Museums, ging dann erneut zum Plakat, kratzte an einigen Stellen nach, vor allem an den Augen, steckte den Schlüssel zurück in die Tasche und setzte seinen Weg fort. Es kam mir so vor, als habe sein Schritt an Energie gewonnen. Geduckt im Schutz der Autos lief ich Schiefer hinterher. Nachdem wir ein weiteres Mal um die Ecke bogen, erhob sich plötzlich vor uns ein altes, dunkles, fünfstöckiges Gebäude, das seinen Schatten weit über unsere Köpfe warf. Aus einem unbestimmten Gefühl heraus wusste ich sofort, dass wir am Ziel von Schiefers nächtlicher Unternehmung waren. Und obwohl ich nur undeutlich ein Schild über der Eingangstür wahrnehmen konnte, war ich mir sicher, dass das die Schule war, in der Theo unterrichtete. Schiefer lief über einen riesigen, dem Gebäude vorangestellten Parkplatz, der wohl als Schulhof fungierte. Vor der Eingangstür blieb Schiefer kurz stehen, sah sich um, kramte in seiner Manteltasche, holte etwas daraus hervor, beugte sich zum Schloss, griff wieder in die Manteltasche, kurz darauf leuchtete ein Feuerschein auf, dann verschwand Schiefer in der Dunkelheit des Gebäudes. Ich hatte mit nichts gerechnet, aber damit am allerwenigsten: Schiefer, der nie wieder eine Schule betreten wollte, brach in die Schule ein. Vielleicht nicht zum ersten Mal, dachte ich. Unwillkürlich erinnerte ich mich daran, wie Schiefer im *Schmalen Wurf* die Bilder zerstört hatte und dann sagte: Jetzt sieht die Welt schon anders aus. Ich gab meine Deckung auf und rannte so schnell ich konnte über den Schulhof. Schiefer hatte die Türe nicht wieder abgeschlossen.

Kein Laut war zu hören. Eine Dunkelheit überfiel mich, dass ich lediglich Umrisse erahnen konnte. Ich lehnte mich mit dem Rücken gegen die Tür. Vielleicht beobachtet Schiefer mich, schoss es mir durch den Kopf. Vielleicht war ich zu früh losgerannt und Schiefer hatte mich noch bemerkt. Er würde mich in der Dunkelheit nicht erkennen können und mich für einen gewöhnlichen Einbrecher halten. Bei dem Gedanken musste ich innerlich auflachen: Ein Einbrecher hält seinen Verfolger für einen Einbrecher und zieht ihm eins über. Langsam gewöhnten sich meine Augen an die Dunkelheit. Ich stand am Fuß einer breiten Steintreppe, die an den Rändern von zwei griechisch anmutenden Säulen begrenzt wurde und in die oberen Stockwerke führte. Über der Treppe schwebte eine Uhr, groß wie ein Kanaldeckel. Der Sekundenzeiger zuckte auf der Zwölf, kam aber nicht vorwärts. Plötzlich hörte ich aus den oberen Stockwerken ein leises Knacken. Als ob eine Tür ins Schloss fiel. Schiefer. Auf Zehenspitzen schlich ich mich nach oben. An den Wänden entlang der Treppe schimmerten blass Plakate und Zettel. Etliche von ihnen zerrissen. Wieder war ein Knacken zu hören. Ich vermutete es im zweiten Stock. Im ersten Stock ging vom Treppenhaus links und rechts jeweils ein Seitenarm ab. Links und rechts der Gänge befand sich eine Vielzahl von Türen. Ich konnte jetzt Schiefers Schritte hören und zwischendurch immer wieder das leise Knacken der Türschlösser. Mich eng ans Treppengeländer haltend, schlich ich mich in den zweiten Stock. Irgendwo gurrte eine Taube. Schritte und Knacken kamen vom hinteren Ende des rechts abgehenden Ganges. Ich versteckte mich hinter einer Säule am Ende des Treppenaufgangs. Abgestandener Uringeruch stieg mir in die Nase. Am Gangende öffnete sich eine Tür. Ein Schatten. Schiefer. Er blieb stehen. Er zitterte. Er ging in die Knie, stützte sich an der Wand ab, dann erbrach er sich. Sein heftiges Atmen schien von den Wänden förmlich erwidert zu werden, so laut kam es mir vor. Ich wagte kaum Luft zu holen und drückte mich noch enger in den Schatten der Säule. Meine Hand zog einen Kaugummi von der Wand. Die Fäden, die immer dünner wurden, zerrissen vor meine Augen. Schiefer richtete sich auf. Er stöhnte und fluchte vor sich hin. Langsam kam er auf mich zu. Was hatte er vor? Ich hielt mich am Treppengeländer fest und ging rückwärts die Treppe hinunter. Im ersten Stock wartete ich darauf, dass Schiefer die Treppe hinunterkam. Aber er kam nicht, stattdessen hörte ich eine Tür knallen und ein hallendes, metallenes Geräusch, als würde etwas den Boden entlanggeschleift. Ich ging wieder die Treppe hoch. Wenn Schiefer mich entdecken sollte, dann würde ich eben sagen: Schiefer, ich hab dich gesehen, hab dich noch gerufen, aber du hast nicht reagiert, bist gelaufen mit gesenktem Kopf, da habe ich mir Sorgen gemacht und bin dir gefolgt. Was in aller Welt machst du hier?

Ich wollte wissen, was da oben vor sich ging. Schiefer kniete am Boden, neben sich einen Abfalleimer, den er umgelegt hatte, um sich herum verstreut Unmengen von Papierhandtüchern, mit denen er sein Erbrochenes in den Eimer halb schob, halb warf. Ich stellte mich hinter die Säule, atmete tief durch und fragte mich, was in Schiefer vorgegangen sein mochte, dass es ihm den Magen umgedreht hatte. Irgendwann hörte ich Schiefers Schritte, hörte, wie der Abfalleimer abgestellt wurde, hörte, wie Schiefer Stufe um Stufe das Treppenhaus hinunterging. Ich lauschte eine Weile, bis seine Schritte vollständig verhallt waren und ich mir sicher war, dass er das Schulhaus wieder verlassen hatte. Mir fiel ein, dass er das Schulhaus abschließen würde und ich kein Werkzeug dabeihatte. Aber es war zu spät, sich darüber Gedanken zu machen. Mir würde etwas einfallen. Es waren nun mindestens zwei Tauben, die gurrten.

Ich öffnete das erste Klassenzimmer. Das Mondlicht, das von außen durch die Fenster drang, warf verzerrte Kreuzmuster auf den Linoleumboden. An die Fenster waren von außen zwei diagonal gekreuzte Latten genagelt. An den Wänden standen waschbeckengroße Schimmelflecken, unter denen blass schwarze Edding-Kritzeleien schimmerten: *dissenpissen-kiffen-niemanden vermissen*. Die Tische standen in Viererreihen hintereinander. Auf den Rückenlehnen der Stühle stand ausnahmslos das Wort: *Votze*. Manchmal war das Wort durchgestrichen oder mit Paketband überklebt, das wieder abgerissen worden war, wie man an den Kleberesten erkennen konnte. Auf einem Fenstersims standen zwei noch nicht gestorbene Grünpflanzen. Links neben der Tafel hing ein karierter DIN-A4-Zettel, der nur noch am oberen linken Eck durch einen Reißnagel befestigt war: *Pflanzendienst: Sonja*.

Die Tafel war frisch gewischt. Rechts neben der Tafel stand ein zweitüriger Holzschrank aus furniertem Sperrholz. Darauf ein Schuh, ein Handschuh und eine kleine Gießkanne mit einem Bärenbild darauf. Beim Hinausgehen erst fiel mir das Gewirr von roten, blauen, gelben, schwarzen und weißen Kabeln an der Decke auf. An den Wandseiten sah man zwei schwere graue Stahlträger, die an den Enden durch zwei Querverstrebungen miteinander verbunden waren. In den anderen Klassenzimmern dasselbe: abgehängte Decken, Schimmelflecken an den Wänden und verriegelte Fenster. In manchen Zimmern hingen Poster von Popstars. Was hatte Schiefer hier gewollt? Ich ging zurück zum Ausgang. Die Tür war unverschlossen. Ich konnte mir aber nicht vorstellen, dass Schiefer vergessen hatte, abzuschließen. Auf einmal hörte ich ein dumpfes Geräusch, als ob etwas zu Boden gefallen war. Ich hatte nichts angefasst, nichts verändert, es gab nichts, was durch eine Berührung meinerseits hätte herunterfallen können. Ich dachte an die Tauben. Oder hatte Schiefer mich doch an der Nase herumgeführt und befand sich noch im Gebäude? Auf dem Schulhof stand eine Frau mit Kopftuch und zwei vollen Plastiktüten in den Händen. Sie kam auf mich zu und fragte, ob ich der Hausmeister sei und noch eine Putzfrau gebrauchen könne. Ich schüttelte den Kopf, sah sie an und sagte: Es ist drei Uhr morgens, und sie antwortete in gebrochenem Deutsch: Ich putze auch nachts. Ich ging an ihr vorbei.

Der Wecker zeigte viertel vor vier, als ich zu Hause war. Der Geruch von Erbrochenem und Urin ging mir nicht aus der Nase.

*

Schiefer rief am Nachmittag an. Ich hörte ihn schon, bevor ich den Hörer am Ohr hatte. Kann ich dir etwas anvertrauen? Es ist wichtig. Theo hat mir etwas erzählt, was mich beunruhigt. Eigentlich ist *beunruhigt* ein schmeichelhaftes Wort für meinen Gemützustand. Ich muss mit jemandem reden. Hörst du? Außer dir fällt mir niemand ein. Nimm es als Zeichen des Vertrauens. Rede ich zu viel? Ich rede zu viel, oder? Entschuldige, aber ich bin nervös, nach dem Vorfall gestern, hörst du, nervös. Bevor er sagte, dass *nervös* ein schmeichelhafter Ausdruck für seine Geistesverfassung sei, sagte ich: Schiefer, mach einen Punkt und komm vorbei.

Eine Viertelstunde später klingelte das Telefon erneut. Bist du böse, wenn ich doch nicht komme, aber ich will dir das doch nicht von Angesicht zu Angesicht erzählen, es ist mir peinlich, ausgesprochen peinlich, das gebe ich freimütig zu, so offen will ich sein. Weißt du das zu schätzen? Macht es dir etwas aus, wenn ich dir am Telefon davon erzähle? Jetzt gleich. Hast du Zeit? Du musst doch Zeit haben, wenn ich vorbeigekommen wäre, hättest du doch auch Zeit gehabt.

Schiefer, sagte ich, ich habe ein offenes Ohr, ich weiß dein Vertrauen zu schätzen, und peinlich, was ist schon peinlich? Du hast doch wohl keinen Einbruch begangen?

Für einen Moment dachte ich, Schiefer habe aufgehört zu atmen. Kein Laut war zu hören. Kein erbostes Schnaufen, kein verlegenes Räuspern. Ich bereute meine Äußerung, die dumm und eitel war, geeignet, das Gespräch zu beenden, bevor es richtig begonnen hatte. Ich wollte die Situation auflösen, entspannen, bereinigen und sagen, und wenn schon, dann bestimmt für einen guten Zweck, als Schiefer mich aus dem Nichts heraus bat, ihm sechs Zahlen zwischen eins und neunundvierzig zu nennen. Ich war erleichtert, tat ihm den Gefallen und nannte ihm sechs Zahlen, die mir gerade in den Sinn kamen. Dann hörte ich Schiefer tief Luft holen, mehrmals, als ginge er auf einen Tauchgang. Theo kam heute von der Schule nach Hause und erzählte, dass jemand in die Schule eingebrochen habe, sagte er schließlich. Beiläufig hat er das erwähnt, während ich Öl in die Pfanne gelassen habe, um ein Steak zu braten. Die Herdplatte war schon heiß, so dass das Öl in der Pfanne spritzelte und brutzelte, und genauso habe ich mich gefühlt. Ganz heiß wurde mir bei der Bemerkung Theos, die Luft wurde mir knapp, alles fühlte sich an wie zugeschnürt, und mit knapper Luft bin ich so gut wie sprachlos. Das sei ja ein dickes Ding, habe ich gerade noch sagen können. Ja, sagte Theo, da hat sich einer ausgetobt. Sämtliche Stühle und Tische seien aus den Klassenzimmern geräumt und in den Fluren zu bizarren Gebilden aufgebaut worden. Auf den Tafeln habe gestanden: *Ihr lernt eh nix. Ihr seid eh blöd* oder *Verkackter Scheißhaufen.*

Jetzt lief es mir heiß und kalt den Rücken hinunter. Was hatte das zu bedeuten? Hatte ich mich geirrt? War Schiefer doch noch in der Schule geblieben oder hatte er mich bemerkt und wollte mich nun aus der Deckung locken? Oder war noch jemand anderes in der Schule gewesen außer Schiefer und mir? Ich erinnerte mich an das dumpfe Geräusch und an die Frau mit den Plastiktüten auf dem Schulhof. Konnte sie etwas damit zu tun haben? Oder trieb Schiefer ein Spiel mit mir? Solange ich nicht Bescheid wusste, worum es ging, entschied ich mich, mir nichts anmerken zu lassen. Also sagte ich mit fester Stimme: Und das warst du? Du brichst in die Schule ein und schreibst *Verkackter Scheißhaufen* an die Tafel?

Ich wollte wissen, wie es in Theos Schule aussieht, sagte Schiefer. Vielleicht eine Schnapsidee, aber ich dachte, nur so könne ich Theos Verhalten richtig deuten. Wenn ich weiß, wie sein Hamsterrad aussieht, zumindest äußerlich. Also habe ich bei guter Gelegenheit einen Wachsabdruck von Theos Schulschlüssel angefertigt. Einen Schlüsselmacher kenne ich noch aus früheren Mofazeiten. Der hat natürlich auf den ersten Blick erkannt, dass es sich um einen Sicherheitsschlüssel handelt, und die Augenbrauen hochgezogen, aber ich habe ihm versichert, dass es für einen guten Zweck sei. Dennoch hat der Schlüsselmacher gezögert und gesagt, dass sei nicht buttrig, wenn ich verstünde, was er damit meine. Da habe ich mich aus einer spontanen Idee heraus dazu hinreißen lassen, mit einem Geldschein zu winken. Gestern dann habe ich den Schlüssel bekommen und mich im Schutz der Dunkelheit sozusagen auf die Socken gemacht. Auf dem Weg dorthin hat jemand eine halbe Wohnungseinrichtung aus dem Fenster geworfen und dabei geschrien. Am Anfang klang das Schreien wie ein Schmerz, der sich Luft verschaffen musste, aber je länger die Prozedur fortschritt, desto lustvoller kam mir das Schreien vor. Als habe sich der Schmerz in eine Freude gewandelt. So habe ich auch mit dem Gedanken gespielt, in der Schule eine Zerstörung anzurichten. Tische wollte ich an die Tafel schmeißen und Stühle zerschmettern, aber als ich dann durchs Schulhaus ging, beschlich mich das Gefühl, dass eigentlich alles schon kaputt ist. Dort noch etwas zu zerstören wäre mir vorgekommen, wie auf einen schon am Boden Liegenden einzutreten. Das Schulhaus hat mich so deprimiert, dass ich ganz schwach wurde und gar nicht mehr die Kraft hatte, einen Tisch zu zerschmettern. Ich habe dann das Schulhaus wieder verlassen, ohne etwas angerührt zu haben. Hörst du, ich habe nichts angerührt.

Hast du hinter dir wieder abgeschlossen?, fragte ich.

Nein.

Warum nicht?

Absichtlich nicht, sagte Schiefer. Ich bin ein ordentlicher Mensch und schließe immer die Türe ab. Deswegen habe ich auch mit dem Schlüssel in der Tasche gespielt, als ich im Begriff war, das Schulhaus zu verlassen. Aber dann habe ich mich gefragt: Warum schließt man etwas ab? An der offen stehenden Tür habe ich darüber nachgedacht, der Mond hat geleuchtet und in dessen fahlem Licht habe ich geschlussfolgert: Man schließt ab, weil man etwas oder jemanden schützen will. Habe ich recht?

Ich brummte eine Zustimmung.

Etwas oder jemand muss einen Einschluss wert sein, fuhr Schiefer fort. Und da, dachte ich mir, sei es konsequent, die Schule nicht abzuschließen. Was ich da gesehen habe, war es nicht wert, abgeschlossen zu werden. Verbarrikadieren hätte ich die Schule sollen, aber dafür haben mir die Mittel gefehlt. Schiefer lachte. Auf jeden Fall habe ich keinen einzigen Stuhl verrückt, das musst du mir glauben. Jemand anderes muss nach mir in der Schule gewesen sein.

Vielleicht hat dich jemand gesehen, als du das Schulhaus verlassen hast, sagte ich.

Das ist es ja, sagte Schiefer. Vielleicht hat mich jemand gesehen, der mich identifizieren kann und mir die Sauerei in die Schuhe schieben will. Vielleicht ist jetzt schon jemand bei der Polizei und sagt:

Der Schiefer war's, der Schiefer war's. Stell dir das vor, die Polizei kommt und macht eine Hausdurchsuchung. Da packt Theo doch gleich die Koffer, noch ehe die Polizei das Haus wieder verlassen hat. Dann ist doch alles für die Katz, die ganze Untersuchung hinfällig, aus und vorbei. Schiefer machte eine Pause, aber schnaufte so laut, dass ich ihn rotgesichtig vor mir sah. Ausgehamstert hätte es sich dann. Ein für alle Mal ausgehamstert.

Schiefer, sagte ich, ich kümmere mich drum. Mach dir keine Gedanken. Ich finde den Kerl, das ist mein Metier.

Das werde ich dir nicht vergessen, sagte Schiefer.

Eine Bedingung, sagte ich. Ich will Theo kennenlernen. Bald.

Ich kümmere mich drum, sagte Schiefer und legte auf.

Mir gingen Schiefers Worte nicht aus dem Kopf: Dass die Schule es nicht wert gewesen sei, abgeschlossen zu werden. Stola ließ tagelang ihre Tür offen stehen. Hatte ich in der Schule etwas gesehen, das schützenswert war? Kann etwas tagsüber von Geist und Freude erfüllt sein, was nachts trostlos war? Vielleicht war ich auch zu naiv, um das beurteilen zu können. Ich selbst hatte so eine Schule nie kennengelernt. Ich habe immer auf der Küchenbank gesessen, Pausen hatte es gegeben, wenn meine Mutter es für angebracht gehalten hatte, und auf einen Küchenstuhl *Votze* zu schreiben, wäre mir nicht in den Sinn gekommen.

*

Es vergingen einige Tage, in denen wir nichts voneinander hörten. Ich war unterwegs, schlief in Hotels und vermied es, mich bei Schiefer zu melden. Er hatte mir bereits ein paar Mal auf den Anrufbeantworter gesprochen und wollte wissen, ob ich schon etwas herausgefunden hatte. Dass irgendjemand in der Nacht an der Schule vorbeigekommen war, an der Tür gerüttelt, festgestellt, dass sie nicht verschlossen war, und sich dann einen Scherz erlaubt hatte, würde ihn nicht zufriedenstellen. Schiefer wollte keinen Zufall, das würde ihn an meinen Fähigkeiten zweifeln lassen und sein Vertrauen in mich erschüttern. Ich musste mir etwas einfallen lassen.

Ich lag früh im Bett mit einer Flasche Wein, sah fern und machte einen Strich auf meiner Liste, sobald das Wort *Explosion* fiel, aber auch das konnte nur für Momente meine Gedanken an Stola verdrängen. Ich nahm das Telefon und rief bei ihr an. Ich wollte nur ihre Stimme hören, aber als sie abnahm und ihren Namen nannte, sagte ich mit verstellter Stimme, dass ich Zufriedenheitsumfragen im Auftrag von Versicherungsunternehmen durchführe.

Wenn Ihre Krankenkasse die Zahnbehandlung vollständig und ohne Kostenbeteiligung übernehmen würde, wären Sie damit gar nicht zufrieden, ein bisschen zufrieden, zufrieden oder sehr zufrieden?

Sehr zufrieden, sagte Stola.

Wenn Sie gar keine Zahnbehandlung bräuchten, wie fänden Sie das? Seltsam, unglaubwürdig, erfreulich oder einem Wunder gleich?

Stellen Sie immer die gleichen Fragen, wenn Sie irgendwo anrufen?, fragte Stola.

Bitte antworten Sie nur auf die Frage.

Das fände ich seltsam, aber erfreulich.

Sie müssen sich für eine Antwort entscheiden, sagte ich.

Das geht nicht, sagte Stola.

Muss aber, sagte ich.

Mach ich aber nicht.

Stellen Sie sich nicht so an, sagte ich. Ich habe meine Vorschriften.

Ihre Vorschriften sind mir schnurz.

Dann muss ich eintragen, dass sich die Kundin uneinsichtig zeigt. Wollen Sie das?

Schreiben Sie nicht uneinsichtig, schreiben Sie ganz und gar uneinsichtig. Oder nein, schreiben Sie, sie zeigt sich auf seltsam unerfreuliche Art uneinsichtig, sagte Stola. Dann legte sie auf.

Ich schaltete den Fernseher aus und rief sie noch einmal an.

Ich habe mit meinen Vorgesetzten gesprochen, wir werden Ihre Antwort nun doch gelten lassen. Wie kommt Ihnen das vor: Paradiesisch, gerecht, spanisch oder böhmisch?

Einem Wunder gleich, sagte sie. Wir mussten beide anfangen zu lachen und ich sagte: Es ist sogar so, dass man beschlossen hat, Ihre Widerborstigkeit und Ihren Widerspruch zu belohnen. Die Versicherung fördert zivilcouragiertes Verhalten und deshalb steht Ihnen ein Wunsch frei.

Sie überlegte lange, bis sie schließlich sagte: Etwas, einem Wunder gleich, das wünsche ich mir.

Ich kümmere mich drum, sagte ich. Sie werden sehen.

*

In der Stadt kündigte sich Weihnachten an. Dennoch war die Nachrichtenlage stabil. Ich war bei 197 Explosionen. Theo war seit über drei Monaten in der Schule. Noch immer hatte ich ihn nicht kennengelernt. Ich rief Schiefer an und fragte, ob er Lust auf eine Partie Schach habe.

Zehn Minuten später ließ er sich ins Sofa plumpsen. Er trug Jeans und ein weißes Hemd. Das Hemd steckte in der Hose, der oberste Knopf war offen. Er musste zwar nur über die Straße, dennoch wunderte ich mich, dass er weder einen Pullover trug, noch eine Jacke dabeihatte. An den Fensterscheiben waren Eisblumen.

Hast du keine Jacke?

Schon, aber keine an.

Es ist Winter, sagte ich.

Winter ist, wenn man's sagt.

Ich dachte daran, wie Schiefer in der Schule auf dem grauen Linoleumboden gekniet und sich übergeben hatte. Da schien er mir nicht in der Lage gewesen zu sein, zu bestimmen, was ist und wie man sich fühlt. Aber ich sagte nichts.

Hast du keinen Wein?, fragte Schiefer.

Schon, aber keinen geöffnet.

Schiefer rollte die Augen, um zu zeigen, wie dämlich er mich fand. Deine Mutter wird ihren Spaß gehabt haben, dich zu unterrichten.

Zumindest hat sie nicht die Flinte ins Korn geworfen.

Muss eine sehr gutherzige Frau gewesen sein, sonst hätte sie dich damit erschossen.

Beide schwiegen wir eine Weile, bis ich aufstand, um aus der Küche einen Wein zu holen.

Hast du was rausgefunden?, fragte Schiefer, nachdem ich die Gläser gefüllt hatte.

Ein Scherz, sagte ich, ein Künstler, er war nachts unterwegs, um zu sinnieren, da entdeckte er, dass die Schultür offen war.

Und die Sprüche an der Tafel?, fragte Schiefer.

Aus Frust, dass niemand seine Kunst versteht. Nichts Ernstes. Er hat dich nicht gesehen, er kennt dich nicht.

Aus Frust, dass niemand seine Kunst versteht, wiederholte Schiefer langsam. Gefällt mir, dass er das der Schule ankreidet, sagte er und lächelte.

Wie geht's Theo?, fragte ich.

Schiefer verzog das Gesicht. Er isst morgens nur noch einen Apfel, wenn überhaupt, manchmal isst er gar nichts und trinken tut er nur noch Tee. Grünen, ohne Zucker, ohne Milch.

Ein paar Mal hat er sich schon erbrochen. Ich habe es gehört. Theo sagte, er habe gehustet, aber ich bin ja nicht blöd. Außerdem kann ich riechen. Sonntagmittag sehe ich, wie er sich den Bauch reibt. Er habe einen nervösen Magen, sagt er. Aber ein nervöser Magen beginnt im Kopf.

In mein Notizbuch trage ich *A* für Apfel ein, *N* für nichts zu sich genommen, *G* für gekotzt, *S* für Sonntag und *T* für Tee. Weißt du, welches Wort die Buchstaben zusammen ergeben? *Angst*, gab er sich die Antwort selber. Theo hat Angst. Samstags zum Beispiel frühstückt er ausgiebig, am Sonntag aber reibt er sich ab halb zwölf den Bauch und sagt, er habe einen flauen Magen. Du brauchst gar nicht so zu gucken, sagte Schiefer zu mir gewandt: Ich kenne das.

Angst wovor?, fragte ich. Schiefer sah mich an, schnaufte verächtlich durch die Nase und sagte: Vor Montag natürlich.

Vielleicht interpretierst du da ein bisschen viel hinein, sagte ich. Es gibt Tage, da frühstücke ich erst abends.

Wenn es so einfach wäre, sagte Schiefer müde. Nach einem Moment des Schweigens fragte er mich, ob es mich störe, wenn er mal eben die Augen schließe. Nur für ein paar Minuten. Ohne meine Antwort abzuwarten, streckte er sich auf dem Sofa aus, rollte sich zur Lehne hin und schloss die Augen. Kurz darauf atmete er gleichmäßig. Ich ging in die Küche und kochte einen Kaffee. Danach schrieb ich zwei Rechnungen, brachte sie zur Post und erledigte ein paar Einkäufe. Als ich wiederkam, richtete Schiefer sich gerade auf. Er rieb sich die Augen, fragte nach der Uhrzeit und schüttelte ob der Antwort seinen Kopf. Die Zeit ist ein übermächtiger Gegner, sagte er. Aus ein paar Minuten macht sie fast zwei Stunden und man kann nichts dagegen tun. Man ist ihr einfach ausgeliefert. Das widerspricht allen demokratischen Prinzipien.

Man könnte sie ignorieren, sagte ich.

Schiefer lachte. So, so, ignorieren. Hast du mir nicht einmal erzählt, dass Menschen, die Affären haben, ihre Schäferstündchen immer zu bestimmten Uhrzeiten abhalten. Dass man die Uhr danach stellen könne.

Ja, ja, sagte ich. Sex mit der Frau im immergleichen Bett, mit der Geliebten zur immergleichen Uhrzeit.

Siehst du, sagte Schiefer, und in der Schule findet der Alptraum zur immer gleichen Zeit in den immer gleichen Räumen statt. Sechs Stunden mit Ehefrau und Geliebter eingesperrt in der Besenkammer einer Jugendherberge, so ist das.

Die Zeit ist das Nordkorea der Schule, sagte Schiefer. Absolut diktatorisch. Kompromisslos bestimmt sie Anfang und Ende von allem. Und Lehrer sein, fuhr Schiefer fort, ist wie Muscheltauchen in der Tiefsee ohne Atemgerät. Du holst tief Luft und nach einer dreiviertel Stunde darfst du kurz auftauchen und neue Luft holen, bevor sie dich wieder runterschicken. Dahin, wo es dunkel ist und kalt, wo dich niemand sieht, wo du allein bist, wo dir niemand hilft, wo das Wasser trüb ist und voller Abfälle. Du siehst nicht, wohin du schwimmst, verlierst die Orientierung und holst dir Schrammen über Schrammen an den zahllosen Mülltonnen, die dort unten ungesichert umhertreiben. Du wendest dich an das Begleitboot, das auf der Wasseroberfläche in den Wellen schaukelt. Du sagst, dass du frierst und kaum noch etwas siehst. Aber im Boot zucken sie bloß mit den Schultern, das wird schon, sagen sie. Sie bieten dir eine Brille an, obwohl sie wissen, dass eine Brille im trüben Wasser nichts bringt. Ob nicht jemand mitkommen wolle, fragst du, zu zweit wäre es leichter, aber da schütteln sie erst recht den Kopf und sagen, dass das nun überhaupt nicht ginge, man würde doch sehen, was hier auf dem Boot los sei. Sie bräuchten jeden Mann: Einer müsse das Brot schneiden, ein anderer es mit Markenbutter beschmieren und ein Dritter zusammenklappen. Das alles tue man für dich, nur für dich, dass du bei Kräften bleibst. Dann zeigen sie dir die Uhr und schicken dich wieder unter

Wasser. Am Ende hast du so viele Schrammen und Narben, dass du dich selbst im Spiegel nicht mehr erkennst.

Und die Familie?, fragte ich und dachte an Stola und Florian.

Schiefer sah mich an. Sein Blick war stechend. Ich hatte ihn noch nie so ernst gesehen. Nicht im nüchternen Zustand.

Erkennt dich auch nicht mehr, sagte er schließlich.

Ich glaube, du übertreibst. In Nordkorea kann man nicht nach Muscheln tauchen, und Markenbutter gibt's da schon gar nicht.

Schiefer sprang auf, sein Gesicht war rot angelaufen vor Zorn. Keine Markenbutter. Ist das alles, was dir dazu einfällt: Keine Markenbutter. Er packte ein Wasserglas, das auf dem Tisch stand, und schmiss es wutentbrannt gegen die Wand. Das ist alles, ja? Er fuchtelte mit den Armen, als suchte er noch etwas, in das er seine Wut legen konnte, fand aber nichts.

Du bist doch ein blödes Arschloch, ein blödes, brüllte Schiefer und verließ meine Wohnung. Die Tür knallte er hinter sich zu.

Zwei Stunden später tauchte er wieder auf. Mit rotem Gesicht und blauen Lippen stand er vor meiner Wohnungstür. Er zitterte am ganzen Leib, aber er lachte. In seiner Hand hielt er eine Einkaufstüte. Tut mir leid, sagte er, das mit dem Glas, du weißt schon. Entschuldige. Mit den Worten drückte er mir die Tüte in die Hand. Darin befand sich ein Karton mit zehn Wassergläsern und eine Flasche Schnaps. Das Hemd hing ihm aus der Hose, die Haare waren zerzaust und die Schuhe matschig. Die Hände rieb er schnell aneinander. Ist doch kälter, als ich dachte, sagte er.

Ich fragte Schiefer nicht, wo er gewesen war, stattdessen ließ ich ihm ein heißes Bad ein.

Später saß er wieder auf meinem Sofa. Der Wasserfleck an der Wand war kaum noch zu sehen, die Scherben hatte ich aufgesammelt und in den Abfall geschmissen. Zwischen uns stand die Schnapsflasche auf dem Tisch. Schiefer baute das Schachbrett auf. Scheinbar gedankenverloren sagte er: Viele glauben ja, eine Hochzeitsband sei etwas Gestriges, so eine konservative Geschichte.

Ist es nicht?, fragte ich.

Schiefer schüttelte den Kopf, nahm die Schachfiguren, sortierte die Könige aus, legte sie beiseite und stellte die restlichen Figuren als Gruppe zusammen. Das sind die revolutionären Massen, sagte er. Das Volk. Das gilt es in Bewegung zu setzen.

Ich nickte. Sonst ist ja keine Revolution.

Genau, sagte Schiefer, von alleine stürzt kein Sockel ein.

Das Volk, fuhr er fort, ist letztlich nichts anderes als eine Hochzeitsgesellschaft, verstehst du?

Nicht ganz, gab ich zu und schenkte uns einen Schnaps ein.

Genauso träge und bewegungsfaul. Wie ein nicht ausgerollter Klumpen Pizzateig. Alle vollgefressen, unsicher und gehemmt, weil niemand durch eine unpassende Bemerkung oder eine unüberlegte Handlung das so wichtig scheinende Fest in Schieflage bringen will.

Jetzt kommt die Hochzeitsband ins Spiel, sagte Schiefer. Die soll zum Tanz aufspielen, bildlich gesprochen: den Pizzateig ausrollen. Keine einfache Sache, wie du dir vorstellen kannst, das schaffst du nur mit sehr guten Musikern und der besten Musik aus den letzten sechzig Jahren. Schiefer machte eine Pause, ließ sich entspannt ins Sofa zurückfallen und verschränkte die Arme hinter seinem Kopf. Wenn wir die Massen zum Tanzen bringen, dann ist das wie Revolution, sagte er mit Glanz in den Augen.

Du meinst, eigentlich bist du ein Revolutionsführer?

Zumindest gibt es zwischen Hochzeitsmusiker und Revolutionsführer eine logische Verbindung.

Wenn die Revolution genauso langsam vorwärtsgeht wie dein Schachspiel, dann werden das nicht mal mehr meine Enkelkinder erleben, sagte ich.

Schiefer lächelte, beugte sich nach vorne und setzte einen Bauern auf e2.

*

Ich traf Schiefer auf der Straße. Er kam freudestrahlend und mit ausgebreiteten Armen auf mich zu. Es kam mir so vor, als spräche er zu mir, obwohl er noch ein ganzes Stück weg war. Ich konnte ihn nicht verstehen. Sprich deutlicher, rief ich ihm zu, aber er zeigte keine Reaktion. Auf der anderen Straßenseite entdeckte ich Stola. Sie saß auf der Bank an der Bushaltestelle. Sie trug einen roten Hut und winkte mir mit einer Wodkaflasche in der Hand zu. Sie rief: Florian ist beim Tischtennis. Keine Sorge. Ich wunderte mich, dass ich sie hören konnte, aber Schiefer nicht, der mich inzwischen fast erreicht hatte und nach wie vor stumm auf mich einredetete. Plötzlich sah ich Theo mit einer Gitarre unterm Arm. Er überquerte gerade die Straße, als ein Lastwagen um die Ecke bog. Schiefer war vor mir stehen geblieben, die Arme noch immer ausgebreitet. Du machst doch mit bei der Revolution, sagte er. Stola nahm einen Schluck aus der Flasche, Bremsen quietschten, und mein Arm fuhr blitzschnell nach vorne und traf Schiefer mitten ins Gesicht. Er fiel um wie ein gefällter Baum.

Kurz darauf kam er wieder auf mich zu, wieder mit ausgebreiteten Armen, Stola winkte, ich hörte einen Aufprall, und Schiefer sagte, jetzt komm schon, zier dich nicht so. Ich wollte gar nicht zuschlagen, aber Schiefer lag schon am Boden.

Wieder kam er auf mich zu, Stola zuckte mit den Schultern, Theo sprang einen Schritt zurück, zeigte dem Lastwagenfahrer den Vogel, und Schiefer sagte, ich brauche dich, du hast das nötige Know-how. Die Zeit läuft. Wie um seine Äußerung zu unterstreichen, zeigte er auf seine Manteltasche, in der ein Wecker läutete. Penetrant läutete, bis ich ihn aus der Tasche holte und in die Hand nahm: Ist ja gut, Schiefer, ich mach ja mit, schrie ich, aber lass mich jetzt in Ruhe.

Sag mal, geht's noch, sagte Schiefer. Was schreist du denn so rum? Und wobei machst du mit?

Meine Hand am Telefonhörer war schweißnass. Das grelle Tageslicht brannte mir in den Augen.

Später, sagte ich und legte auf.

Es dauerte keine zwei Minuten, da klingelte das Telefon erneut.

Später ist zu spät, sagte er, Theo säuft ab. Seine Schultern hängen, durchgehend, von morgens bis abends. Reden tut er fast gar nicht mehr, ein gebrummter Morgengruß, das ist es in der Regel, dann erbricht er sich und gleich danach geht er in die Schule, aber von Gehen kann man kaum sprechen, mit hängenden Schultern schleicht er durch die Straßen. Abends verschwindet er mit einer Flasche Wein in seinem Zimmer, am nächsten Morgen ist sie leer. Wenn ich ihn frage, wie es in der Schule war, zuckt er mit den Schultern und geht wortlos an mir vorbei. Er hat so viel Farbe im Gesicht wie ein Schimmel. Kurz gesagt, ich mache mir Sorgen, ich kann doch nicht zugucken, wie Theo vor die Hunde geht, und darüber Buch führen. Ich brauche eine neue Strategie.

Vielleicht liegt es gar nicht an der Schule, sagte ich, er kann genauso gut private Probleme haben, oder nicht?

Schiefer lachte. Theo hat mich gefragt, warum ich nicht mehr als Lehrer arbeite. So blöd bin ich nicht, um nicht zu erkennen, dass das nicht auf ein privates Problem hindeutet, sondern eine versteckte Frage nach dem Notausgang ist.

Und was hast du geantwortet?

Dass ich mich zum Musiker berufen fühle.

Warum hast du ihm nicht die Wahrheit gesagt?

Die Wahrheit ist keine Strategie, sagte Schiefer, zumindest keine vielversprechende.

Du hast recht, sagte ich, wir brauchen eine neue Strategie. Ich habe da vielleicht eine Idee.

Während ich das sagte, wunderte ich mich, dass ich von *wir* sprach.

Ich verdrängte den Gedanken und fuhr stattdessen fort: Wir haben jetzt sozusagen ein erstes Bild von Theo vor uns liegen. Das beruht auf deinen Beobachtungen und Einschätzungen. Jetzt muss dieses Bild überprüft werden. Anders gesagt: Wir müssen weg von der Vermutung, hin zur Gewissheit.

Das sind keine bloßen Vermutungen, schrie Schiefer in den Hörer. Ich weiß doch, wovon ich rede, du Idiot.

Du sagtest einmal, es sei problematisch, dass du nicht wüsstest, was bei Theo in der Schule passiert, im Unterricht, im Lehrerzimmer, in den Pausen. Dass du keinen wirklichen Einblick hast, nur Rückschlüsse aus deinen Beobachtungen ziehen könntest.

Worauf willst du hinaus?, fragte Schiefer nun deutlich ruhiger.

Was hast du bisher getan? Du hast einen Hamster beobachtet, in der Hoffnung, Rückschlüsse auf das Hamsterrad ziehen zu können. Eine spanische Eröffnung: ein indirekter Angriff auf den König: erst mal so tun, als habe man noch nichts Besonderes im Sinn, dabei schielt man schon auf den König. Dieser Angriff ist abgewehrt worden. Jetzt heißt es kühlen Kopf bewahren, umdenken, einen neuen Plan entwerfen, etwas, mit dem der Gegner nicht rechnet. Einen Überraschungsangriff starten.

Wir greifen an?, fragte Schiefer in einem Ton, der mir deutlich zeigen sollte, was für einen Blödsinn ich redete.

Der Wissenschaftler würde sagen: Wir gehen über von der teilnehmenden zur direkten Beobachtung.

Soll ich mich in den Unterricht schleichen? Das ist nicht dein Ernst? Schiefer schnaufte verächtlich.

Kameras, sagte ich.

Kameras?

Ich kümmere mich drum, sagte ich und legte auf.

*

Vorsichtig, als habe er Angst, Fingerabdrücke zu hinterlassen, oder als sei er sich nicht sicher, wie die unförmige, aber wertvolle Kamera anzufassen sei, dass sie nicht plötzlich auf den Boden fällt, nahm Schiefer eine Ultra Weitwinkel in die Hand. Er drehte sie nach allen Seiten, als suchte er einen Makel, den er mir vorhalten könnte, oder nach etwas, das er verstünde. Dann nickte er anerkennend, so als hätte er sie soeben im Geiste mit hundert anderen Kameras verglichen und wäre zu einem befriedigenden Urteil gekommen. Und dennoch machte sein Gesicht einen vollkommen ratlosen Eindruck, wie er sich den Einsatz eines solchen Gerätes vorzustellen hatte.

Die Kameras sind nur ein Hilfsmittel, sagte ich.

Schiefer nickte, aber sein Blick ließ kein Interesse erkennen, über die jeweiligen Funktionsweisen der Kameras, die verschiedenen Möglichkeiten ihrer Handhabung, die Bildqualitäten und die Einsatzanlässe informiert zu werden.

Obwohl es keinen Grund gab, sich für die technischen Details zu interessieren, versetzte mir seine Gleichgültigkeit einen Stich. Immerhin betrieb ich den ganzen Aufwand ihm zuliebe, da fand ich ein bisschen Beachtung nicht zu viel verlangt.

Stell dir eine Maus im Mauseloch vor, sagte ich. Im Magen ein winziges Stück Käse. Damit, sagte ich und zeigte auf die Kamera mit 20-fachem optischem Zoom, findest du das Loch im Käse. Schiefer hob die Augenbrauen und wog den Kopf, nicht so, als glaubte er das nicht, sondern als fragte er sich, wie sinnvoll es sei, ein Loch im Käse einer Maus im Mauseloch zu entdecken. Schließlich sagte er: Du beschäftigst dich mit miesen Sachen.

Sie spülen mehr Geld in die Kasse als alkoholbenebelte Träume von der Revolution.

Trinken wir darauf einen Merlot, sagte Schiefer und legte seinen Arm um meine Schultern.

Wir müssen Theo in unsere Pläne einweihen, sagte ich, nachdem wir die Gläser zum zweiten Mal füllten.

Schiefer schüttelte energisch den Kopf. Manchmal frage ich mich, ob bei dir der Alkohol schneller zu Kopf steigt als bei anderen, sagte er.

Wir benötigen die Innenperspektive seines Unterrichts, entgegnete ich. Wie soll das ohne ihn funktionieren? Außerdem ist das eine Frage des Respekts.

Theo ist Moralist, sagte Schiefer. Das macht der nie im Leben.

Moral, lachte ich. Moral ist eine Sache der Perspektive und wir brauchen eben die Innenperspektive. Außerdem ist hier Gefahr in Verzug oder etwa nicht?

Schiefer schüttelte erneut den Kopf. Wie soll das gehen, fragte er? Willst du Theo sagen, hier steck dir mal 'ne Kamera ins Knopfloch, wir wollen sehen, wie du fertiggemacht wirst. Und zwar in Farbe?

Wir sprachen kein weiteres Wort, bis die zweite Flasche Merlot leer war. Schiefer nahm die leere Flasche mit schwankender Hand, hielt sie sich waagrecht vors Auge und sagte: Ich sehe bis auf den Grund, aber klar denken kann ich nicht mehr. Eigentlich passt das nicht zusammen. Was meinst du, woran liegt das?

Entweder hast du noch nicht genug oder schon zu viel getrunken, sagte ich mit schwerer Zunge.

Schiefer nickte zustimmend, als hätte ich eine simple Wahrheit ausgesprochen, stand auf, wankte zur Speisekammer und holte eine weitere Flasche. Probieren wir's aus, brummte er: Irgendwann müssen sich die Widersprüche ja auflösen. Dabei warf er mir herausfordernde Blicke zu und wackelte mit der Flasche vor meinem Kopf herum, als erwartete er Beifall dafür, dass er meine Aufgabe als Gastgeber übernommen und die Flasche aus der Speisekammer geholt hat. Ich achtete nicht auf ihn, stattdessen hielt ich mir mein leeres Glas vors Auge: Komisch, sagte ich, so ein Glas besteht aus Sand, aber ich kann ums Verrecken keine Sandkörner entdecken. Schiefer legte den Kopf schief, als habe ich etwas sehr Bedeutsames gesagt, über das es sich lohnte zu sinnieren. Plötzlich sprang er auf, konnte sich aber nicht halten, fiel zurück auf den Stuhl, brachte dabei den Tisch ins Wanken und sein volles Glas, das er sich zwischenzeitlich eingeschenkt hatte, zum Umkippen. Der Wein lief von einer großen Lache aus in mehreren immer dünner werdenden Rinnsalen über den Tisch. Schiefer starrte fasziniert auf das feuchte, zerrissen wirkende Spinnennetz von roten Bächen, die kreuz und quer über den Tisch flossen, als wartete er darauf, dass der Wein über den Tischrand hinauslief und auf den Boden tropfte. Er schob seine Hände übereinander, formte sie als Schale und hielt sie unter den Tischrand. Dann fiel der erste Tropfen, Schiefer fing ihn auf und hielt ihn mir wie eine Trophäe unter die Nase. Was siehst du?, fragte er mich aufgeregt.

'n roten Fleck auf blasser, faltiger Haut, sagte ich. Bisschen unappetitlich, schob ich hinterher.

Er könnte doch ebenso gut von einer Kirsche, von Blut oder von Rotweinessig herrühren, nicht wahr?, sagte Schiefer, ohne auf meine Provokation einzugehen. Er hatte sich auf seinem Stuhl aufgerichtet und wirkte, als wäre er mit einem Schlag nüchtern geworden.

Du *weißt*, dass es ein Weintropfen ist, aber rein vom Anblick her könntest du nicht bestimmen, was es ist, oder?

Ja, ja, sagte ich, ich *weiß*, dass du der Schiefer bist, aber rein vom Anblick her bin ich mir nicht sicher, ob du der linke oder der rechte bist.

Schiefer beachtete mich gar nicht. Er redete einfach weiter: Im Prinzip müsste man also erst mal die Mikrostruktur untersuchen, um zu sehen, ob der Weinfleck tatsächlich ein Weinfleck ist, sagte er. Auch um die Qualität feststellen zu können. Vielleicht ist er ja gepanscht oder mit giftigen Zusätzen versehen, die meine Gesundheit ruinieren.

Wenn du glaubst, dass mein Wein gepanscht ist, dann bring halt deinen eigenen mit, Idiot. Erst säufst du drei Flaschen, dann verschüttest du ihn und schließlich behauptest du, er ruiniere deine Gesundheit. Weißt du, wie ich so etwas nenne? Taktlos. Undankbar. Respektlos ...

Papperlapapp, unterbrach mich Schiefer. Du verstehst mich völlig falsch. Ich meine, grundsätzlich. Grundsätzlich braucht es jemanden, der so eine Mikrostrukturuntersuchung durchführt, schon im Sinne des Verbraucherschutzes, verstehst du? Jemanden, der die Qualität verbürgt. Schiefer blickte mich aus zusammengekniffenen Augen an, hob langsam seinen Zeigefinger und richtete ihn auf mich.

Jemanden wie dich.

Wir verkaufen dich als Mikrostrukturwissenschaftler. Eine interne Ermittlung des Schulministeriums sozusagen. Streng vertraulich und unter größter Geheimhaltung. Deshalb die Kameras. Einer offiziellen Untersuchung wird sich Theo nicht verschließen können.

*

Es war Februar. Ein großer Autohof beauftragte mich, Schmierereien und zerstochene Reifen bei teuren Gebrauchtautos aufzuklären. Über Monate hinweg waren immer wieder Autos beschädigt worden, und jetzt reicht's, der Kanal sei voll, wenn ich verstünde. Die Polizei müsse trotzdem nicht auf den Hof, wenn ich verstünde. Der Hof wurde von drei jungen Männern betrieben, deren Gesichter eine für die Jahreszeit unangenehme Bräune aufwiesen. Alle drei trugen schwarz, aus Trauer um Gabi, Nicole und Lucy, wie sie sagten. Es dauerte eine Weile, bis ich verstanden hatte, dass mit Gabi, Nicole und Lucy nicht ihre Frauen oder Töchter gemeint waren, sondern ihre Schäferhunde, die sie zum Schutz des Hofes angeschafft hatten. Aber auch eine Vertrauensmaßnahme, behaupteten die Männer. Ein Kunde wird weich, wenn man als Verkäufer zwischendurch mal nach der Gabi schauen müsse. Die Hunde waren innerhalb kurzer Zeit vergiftet worden.

Die Männer glaubten, dass eine Jugendbande für die Taten verantwortlich war, die sich tagsüber öfter an einer nahe gelegenen Bushaltestelle aufhielt. Es würde reichen, wenn ich ihnen die Bilder der Toten zeigen würde, sagte einer der Männer, der sich bemühte, das Gespräch zu führen. Dann lachte er, schlug mir auf die Schulter, ein Scherz, sagte er, das solle ich nicht so ernst nehmen, sie würden das schon selber übernehmen, ich solle nur die Beweise liefern.

Eines Nachts, während ich auf der Lauer lag, rief Schiefer bei mir an. Er war wütend. Er fluchte. Erst über Theo, dann auch über mich. Was ich ihm da für einen Hamster ins Haus geholt hätte. Ein Depp sei das, ein Hamsterdepp, ein depperter Hamster.

Ist gut, Schiefer, worum geht's?

Fastnacht. Heute durften sich die Schüler verkleiden.

Musst du mich deswegen anrufen? Ich arbeite.

Theo ging heute mit Hasenohren in die Schule.

Schiefers Stimme klang auf einmal sehr resigniert, fast tonlos sagte er, Theo meinte, es sei gut, wenn man ihn mal von einer ganz anderen Seite erlebe.

Du sagst das, als sei das wieder so ein Kardinalfehler. Erst beklagst du dich, dass er mit Anzug in die Schule geht, jetzt regst du dich über Hasenohren an Fastnacht auf. Vielleicht war alles andere schon ausverkauft. Ich war früher mal Meerjungfrau, weil es keine anderen Kostüme mehr gab.

Theo ist Lehrer, schrie Schiefer in den Hörer. Lehrer, hörst du, in einer achten Klasse. Da werden Hasenohren nicht als Zeichen von Humor empfunden. Ich habe Theo gesagt, er solle das sein lassen, Hasenohren seien was für die Grundschule, er solle auf andere Weise zeigen, dass er ein lustiger Mensch ist. Aber Theo meinte, mit einer roten Pappnase sei es heute nicht mehr getan, ein bisschen mehr Mut müsse man schon beweisen.

Bei dem stimmt doch was mit den Synapsen nicht, sagte Schiefer und legte auf.

Zwei Minuten später rief er wieder an: Am Samstag, zum Essen, bei mir.

Zur Vorspeise gab es eine Instant Gemüsebrühe mit Nudeln vom Vortag, aber da Schiefer sie in weißen Porzellanterrinen servierte, ging sie als Suppe durch.

Schiefer trug seinen zu engen Cordanzug, den er schon bei unserem Ausflug im August anhatte. Über das Sakko hatte er sich eine weiße Kochschürze mit der roten Aufschrift *würzig* gestreift. Theo trug ein blaues Baumwollhemd zu einer hellen Hose. Seine Wangen waren eingefallen und unter den Augen zeichneten sich dunkle Ringe ab. Er wirkte müde, erschöpft und auf eine seltsame Art abwesend. Schiefer hatte gemeint, Erfolg oder Misserfolg des Gesprächs hingen von einem seriösen Erscheinungsbild ab, ich solle mir Mühe geben. Aber als Schiefer mich als Freund und Wissenschaftler vorstellte, schien das bei Theo Irritationen auszulösen. Sowohl bei dem Wort *Freund* als auch bei dem Wort *Wissenschaftler* musste Theo schlucken. Es schien ihn zu überraschen, dass Schiefer einen Freund besaß, von dem er noch nie etwas gesehen oder gehört hatte. Wahrscheinlich war er schon darüber verwundert, dass Schiefer überhaupt einen Freund hatte, und zugegebenermaßen war ich selbst darüber erstaunt, dass Schiefer mich als Freund bezeichnete, als wäre das gar keine Frage. In dem Moment, da Theo schluckte, wurde mir bewusst, dass Schiefer und ich eigentlich niemand anderen hatten außer uns.

Dass mein schwarzer Beerdigungsanzug so gar nicht zu dem lockeren Abendessen passen wollte, das Schiefer Theo gegenüber erwähnt hatte, schien Theos Skepsis mir gegenüber nicht zu verringern.

Schiefer und ich hatten im Vorfeld ausgemacht, auf keinen Fall mit der Tür ins Haus zu fallen. Erst muss das Eis gebrochen werden, sagte Schiefer. Ein zu früh gesprochenes Wort könne alles verderben, hatte er mir mehrmals eingetrichtert. Theo ist ein sensibler Mensch und so ein Abendessen eine Situation, in der sich eine Entspannung erst mit der Zeit einstellt.

Die Suppe löffelten wir schweigend. Das Ticken der Bahnhofsuhr hallte durch den Raum. Theo schob sich einen Löffel nach dem anderen in den Mund, als bekäme man die Suppe nur herunter, wenn möglichst keine Zeit zum Schmecken blieb, sagte aber nach dem letzten Löffel, die Suppe sei raffiniert gewesen. Dabei schaute Theo niemanden an, sondern sprach die Worte in den leeren Teller hinein. Alle drei griffen wir zum Weinglas. Ich dachte, ich sollte Theos Kompliment beipflichten, aber die Eigenschaft *raffiniert* war so fern von allem, was diese Suppe ausgemacht hatte, dass ich sprachlos war.

Schiefer aber bedankte sich und sagte, die Kunst des Kochens liege eben darin, Schwieriges leicht erscheinen zu lassen. Theo und ich griffen zum Weinglas.

In der Musik, zumal in der Rockmusik, sagte Schiefer, ist es gerade umgekehrt zum Essen. Da seien Lieder oft auf drei Akkorden aufgebaut, womit man, das wisse er als Musiker sehr wohl, nicht leicht ins Schwitzen komme. Deshalb seien die Rockmusiker dazu übergegangen, bei Konzerten auf der Bühne einer Ganzkörperbewegungskultur zu frönen, nur damit die Schweißproduktion in Gang komme und die Musik als ehrliche Arbeit verkauft werden könne. Letztendlich also nichts anderes als eine Illusion das Ganze, sagte Schiefer. Und dennoch ebenso eine Kunst wie das Essen. Denn es sei ebenso schwierig, Leichtes schwer aussehen zu lassen wie Schweres leicht. Und damit, sagte Schiefer und erhob sein Glas, sei an zwei einfachen Beispielen belegt, dass Kunst immer Interpretationssache ist.

Theo meinte, es sei auch eine Kunst, das Leben und die Welt aus der Perspektive eines Hochzeitsmusikers zu beleuchten, aber der Wahrheit würde das kaum entsprechen, genau das sei aber das Elementare an der Kunst, dass sie Wahrheit enthalte.

Genau, sagte Schiefer, die Wahrheit des Betrachters. Aber was, wenn der Betrachter keine Wahrheit für sich beansprucht, sondern sie durch die Kunst erfahren will?, entgegnete ich. Schiefer zuckte mit den Schultern, das geht nicht, dass man wahrheitslos an etwas herangeht. Unmöglich. Theo konnte doch nur deshalb meine Suppe als *raffiniert* bezeichnen, weil er eine Wahrheit über die Bedeutung des Wortes *raffiniert* in sich trägt. Ob die Wahrheit die gleiche wie deine ist, sei mal dahingestellt.

Was die Suppe angeht, bezweifle ich, dass wir die gleiche Vorstellung von raffiniert haben, sagte ich.

Aber wenn es einer Suppe gelingt, solche Diskussionen über Kunst auszulösen, dann ist sie vielleicht doch kunstvoll zubereitet.

Vielleicht ist aber genau das ein Problem der Kunst, dass sie zu mehr aufgeblasen wird, als sie eigentlich ist. Lassen wir die Suppe doch einfach eine Suppe sein, schlug ich vor, um das Gespräch zu beenden. Ich fragte mich sowieso, wie wir bei dieser Diskussion die Mikrostruktur in Spiel bringen könnten. Zumal Theo während unserer Diskussion zwei Gläser Wein geleert hatte.

Lassen wir die Suppe Suppe sein, gab sich Schiefer einverstanden, und gehen über zum Hauptgericht.

Da die Hauptspeise vornehmlich zäh war, verbrachten wir die Zeit größtenteils kauend und trinkend. Bald war es nur noch der Wein, dem wir zusprachen.

Während eines Toilettengangs von Theo sagte ich zu Schiefer, der Abend sei ja grauenhaft, wo das enden solle.

Schiefer entgegnete, ganz im Gegenteil, es liefe doch hervorragend. Ob mir nicht aufgefallen sei, dass schon drei Flaschen leer seien, und ob ich das nicht hochrechnen könne. Die Stimmung am Tisch sei etwas unentspannt, um nicht zu sagen angestrengt, da hätte ich schon recht, aber genau das sei der Eisbrecher. Es sei doch so: In unangenehmen Situationen trinke der Mensch automatisch mehr als in einer Wohlfühlatmosphäre, da er sich an etwas festhalten müsse und das tue er in aller Regel an einem Glas. Ob ich denn nicht sehe, dass Theo sich ständig nachschenke? Bevor ich nachfragen konnte, warum Theo für unser Vorhaben besoffen sein müsse, tauchte der wieder auf und Schiefer fing aus dem Nichts heraus an zu lachen. Als sich Theo wieder gesetzt hatte, klopfte Schiefer ihm derart heftig auf die Schulter, dass Theo sich nur durch einen schnellen Griff an die Tischkante im Gleichgewicht halten konnte. Schön, dass du da bist, sagte Schiefer. Theo lächelte gequält, sah erst zu Schiefer, dann zu mir und griff dann zu seinem Weinglas. Schiefer zeigte mit dem Finger auf mich und sagte, meine wissenschaftliche Karriere habe bei *Jugend forscht* begonnen. Er zwinkerte mir verstohlen zu, was so krampfhaft wirkte, dass es Theo kaum entgangen sein konnte, und aussah, als ob er ein Augenleiden habe. Schiefer aber erzählte unverdrossen weiter, dass ich als Jugendlicher bei einem Wettbewerb zu der Fragestellung: *Glück – eine Frage der Zeit?* mitgemacht habe. Über Theos Gesicht huschte ein versonnenes Lächeln, als löste das Wort *Glück* eine Erinnerung an verloren geglaubte Zeiten aus. Schiefer erzählte, dass ich durch den gezielten Einsatz von Aluminium-Leichtlaufrädern versucht habe, die allgemeine Konstitution und insbesondere die Beckenmuskulatur von Hamstern so zu stärken, dass sich deren Kopulationsdauer beim Paarungsakt verlängere. Ob das nicht unglaublich vorwärts gedacht sei?, fragte Schiefer. Theo starrte auf die Tischplatte und ließ dann, wohl um das Schweigen zu durchbrechen, ein Hmm vernehmen. Ich finde es phantasievoll, sagte Schiefer trotzig und schaute mich an, aber ich schüttelte nur den Kopf. Was Schiefer sich hier aus den Fingern saugte, war ja um ein Vielfaches schlimmer als die Suppe *raffiniert* zu nennen. Mehrmals zuckte ich mit der flachen Hand nach rechts, als Zeichen, mit dem Blödsinn aufzuhören. Schiefer wendete sich ab und verfiel in Schweigen. Hatte ich den Abend schon vorher als hochnotpeinlich erlebt, so entwickelte er sich nun zum Alptraum.

Wieder war das Ticken der Bahnhofsuhr deutlich

zu vernehmen, als reichte es noch nicht, dass uns das Schweigen in den Ohren dröhnte, sondern als müsste uns die Dauer nun auch noch sekundenweise vorgerechnet werden.

Ich erinnerte mich, was Schiefer von seiner ersten Begegnung mit Theo erzählt hatte, dass sie damals auch in ein Schweigen verfallen waren, nur hatte Theo damals aufrecht gesessen, so als balancierte er einen Krug Wasser auf dem Kopf, während er jetzt in sich zusammengesunken, das Kinn auf der Brust, auf seinem Stuhl kauerte und glasig vor sich hin starrte. Er machte nicht den Eindruck, als könnte man ihn noch ernsthaft fragen, ob er bereit sei, mit einer Nadelöhrkamera in die Schule zu gehen.

Schiefer spielte auf Zeit. Er sagte, aus Gründen der Verdauung sei es wichtig, zwischen Hauptgang und Nachtisch eine größere Pause einzulegen. Ob noch jemand einen Schluck Wein wolle? Schweigend, ohne aufzuschauen, hielt ihm Theo sein Glas hin. Mir fiel auf, dass ich selbst bisher noch keine Initiative ergriffen hatte, den Abend in ruhiges Fahrwasser zu bringen. Ich stand auf, stellte mich vor Theo hin und fragte: Wollen wir nicht *Du* zueinander sagen? Theo drehte langsam seinen Kopf zu mir. Er versuchte mich zu fokussieren, aber seine Augen rutschten ihm immer wieder weg. Er bewegte seine Lippen wie ein stummer Fisch, sie gingen auf und zu, als ob er das, was er sagen wollte, schon einmal stumm vorformulieren müsste. Es dauerte eine kleine Ewigkeit, bis etwas Verständliches aus ihm herauskam.

Du, sagte er mühsam, pass mal auf. Kennst du den? Was haben Wolken und Lehrer gemeinsam?

Wenn sie sich verziehen, wird es ein schöner Tag, lachte Schiefer.

Theo klatschte schwerfällig in die Hände und rief Bravo, Bravo. Dann drehte er seine Hände und zeigte mit beiden Zeigefingern auf sich. Dabei lachte er höhnisch. Er räusperte sich, als setzte er zu etwas an, erhob sich von seinem Stuhl, indem er sich mit beiden Händen von der Tischplatte nach oben drückte, kam ins Schwanken, versuchte sich am Tisch abzufangen und wischte mit einer ungelenken Bewegung einen Teller vom Tisch.

Mit einem Knall, der Schiefer kurz zusammenzucken ließ, zerbrach der Teller in lauter Scherben und ein Klumpen Essensreste landete auf Theos linkem Schuh, worüber ich mich am wenigsten wunderte, denn das Essen war schon vorher kaum zu zerteilen gewesen. Theo selbst drehte sich im Versuch, das Gleichgewicht wiederzufinden in meine Richtung und fiel mir ungelenk um den Hals, da ihm mit einem Mal die Beine den Dienst versagten. Obwohl Schiefer und ich uns selbst kaum auf den Beinen halten konnten, schleppten wir Theo zum Kühlschrank, lehnten ihn mit dem Rücken dagegen und ließen uns daneben auf den Boden fallen.

Der Kopf kippte Theo auf die Brust und die Augen fielen ihm zu. Wir versuchten, ihn durch leichte Klapse auf die Wangen wieder zu sich zu holen, aber Theo war nicht mehr ansprechbar.

Selig sind die, die nichts mehr mitbekommen, sagte Schiefer, fingerte rückwärts aus einer Küchenschublade eine Packung Zigaretten und zündete uns beiden eine an.

Mit einem Kopfnicken bedeutete er mir, die Asche

auf den Boden zu schnippen. Während wir schweigend rauchten, rutschte ein mit Reis verklumpter Rest Rindfleisch langsam Theos Schuhspitze entlang.

Was ist mit deiner Frau?, fragte ich Schiefer nach einer Weile. Sie hätte das nicht gut gefunden, wie wir hier sitzen und rauchen. Könnt ihr nicht auf den Balkon gehen zum Rauchen, hätte sie gesagt und nicht bedacht, dass Theo dann einfach umfallen würde. Er lachte. Einfach umfallen würde er, wenn wir nicht wie zwei Buchstützen hier sitzen würden.

Kommt sie zurecht?, fragte ich.

Es geht ihr gut, sagte Schiefer und nickte mehrmals, als wollte er seine Aussage unterstreichen. Sie lebt jetzt in Louisiana in einem Haus mit Garten und Veranda. Mein Sohn geht auf die Highschool und spielt Basketball. Sie nennen ihn den *Flying German*. Schiefer lachte. So einer braucht keine Buchstützen. Was meinst du?

Bestimmt nicht, sagte ich, wer fliegen kann, braucht keine Buchstützen. Ich ließ meinen Blick durch die Küche schweifen: über den Tisch, auf dem noch unsere Teller mit Resten von Rindfleisch standen, das eigentlich geschmort unter leichtem Zungendruck im Mund zergehen sollte, aber zäh wie Leder geworden war. In der Mitte die Schüssel mit dem geklumpten Reis, daneben die verkochten Möhren, die schon durch das Aufspießen mit der Gabel zerbröselten, unzählige leere Weinflaschen, die zwischen Gläsern und Tellern hochragten wie Laternenmasten, am Kühlschrank die vergilbte Postkarte, auf deren Vorderseite grasende Kühe unter der Überschrift *Schönes Allgäu* zu sehen waren. Der Radiowecker stand auf dem Kühlschrank, seine roten Leuchtziffern zeigten exakt die gleiche Zeit an wie die Bahnhofsuhr über der Spüle, deren Wasserhahn langsam vor sich hin tropfte. Theo schnarchte, seine Beine lagen ausgestreckt auf den rotbraunen Fliesen, der Reis-Rindfleischklumpen klebte wie ein Findling an Theos braunem Mokassin, und ich zählte die Sekunden, bis er mit einem leichten Ploppen auf die Fliesen klatschen würde. Schiefer rauchte derweil und versuchte, Kringel in die Luft zu blasen.

Wie findest du den Namen Stola?, fragte ich ihn.

Melancholisch, sagte Schiefer. So heißen Bügeleisen.

*

Der Mond verschwand hinter einer Wolke und Theos Schule zog dunkel und mächtig, ein unheilvoller Nachtschatten, über uns. Alle drei blieben wir stehen und stellten unsere Koffer ab.

Theo atmete tief durch, Schiefer zündete sich eine Zigarette an, und ich ging in Gedanken noch einmal unsere Ausrüstung durch und überlegte, ob ich irgendetwas vergessen hatte. Theo hatte darauf bestanden, verschiedene Wege zu gehen. Drei Männer mit Koffern, um Mitternacht im Gleichschritt, da bräuchte es nicht viel Phantasie, um auf komische Gedanken zu kommen, meinte er.

Schiefer sagte, der Mond hat uns verlassen und wir verlassen jetzt den Boden des Gesetzes. Wir werden jetzt zu Kriminellen. Ist euch das klar?

Eins würde mich noch interessieren, sagte Theo: Das Experiment, die Beischlafverlängerung der Hamster durch die Aluminium-Leichtlaufräder – was ist daraus geworden? Ich schaute zu Schiefer, aber der schaute mich so fordernd an, als müsste ich die Antwort geben. Ein Desaster, sagte ich achselzuckend. Die Hamster verloren jegliche Lust am Sex, dafür wurden sie extrem aggressiv. War der falsche Ansatz. Ich dachte, man könnte ihnen mit besseren Laufrädern zu mehr Glück verhelfen. Das war ein Fehler. Ein Denkfehler.

Und worum geht es jetzt?, fragte Theo und nickte Richtung Schulgebäude. Jetzt geht es darum, Strukturen des Unglücks zu erkennen. Das ist was anderes. Schiefer nickte. Vollkommen was anderes, sagte er und lächelte mich dankbar an.

Theo reichte uns die Hand. Einer für alle, alle für einen, sagte er feierlich.

Sehen wir zu, dass es nicht zu rührselig wird, sagte ich und nahm meinen Koffer auf. Obwohl auch mir bewusst war, dass unsere Existenzen auf dem Spiel standen. Wenn wir aufflogen, war Theo für den Schuldienst erledigt und ich würde höchstens noch bei einem Inkasso-Unternehmen unterkommen. Nur in Schiefers Leben konnte nicht viel mehr in die Brüche gehen, als ohnehin schon kaputt war.

Gehen wir, sagte Schiefer.

Die Koffer in der rechten Hand, betraten wir das Schulgelände.

*

Schiefer und ich waren uns einig darüber gewesen, dass das Abendessen mit Theo unglücklich verlaufen war, kamen aber überein, dass wir lediglich eine

Schlacht verloren hatten und die auch nur aufgrund eigenen Unvermögens. Bei einer Partie Schach wollten wir eine neue Strategie austüfteln. Aber Schiefer schien mit seinen Gedanken woanders zu sein, er machte mehrere Fehler, die sogar mir ungewöhnlich vorkamen, und so kam es, dass wir uns nach zwei Stunden auf ein Unentschieden einigten. Obwohl ich höchst selten ein Unentschieden erreichte, fiel es mir schwer, dieses als Sieg zu feiern. Ich verdankte es lediglich den haarsträubenden Fehlern von Schiefer und weniger meiner eigenen Brillanz. Insgeheim machte ich mir sogar Vorwürfe, dass ich nicht offensiv genug agiert hatte, sondern zu defensiv, geradezu ängstlich gespielt hatte. Ich hatte den Sieg verschenkt, weil ich meinen eigenen Fähigkeiten nicht vertraute. Dabei hatte Schiefer früh seine zwei Läufer verloren und kurz darauf auch einen Turm und ein Pferd. Sowohl was die Schlagkraft, als auch die Zahl der taktischen Möglichkeiten anbelangte, war ich klar im Vorteil gewesen. Mein Sieg war eigentlich eine Notwendigkeit und dass er nicht erfolgte, ließ sich kaum nachvollziehen. Nachdem ich Schiefers Pferd auf d5 eingekesselt hatte und mir geradezu aussuchen konnte, ob ich es mit einem Bauern oder mit einem Läufer vom Brett kicken wollte, hätte ich meinen Sieg im Brustton der Überzeugung ankündigen können, ja sogar müssen.

Schiefer, sagte ich nach dem Spiel, ich denke, ich weiß nun, was wir falsch gemacht haben. Wir waren zu zurückhaltend, wir haben unserer Überzeugung nicht getraut. Wir müssen aber überzeugt sein von dem, was wir beabsichtigen. Legen wir die Karten offen auf den Tisch. Fahren wir mit Theo auf den Berg und konfrontieren ihn dort freimütig und ohne Winkelzüge mit unserem Vorhaben. Schiefer war sofort einverstanden. Vielleicht weil ich ihm ein Unentschieden abgerungen hatte und er daraus ableitete, mir stünde es zu, einen Vorschlag unkommentiert zu unterbreiten.

Theo steckte die Hände in die Hosentaschen, holte sie wieder heraus, verschränkte seine Arme vor der Brust, ließ die Arme dann baumeln, aber nicht lange, verschränkte seine Hände hinterm Rücken und steckte sie schließlich wieder in die Hosentaschen. Er war irritiert. Nicht nur von Schiefers Vorschlag, auf den Berg zu fahren, mir kam es so vor, als beunruhigte ihn auch meine Anwesenheit, zumal Schiefer sagte, *wir* wollten mit ihm reden. Seinem Gesichtsausdruck nach war ihm das Abendessen einige Tage zuvor noch sehr präsent, aber keine gute Erinnerung.

Auf dem Berg ist es schön, sagte ich.

Theo schüttelte den Kopf. Es ist Februar, sagte er und nickte Richtung Fenster. Der Regen lief in durchgehenden Schlieren daran ab. Bei Licht besehen hatte Theo recht, es gab kaum einen ungünstigeren Moment, um einen Ausflug auf den Berg zu machen. Davon darf man sich nicht beirren lassen, sagte Schiefer, der Theos Blick gefolgt war. Die Geschichte in ihrem Lauf hält weder Wind noch Wetter auf, fügte er hinzu, brach in schallendes Gelächter aus und haute Theo und mir kumpelhaft auf den Rücken.

Warum reden wir nicht hier?, fragte Theo.

Auf dem Berg erreichen die Gedanken eine andere Höhe, und wir wollen hoch hinaus.

Theo konnte sich ein Lächeln nicht verkneifen, wohl auch, weil er spürte, dass Schiefers Beharrlichkeit der Naivität seiner Argumente in nichts nachstand. Kopfschüttelnd holte er seinen Mantel.

Während der Fahrt redeten wir nur über das Wetter und die Landschaft, das hatten Schiefer und ich im Vorfeld vereinbart: So unverfänglich wie nötig, so freundlich wie möglich. Schiefer erklärte die Entstehung des Berges, seine Gesteinsschichten, seine Bewaldung und seinen wirtschaftlichen Nutzen. Theo sah müde und abgemagert aus.

Es regnete in Strömen und keiner von uns war auf die Idee gekommen, einen Regenschirm mitzunehmen. Es dauerte Sekunden, bis wir vollkommen durchnässt waren. Jetzt ist es sowieso egal, rief Schiefer. Wir setzten uns auf eine Bank, aber der Wind heulte und pfiff um uns herum, dass man kaum sein eigenes Wort verstehen konnte. Schiefer machte den Vorschlag, einen Kreis zu bilden und die Köpfe so nah wie möglich zueinander zu stecken. Schiefer sagte dann in die Runde, wir sollten den Tatsachen unverblümt ins Auge sehen, Theo gebe ein Bild des Jammers ab, und das sei nicht immer so gewesen, nein, er erinnere sich, dass er anfangs von seiner Erscheinung eingenommen gewesen sei, aber davon könne nun keine Rede mehr sein. Die Talfahrt, wenn er das so ausdrücken dürfe, sei rasant gewesen und das müsse eine Ursache haben, dieser gelte es auf den Grund zu gehen. Er vermute die Wurzel des Übels in der Schule, denn er selbst habe auch einmal so ausgesehen, nein, schlimmer noch, er wolle ehrlich sein, er habe noch schlimmer ausgesehen, nichtsdestotrotz gelte es jetzt die Notbremse zu ziehen. Man müsse die Schule beleuchten oder besser gesagt durchleuchten. Er schaute Theo an und sagte: Butter bei die Fische geben, verstehst du. Deshalb, jetzt zeigte Schiefer auf mich, sei ich auch dabei, ich hätte Erfahrung und das nötige Equipment. Schiefer redete ohne Punkt und Komma, bis Theo sich irgendwann aufrichtete, uns einen Vogel zeigte, etwas von Bekloppten von morgens bis abends murmelte und kopfschüttelnd zurück zum Auto ging. Die Rückfahrt verlief schweigend. Auch der Abschied. Ein kurzes Zunicken, das war's.

Am nächsten Tag fuhr ich zum Autohof. Ich hatte von Anfang an nicht an die Jugendlichen als Täter geglaubt. Jugendliche zerstören etwas nicht über Monate hinweg, dazu fehlt ihnen in aller Regel die Energie und Ausdauer. Lieber einmal vandalisieren, dafür aber richtig. Außerdem reagierten Jugendliche äußerst sensibel auf Tierquälereien, kaum vorstellbar, dass sie die Hunde vergiftet hatten. Auch ein Konkurrent schied für mich aus. In diesem Milieu gab man sich nicht mit Schmierereien und zerstochenen Reifen ab, da fackelte man den ganzen Hof ab.

Die Beschädigungen, die hier vorlagen, waren Zeichen einer tiefgehenden Kränkung, hier waren subtile Rachegelüste am Werk. Die Ehefrauen waren froh, dass ich sie überführte, war es für sie doch ein Zeichen, dass es zumindest einen Mann gab, der verstand, dass man einer Frau nicht ungestraft eine Gabi, Nicole oder Lucy vor die Nase setzte. Die Männer nahmen meine Ermittlungsergebnisse achselzuckend zur Kenntnis. Die Jugendlichen gehen uns trotzdem auf den Keks, sagten sie und gaben mir mein Honorar in bar.

Eine Woche lang hörte ich weder etwas von Theo noch von Schiefer. Dann standen auf einmal beide vor meiner Tür. In Schiefers Hand mehrere Listen mit den Namen von Theos Schülern sowie ein ausgerissener Zeitungsartikel. Schiefer wedelte mit den Papieren, drückte sie mir in die Hand und sagte, du kennst dich doch aus damit. Guck mal, ob du was findest. Ich habe einen 83er Cabernet Sauvignon gewettet, dass wir fündig werden. Schiefer und Theo setzten sich aufs Sofa, während ich den Computer anmachte.

Theo war blass und fahl, die dunklen Augenringe verstärkten den Eindruck, dass er seit Tagen kaum geschlafen hatte. Nach ein paar Minuten ließ er sich ins Sofa zurücksinken und schloss die Augen. Als er anfing zu schnarchen, stand Schiefer vorsichtig auf und kam zu mir an den Computer. Halbe Nächte sitzt er am Schreibtisch und grübelt. Wenn er sich unbeobachtet fühlt, führt er Selbstgespräche, und manchmal fängt er aus dem Nichts heraus an zu lachen. Ein Lachen, das einem kalt über den Rücken fährt. Bevor er in die Schule geht, übergibt er sich. Täglich. Er sagt, er habe sich einen Magen-Darm-Virus eingefangen, aber ich weiß, dass das nicht stimmt. Er kotzt vor Angst. Trotzdem geht er jeden Tag in die Schule. Ich sage ihm, bleib zu Hause, du bist krank, aber er weigert sich. Sind schon zu viele krank, sagte er.

Es war nicht schwer, im Netz etwas zu finden: Viele Schüler führten private Internetseiten unter ihrem Namen. Dort oder unter einer verlinkten Seite fanden sich kurze Sequenzen, die sie mit der Videofunktion ihrer Handys aufgenommen hatten. Kaum eine länger als zehn Sekunden. Einige Filme waren mit Musik und Untertiteln unterlegt, manche in surrealer Weise bearbeitet: Theo als Frosch, als Hase mit riesigen Ohren, mit heruntergelassenen Hosen, als Hitler, und immer gab es dazu eine Aufforderung: Frösche zu grillen, Hasen zu schießen, den Schwanz abzuschneiden oder Hitler vollzuscheißen. Im Hintergrund stets Gelächter mit Halleffekt zu einer dröhnenden und drohenden Kulisse aufgebaut. Als würde Theo permanent ausgelacht. Was ist das?, fragte ich Schiefer entsetzt. Moderne Kriegsführung, sagte Schiefer und ging ans Fenster. Theo sollte das besser nicht zu sehen bekommen, dachte ich und schaltete den Computer aus. Im schwarzen Bildschirm spiegelte sich mein Gesicht. Ich zog die Augenbrauen hoch, aber ich konnte mit meiner Mimik nichts anfangen.

Nun wisst ihr also Bescheid, sagte Theo plötzlich vom Sofa aus. Ich wusste nicht, was er alles mitbekommen hatte, aber seiner Bemerkung nach zu urteilen, auf jeden Fall genug. Noch immer sah ich mich im schwarzen Bildschirm. Ich fragte mich, wie jemand aussehen sollte, der Bescheid weiß. Ist das etwas Erstrebenswertes oder nicht? Ich traute mich nicht, Theo anzugucken. Obwohl ich meinen Lebensunterhalt damit bestritt, Sachen zu sehen, die nicht für mich bestimmt waren, beschlich mich nun das Gefühl, eine Grenze überschritten zu haben. Bei allen Ermittlungsaufträgen, die ich bekam, ging es letztlich um nichts anderes als um Vertragsverletzungen. Jemand fühlte sich um seine Auffassung eines Vertrages betrogen. Dabei spielte es keine Rolle, ob es sich um geschriebene oder ungeschriebene Verträge handelte. Es konnte ein Arbeits-, Ehe- oder Kaufvertrag sein oder der ungeschriebene Vertrag einer Freundschaft. Mich beauftragte man, wenn einen das Gefühl beschlich, dass ein Vertrag gebrochen wurde. Meine Tätigkeit war das legitime Recht des Auftraggebers, über den Vertragsbruch Bescheid wissen zu wollen, um Konsequenzen ziehen zu können. Im Grunde war das, was ich machte, die Arbeit eines Rechtsanwalts in einem breiteren Spektrum und mit anderen Mitteln. Letztlich war meine Arbeit die Grundlage jedes Rechtsstaats: das Recht, zu wissen, woran man ist. Zwar drang ich auch in Intimsphären ein, aber nur um dem nachvollziehbaren Recht des Einzelnen Genüge zu tun. Dies hier war etwas anderes. Was ich soeben im Computer gesehen hatte, hinterließ in mir das Gefühl, einer öffentlichen Hinrichtung beigewohnt zu haben, die vollständig auf Willkür beruhte.

Schiefer stand noch immer vor dem Fenster, stützte sich mit beiden Händen auf der Fensterbank ab und starrte auf die Straße. Das Gelächter hing im Zimmer, als wäre es mit einem Raumspray verteilt worden. Keiner von uns sagte ein Wort. Kein Schweigen, das man durch das Öffnen einer Flasche Merlot hätte beheben können.

Theo stand vom Sofa auf und ging ebenfalls zum Fenster, stellte sich dort aber etwas abseits von Schiefer und wusste nicht, wohin mit seinen Händen.

Mir sagte mal jemand, ein guter Lehrer sei ein Geburtshelfer, brach Theo die Stille. Einer, der den Schülern hilft, besser in die Welt zu kommen, sich in ihr zurechtzufinden und sie gestalten zu können. Theo lachte auf, ein raues, zynisches Lachen, als hätte er über die Pointe schon zu viele Tränen vergossen. Mein Vater meinte, ich sei naiv. Um sich in der Welt zurechtzufinden, braucht man gute Schuhe. Wenn man was entdecken will, muss man laufen können. Da helfen gute Schuhe mehr als adverbiale Bestimmungen. Schuhe machen den Menschen nicht klüger, entgegnete ich ihm, und zusammenleben müsse man nun mal mit Menschen und nicht mit Schuhen, und leichter sei es, mit klugen, gebildeten Menschen zusammenzuleben, als mit dummen. Klugheit habe noch kein Geld geschissen, sagte mein Vater. Auf solch dumpfe Pointen könne ich verzichten, sagte ich, worauf mein Vater meinte, Verzichten sei ein gutes Schlusswort, ich könne ja sehen, wie weit ich komme.

Weit bin ich nicht gekommen, fuhr Theo nach einer Pause fort, den Blick auf den schwarzen Bildschirm gerichtet.

Das mit den Hasenohren war keine gute Idee, ich habe es dir gesagt, sagte Schiefer.

Du bist ja das Feingefühl vor dem Herrn, sagte ich wütend. Besonders weit bist du auch nicht gekommen, bei Licht betrachtet.

Dafür schnüffle ich nicht in den Unterhosen anderer Leute herum.

Weil sich deine Leute vom Acker gemacht haben, wenn ich mich nicht irre.

Aber nicht, weil ich so blöd war und mir Hasenohren übergezogen habe.

Schon gut, mischte sich Theo ein, ihr müsst euch meinetwegen nicht in die Haare kriegen, ich wollte nur sagen, dass es jetzt eh egal ist.

Was ist egal?, fragte ich.

Ob es in der Schule noch ein paar versteckte Kameras mehr gibt. Ist ja für'n guten Zweck, oder?

Für'n verdammt guten Zweck, sagte Schiefer. Für das Seelenheil.

*

Vor der grauen, dunklen Eingangstür warteten wir einen Moment, um ganz sicherzugehen, dass uns niemand gefolgt war oder beobachtete. Dann schauten wir uns an, nickten und Theo schloss die Tür auf. Ein fauler, modriger Geruch stieg uns in die Nase. Kein kühler, belebender Geruch wie in alten Kirchenhäusern, sondern ein atemraubender, stickiger Mief, der mir bei meinem ersten Besuch so nicht aufgefallen war. Es brauchte eine Weile, bis sich unsere Augen an die Dunkelheit gewöhnten. Umrissartig türmten sich die Säulen am Rand der Steintreppe vor uns auf. Noch immer zuckte der Sekundenzeiger der großen Uhr über der Treppe auf der Zwölf, aber in größeren Abständen, wie mir schien, so als verließen ihn langsam die Kräfte. Als ob er um die Vergeblichkeit seiner eigenen Bemühungen weiß, aber die Hoffnung auf fremde Hilfe noch nicht ganz aufgegeben hat, sagte Theo mit Blick auf die Uhr. Ich fragte mich, wie lange es dauert, bis man solche Assoziationen hat, und ob die Assoziationen bei einer kaputten Uhr im Krankenhaus andere wären. Langsam liefen wir vorbei an den zerissenen Plakaten in der

Vorhalle die Steintreppe hinauf. Das einzige Geräusch war der Hall unserer Schritte, der sich dumpf und fremd im Treppenhaus verlor. Theo ging uns voraus. Je näher wir dem ersten Stock kamen, desto mehr wurde der modrige Geruch überlagert von einem beißenden Gestank nach Urin.

Ohne dass wir Theo danach fragten, sagte er: Sie pissen in Reagenzgläser und schütten sie heimlich aus. Sie markieren damit ihr Revier. Wie Hunde. Wer im fremden Revier wildert, zum Beispiel eine blöde Frage stellt oder einem Lehrer zu nett begegnet, bekommt gern mal die Nase gebrochen, damit er das nächste Mal besser riechen kann. Schiefer nickte, als wüsste er Bescheid, aber ich fragte mich, wen Theo mit *sie* meinte. Die Schüler allgemein konnte er doch nicht meinen. Aber ich fragte nicht nach, auch nicht nach dem Warum. Theo hatte das in einem so selbstverständlichen Ton erzählt, dass mir jede Frage blöd vorkam. Als machte Theo eine Hausführung für Besucher, fuhr er fort: Man fragt sich natürlich, warum tut jemand so etwas: in die Ecke pissen, Plakate zerreisen, Türen kaputt treten, Tische und Stühle beschmieren?

Falsche Frage, fuhr Schiefer dazwischen. Die Frage muss lauten: Was war zuerst da: der Uringestank oder die Schimmelflecken?

Wie meinst du das?, fragte ich.

Theo drehte sich um. Woher weißt du von den Schimmelflecken?

Der Zustand deiner Schule ist bekannt, sagte Schiefer zu Theo gewandt. Wenn man wissen will, wie es aussieht, weiß man es. Im oberen Stockwerk sind die Fenster seit einem dreiviertel Jahr verriegelt, weil sie sich bei zu heftigem Wind aus der Verankerung lösen könnten, die Deckenverkleidungen in zwei Stockwerken fehlen, weil sie herunterzufallen drohen. Niemand weiß genau, wann sie repariert werden, ein Teil der Turnhalle ist gesperrt, weil sich der Belag auflöst, und in fast jedem Klassenzimmer gibt es Schimmelflecken.

Du bist gut informiert, sagte Theo.

Warum dann auch noch in die Ecken pissen?, fragte ich. Das ergibt doch keinen Sinn.

Angenommen, du bekommst Besuch und deine Klobrille ist verdreckt, dann wird sich dein Besuch nicht sonderlich viel Mühe geben, in die Schüssel zu treffen. Vielleicht wird er sogar absichtlich danebenpinkeln, denn was sagt das dreckige Klo deinem Besuch? Es sagt ihm, dass du ihn als Person nicht sonderlich wertschätzt, weil er es nicht mal wert ist, dass man für ihn das Klo putzt. So etwas kann leicht Rachegelüste auslösen.

Im Grunde eine einfache mathematische Gleichung, sagte Theo.

Stimmt, sagte Schiefer, aber wer kann heutzutage noch rechnen?

Im oberen Stockwerk hörten wir die Tauben gurren.

Theo ging mit uns durch verschiedene Räume. Er zeigte uns sein Klassenzimmer, das Lehrerzimmer, das Rektorat und den Medienraum. Schiefer fuhr mit den Händen an den Wänden entlang, strich über die Tafeln, die Pulte, Tische und Stühle. So als suchte er mit den Händen seine Erinnerung zu überprüfen. Immer wieder schüttelte er leicht den Kopf, als könnte er etwas einfach nicht begreifen. Ich prüfte derweil verschiedene Kameraperspektiven. Bei jeder möglichen Anbringung fragte Theo, ob ich auch sicher sei, dass die Kamera unbemerkt bliebe. Was, wenn jemand doch mal seinen Hals verrenke, ausgeschlossen sei das ja nicht, die Schüler müssten lange sitzen an so einem Vormittag und würden manchmal die absonderlichsten Verrenkungen vollführen. Theo unterbreitete Gegenvorschläge, bei denen die Kameras in der Regel so versteckt waren, dass sie auch nichts mehr aufzeichnen konnten, wie hinter der Tafel oder im Blumentopf. Erst als Schiefer sich genervt einmischte und sagte, dass ich Profi sei und die Spezialkameras der verdeckten Ermittlung dienten, gab Theo Ruhe. Er setzte sich auf einen Tisch in der ersten Reihe, legte die Hände in den Schoß und versicherte uns, dass die Schule abends leer sei. Es soll zwar mal eine Anfrage der hiesigen Volkshochschule gegeben haben, aber als sie die Räume gesehen hatten, meinten sie, die seien ihren Teilnehmern nicht zuzumuten.

Und das nimmt jeder so hin?, fragte ich.

Der Bauch ist träge, der Geist müde und Geld ist auch keins da. Schiefer lachte höhnisch auf.

Ich schlief schlecht diese Nacht. Immer wieder wachte ich auf, wälzte mich unruhig im Bett hin und her, bis ich schließlich aufstand und ans Fenster ging, um frische Luft zu schnappen. Auf der Bank an der Bushaltestelle lag Ketchup. Sobald er sich bewegte, rutschte unter seiner Decke Zeitungspapier hervor.

Noch in der Morgendämmerung beschloss ich, zu Stola zu fahren. Die Straßen waren wie ausgestorben. Über der im Morgentau liegenden Landschaft erhob sich leicht die Sonne, und die ersten Strahlen siebten den Nebel in der Ebene. Links und rechts erhoben sich Weinberge, nur durchschnitten von kleinen braunen Wegen, auf denen ab und an ein Traktor zu sehen war. Aus Angst, dass sie mir absagen könnte, hatte ich von meinem ursprünglichen Plan, Stola mein Kommen anzukündigen, Abstand genommen. Schon ein kurzes Zögern in ihrer Stimme auf meine Frage, ob es ihr recht wäre, hätte mich so verunsichert, dass mir ein Besuch bei ihr wie ein unerlaubtes Über-den-Zaun-Klettern vorgekommen wäre. Ich wusste aber, dass mir das Ziehen im Bauch keine Ruhe gelassen hätte, und deshalb war die Fahrt unvermeidbar.

Ich bekam Lust, das Radio anzuschalten, in der Hoffnung, ein Lied von Neil Diamond zu erwischen. Aber ich hatte mir beim Start, als ich die Tür hinter mir zugeschlagen und den Motor angelassen hatte, Verzicht auferlegt. Keine Nachrichten, kein Warten auf das Wort *Explosion*, kein Wort über irgendeinen Zustand. Wenigstens für ein paar Stunden wollte ich unwissend sein, unschuldig am Wissen um das Weltgeschehen, nur für ein paar Stunden das Gefühl haben, die Welt sei in Ordnung. Ich wollte Stola so unbelastet wie möglich entgegentreten. Ich ließ das Radio aus.

Rechts tat sich ein weites Feld auf, über dem noch knöcheltief der Morgennebel lag. Ein Reh stolperte aus einem Gebüsch und rannte eine kurze Strecke parallel zu mir. Es sah aus, als rannte es auf Wolken. Ich stieg vom Gas auf die Bremse, ließ mich zurückfallen, um das Reh anzuspornen, das Wettrennen aufzunehmen. Du hast die Nase vorn, sagte ich und zwinkerte dem Tier zu. Es kam mir so vor, als betrachtete das Reh mich aus den Augenwinkeln heraus. Aber plötzlich bog es nach rechts ab und rannte quer über das Feld davon. Vielleicht ahnte es, dass ich nur einen Druck aufs Gaspedal ausüben musste, um an ihm vorbeizuziehen. Als ob es sich auf solche Spiele nicht einlassen wollte.

Stola begrüßte mich per Handschlag. Sie schien sich weder über meinen Besuch an sich noch über die Uhrzeit meines Auftauchens zu wundern. Kein Ausdruck der Verblüffung, nicht einmal eine hochgezogene Augenbraue.

Ich dachte mir, dass du wieder auftauchen würdest, sagte sie und lächelte.

Ich nickte in Richtung der umliegenden Häuser.

Immer noch leer, sagte sie und lächelte wieder.

Sie trug eine weiße Leinenhose und eine grüne Bluse. An den Füßen war sie barfuß. Der Nagellack an ihren Zehen abgeblättert. Ihr Haar trug sie wieder etwas länger und die schwarze Färbung war einem rotbraunen Ton gewichen, der sie natürlicher erscheinen ließ, aber nicht weniger attraktiv. Noch immer hielten wir uns die Hand. Als wollten wir die Möglichkeit, uns mit einem Wangenkuss zu begrüßen, noch nicht aufgeben. Plötzlich ergriff mich die Angst, dass ich einen Alkoholgeruch wahrnehmen könnte, ließ ihre Hand los. Wir gingen ins Wohnzimmer, in dem sich seit meinem letzten Besuch nichts geändert hatte. Noch immer waren die Wände kahl und kalt, nur auf dem roten Sofa gab es einen pfannengroßen Fleck, der sich offensichtlich nicht auswaschen ließ. Hinter der Fensterfront lag die für den Garten vorgesehene Baugrube, die das Unkraut zu einer eigenwilligen Landschaft formte. In der Sofaspalte fand ich einen silbernen Ohrring. Ohne zu wissen, warum, steckte ich ihn ein, während Stola in der Küche einen Kaffee machte. Es passiert nicht oft, dass ich jemandem einen Kaffee kochen kann, sagte sie, als sie mit zwei Tassen in der Hand ins Wohnzimmer kam. Sie stellte eine Tasse vor mich hin, nahm ihre in die Hand und ging zum Fenster. Eine ganze Weile stand sie schweigend davor, blickte in die Ferne, bis sie schließlich fragte: Was ist mit deiner Frau?

Ich gucke zu viel durch Schlüssellöcher. Das hört in den eigenen vier Wänden nicht auf. Ist für Frauen nicht leicht.

Stola nickte, drehte sich aber nicht um, sondern schaute weiter durchs Fenster.

Schiefer klingelte eines Tages an meiner Tür, sagte sie. Nein, nicht eines Tages, an einem 11. Mai, um genau zu sein. Es regnete in Strömen und er fragte mich, ob ich bereit sei für einen Ausflug. Ich schaute aus dem Fenster so wie jetzt, auch damals mit einem Kaffee in der Hand. Es schüttet wie aus Kübeln, sagte ich. Aber Schiefer lachte nur, na und, sagte er, so bleibt uns der Ausflug länger in Erinnerung. Ich dachte, dass es nicht viel einzuwenden gibt, wenn jemand mit einem zusammen nass werden möchte. Ich sagte, also schön, warum nicht. Aber sogleich fragte Schiefer: Und eine Reise?, würdest du mit mir auch eine Reise machen, vielleicht auch eine längere? Kommt darauf an, wohin, sagte ich und Schiefer lächelte und zuckte mit den Schultern, als kämpfte er darum, ob er seine Hintergedanken preisgeben sollte. Schließlich sagte er: Bei einer Reise wisse man nie genau, wo man lande, im Paradies oder in der Hölle, er aber werde sein Bestes geben, soviel könne er versprechen. Klingt kompliziert, sagte ich, beginnen wir erst mal mit einem Ausflug. Schiefer war mit dem Motorrad da, eine Kawasaki irgendwas. Er gab mir einen Helm, den er kurz zuvor rot lackiert haben musste, eigentlich war der Helm weiß, ich kannte ihn. Ich fragte Schiefer, warum er den Helm rot lackiert hatte. Er lächelte und sagte, irgendwann würde ich schon draufkommen. Die Hölle würde davon zwar nicht abhängen, das Paradies aber vielleicht schon. Mit seinem Ärmel wischte Schiefer die Rückbank trocken. Ich fragte ihn, wohin er fahren wolle, aber er sagte nur: Überraschung. Ich saß hinter ihm, schmiegte mich so eng wie möglich an ihn und hielt den Kopf möglichst gesenkt. Es war so kalt und ungemütlich, dass ich mich nicht entscheiden konnte, ob es das Verrückteste oder das Aufregendste war, was ich bisher unternommen hatte. Alles was ich sah, war links und rechts hochspritzendes Regenwasser. Wie festgefroren, verharrte ich bewegungslos auf dem Rücksitz, meine Finger und Füße waren bald klamm und steif, aber das Schlimmste war, dass ich Schiefer unter seinem Helm irgendein Lied summen hörte. Nicht ein einziges Mal drehte er sich zu mir um und fragte, ob es mir gefalle, ob ich noch Lust habe oder lieber wieder umkehren wolle. Lautlos fing ich an zu heulen. Über anderthalb Stunden hatte ich nur Regen und Spritzwasser abbekommen und der Mann vor mir summte unter seinem Helm.

Aber auf einmal ging er runter vom Gas, drehte auf der Straße um und fuhr zurück, ungefähr einen Kilometer weit. Dann bremste er plötzlich ab und fuhr wieder zurück. So ging das vier-, fünfmal hintereinander. Immer hin und her. Mir war inzwischen alles egal, soll er noch zehnmal hin- und herfahren, dachte ich. Aber plötzlich fuhr er an den Seitenrand, hielt an und stieg ab. Ich dachte, toll, jetzt ist das Motorrad noch defekt, aber Schiefer klappte nur kurz das Visier hoch, lächelte mich an, entschuldigte sich und sagte, er habe nicht daran gedacht, dass ich eingeschränkte Sicht habe, ich solle mich verkehrt herum draufsetzen. So, dass wir Rücken an Rücken säßen. Nicht für lange Zeit, er würde ganz langsam fahren.

Ich verstand überhaupt nicht, wovon Schiefer sprach, fand es absurd, sich bei diesem Wetter Sorgen zu machen, ob ich genug von der Landschaft sah, aber ich war so durchgefroren und müde, dass ich keine Kraft zur Widerrede hatte und mich widerstandslos verkehrt herum aufs Motorrad setzte.

Ich war bis auf die Unterwäsche nass und verspürte keinerlei Lust, die Landschaft zu betrachten, denn nun hatte ich etwas anderes entdeckt. Irgendjemand hatte mit weißer Farbe auf die Straße geschrieben: *Wenn ich heirate, dann nur dich.* Kurz darauf wieder etwas in weißer Farbe: *Du bist so süß wie eine Mandel.* Ich musste schmunzeln und nahm mir vor, Schiefer abends darauf anzusprechen. Als Wink mit dem Zaunpfahl. Dass so etwas Frauen besser gefallen könnte als stundenlang auf der Rückbank eines Motorrades durch Regen zu fahren und zu frieren. Kurz darauf drehte Schiefer um, fuhr ein Stück zurück, um dann erneut umzukehren. Ungefähr fünf

Minuten nachdem wir die Schrift auf der Straße zum zweiten Mal passierten, hielt Schiefer am Straßenrand kopfschüttelnd an. Er bockte das Motorrad auf, ich blieb sitzen. Aus seinem Tankrucksack holte er eine Dose, lief damit zur Straße und sprayte auf den Asphalt: *Sag was. Ja oder Nein?*

Stola drehte sich zu mir um und schaute mir geradewegs ins Gesicht. Ich weiß bis heute nicht, warum er den Helm rot lackiert hat. Aber das Unwetter war danach nichts anderes als ein warmer Sommerregen.

Wieso erzählst du mir das?, fragte ich.

Immer wieder habe ich mich an diesen Ausflug erinnert, sagte sie, an die Kälte, den Regen, Schiefers Gesumme unterm Helm. Wenn ich abends neben gepackten Taschen im Bett lag und Schiefer sich im Schlaf unruhig hin und her wälzte, aufschrie, rief ich mir die Bilder des Ausflugs ins Gedächtnis. Und daran, dass Schiefer gesagt hatte, die Reise führe ins Paradies oder in die Hölle. Und ich habe mich gefragt, wo liegt das Paradies: abseits der Hölle oder hinter ihr? Immer wieder habe ich mich gefragt, ob ich nicht vielleicht länger aushalten muss, vielleicht wird doch noch alles gut, wie damals auf dem Motorrad. Also habe ich die Taschen wieder ausgepackt und gehofft, dass sich alles zum Guten wenden würde, wenn ich nur lange genug aushielte. Als ob ich belohnt werden müsste für mein Durchhaltevermögen. Aber es hat sich nichts zum Guten gewendet und irgendwann habe ich die Taschen nicht mehr ausgepackt. Und trotzdem frage ich mich immer noch jeden Tag, ob ich nicht zu früh gegangen bin, ob ich mir nur eingebildet habe, die Schmerzgrenze schon erreicht zu haben.

Stola drehte sich wieder zum Fenster. Ihre Tasse stellte sie aufs Fensterbrett. Nach einer Weile sagte sie: Ich wollte, dass du das weißt, falls wir miteinander schlafen.

Ich stand auf und ging zu ihr. Sie drehte sich nicht um. An ihrem Hals waren lauter rote Flecken. Ich strich ihr über den Rücken. Nicht leicht, eine Karte fürs Himmelreich zu erwerben, sagte sie, ohne sich umzudrehen. Du bist mir nichts schuldig, sagte ich. Gar nichts. Ich drehte mich um, ging zur Haustür und schloss sie leise hinter mir.

Den Rest des Tages fuhr ich ziellos in der Gegend umher. Mittags fuhr ich auf einen Parkplatz in der Nähe der Autobahn. Ich stellte den Sitz in Liegeposition, verschränkte die Arme hinter dem Kopf und schloss die Augen. Dass Schiefer den Helm lackiert hatte! Was für ein Romantiker! Chapeau, Schiefer, sagte ich halblaut, dann dämmerte ich weg: Die Tribünen waren voll besetzt. Eine ausgelassene Stimmung. Klirren von Champagnergläsern. Der Stadionsprecher kündigte an, der Start werde in wenigen Sekunden erfolgen. Mit einem Mal wurde es still im weiten Rund. Alle schauten gespannt auf die Startboxen. Schiefer drehte sich zu mir. Er nickte mir zu. Ich wollte ihm meinen Wettschein in die Hand drücken. *Grüne Stola* auf Sieg, sagte ich. Schiefer lachte laut auf und machte eine abwehrende Handbewegung. Hast du tatsächlich auf Sieg gesetzt. Er schüttelte den Kopf vor Lachen. Auf Platz hättest du setzen sollen, Idiot, auf Platz. Sieg für *Roter Hut*. Mann, das weiß doch jeder. Schiefer brüllte fast vor Lachen. Das ganze Stadion stimmte in das Gelächter ein. Wie ein Echo kam es aus allen Richtungen: Er hat *Grüne Stola* auf Sieg gesetzt, der Idiot. Dann nahm der Starter die Pistole in die Hand und hielt sie in die Luft. In den Startboxen polterte es. Ich war mir sicher, dass *Roter Hut* seinen Zenit längst überschritten hatte. *Roter Hut* ist ein alter Hut, dachte ich für mich. Die Boxen öffneten sich, als der Schuss noch in der Luft hing. *Roter Hut* hatte gleich ein paar Meter Vorsprung. *Grüne Stola* brauchte einige Sekunden, bis sie ihren Rhythmus fand, aber dann holte sie Schritt für Schritt auf. Zur Mitte des Rennens waren beide gleichauf. *Roter Hut* schwebte gleichmäßig über die Grasbahn, während *Grüne Stola* mit langen Schritten versuchte vorbeizuziehen. Aber auf einmal fing *Grüne Stola* an zu sprechen. Du bist immer noch so schön wie früher. So schön kann ich niemals werden. Wie machst du das bloß? Es sind die goldenen Zeiten, die mich ziehen, sagte *Roter Hut*. Ich kann gar nichts dafür.

Meine Kehle ist so trocken, keuchte *Grüne Stola*, ich kann so nicht rennen.

Da kann ich dir nicht helfen, sagte *Roter Hut* trocken.

Vielleicht, wenn ich was trinke, sagte *Grüne Stola*, hielt an, schnappte sich eine Flasche, die am Wegrand lag, und trank sie in einem Zug leer. Noch einmal holte *Grüne Stola* auf, aber sobald sie *Roter Hut* erreichte, stoppte sie wieder ab, um etwas zu trinken. *Roter Hut* zuckte mit den Schultern und rief: Was soll ich machen, die Luft geht mir nicht aus. Der Vorsprung war deutlich, als *Roter Hut* als Erste die Ziellinie überquerte. Sie kam sofort zu Schiefer an die Bande: Die Goldenen Zeiten, sagte sie. Was für eine Kraft.

Schiefer drehte sich weg. Was ist los?, fragte ich. Du hast doch gewonnen. Ein Pyrrhussieg, sagte

Schiefer. Goldene Zeiten sind das Blech der Erinnerung.

Es dämmerte, als ich aufwachte. Auf dem Parkplatz standen bereits mehrere LKW, die Scheiben mit Vorhängen verdunkelt. Ich weiß nicht, was ich mir davon erhoffte, ob ich mir überhaupt etwas erhoffte, aber ich fuhr zurück zu Stola.

Die Haustür war angelehnt. Ich war sicher, sie hinter mir zugezogen zu haben. Aus dem Wohnzimmer drangen Schlafgeräusche. Auf Zehenspitzen schlich ich mich in den Flur. Die Wohnzimmertür stand offen. Stola lag auf dem Boden, zusammengekrümmt, die Hände zwischen die Schenkel geklemmt. Ihre Bluse war hochgerutscht, die Wimperntusche verlaufen und über die Wangen verschmiert. Auf dem Tisch lag eine leere Wodkaflasche. Ihr Hals zeigte auf mich, als wäre sie soeben beim Flaschendrehen stehengeblieben. Vorsichtig drehte ich um und ging die Treppe hoch zu ihrem Schlafzimmer. Die Tür zu Florians Zimmer war zu. Ich ging zu Stolas Kleiderschrank. Die grüne Stola hing über der Kleiderstange, bei den Blusen und Kostümen. Ich legte sie mir über den Arm, ebenso die Decke von ihrem Bett und ging die Treppe wieder runter zum Wohnzimmer. Es beruhigte mich, dass Stola nicht dalag wie eine Alkoholikerin, sondern wie ein Kind, das irgendwann vor Müdigkeit eingeschlafen war. Vorsichtig strich ich ihr übers Haar, deckte sie zu, dann nahm ich die Stola, legte sie quer über ihren Bauch und sagte leise: Besser ein zweiter Platz als ein Pyrrhussieg.

*

Halb acht morgens rief Schiefer an. Er redete so schnell, dass ich kaum folgen konnte. Wo warst du? Ich habe mir Sorgen gemacht, überhaupt muss ich mir ständig Sorgen machen, das passt mir überhaupt nicht. So war das nicht geplant. Um Theo mache ich mir inzwischen mehr Sorgen, als ich mir jemals vorstellen konnte. Wenn ich ehrlich bin, tauge ich doch nicht zum Wissenschaftler. Als Wissenschaftler muss man seinem Objekt gegenüber emotional gleichgültig sein, ich aber bin sorgenvoll. Warum war dein Handy ausgeschaltet? Den ganzen Tag über habe ich versucht, dich zu erreichen. Du musst doch erreichbar sein, verdammt noch mal.

Ist was passiert?, fragte ich, während Schiefer Luft holte.

Gestern Abend hat laufend das Telefon geläutet. Immer für Theo. Sonst ruft aber so gut wie nie jemand für Theo an. Eigentlich sind das zwei unterschiedliche Sonnensysteme, Theo und das Telefon. Und dann rufen auf einmal fünfzig Leute an, die alle mit ihm sprechen wollen.

Wer hat angerufen?, fragte ich.

Der erste nannte sich Mork vom Ork, der zweite Dr. Doolittle.

Als ob er ahnte, dass es nicht bei den zwei Anrufen bleiben würde, nahm Theo das Telefon mit in sein Zimmer. Ich blieb im Flur stehen und lauschte. Kaum war der Hörer aufgelegt, klingelte es erneut. Bei den ersten Anrufen knallte Theo schon nach kurzer Zeit den Hörer auf die Gabel, bei den folgenden brüllte er nur noch Arschloch in die Muschel. Es klingelte, Theo nahm ab, brüllte Arschloch und legte auf. Über Stunden. Kannst du dir das vorstellen?

Ehrlich gesagt nicht, sagte ich, ich verstehe auch nicht, warum er den Hörer jedes Mal aufs Neue abgenommen hat.

Das habe ich ihn auch gefragt, sagte Schiefer.

Und?

Er sagte, man dürfe nicht zurückweichen. Hörst du?, brüllte Schiefer in den Hörer, er sagte: Nicht zurückweichen, wie im Krieg. Stellungskrieg. Und heute Morgen lag wieder eine leere Weinflasche neben seinem Bett.

Wer hat angerufen?

Schiefer lachte höhnisch auf: Man, bist du naiv. Detektiv, aber naiv. Theo liegt auf der Schlachtbank. Sie lassen ihn jetzt langsam ausbluten. Ein schleichender Tod. Nur eine Frage der Zeit.

Übertreibst du nicht ein bisschen?, fragte ich.

Du solltest ihn sehen. So eingefallen, dass du ihm das *Vaterunser* durch die Backen pusten kannst.

Heute Abend gucken wir die Filme an, sagte ich, dann sehen wir weiter.

Bevor wir auflegten, sagte Schiefer: Das alles schlägt mir aufs Gemüt. Das ist nicht gesund.

Kurz darauf rief ich zurück.

Schiefer, sagte ich, deine Frau. Willst du sie nicht mal anrufen?

Es geht ihr gut, sagte Schiefer. Sie reitet viel, das tut ihr gut.

Ist sie noch in Amerika?

Sie will Pferde züchten, ein Jugendtraum von ihr. Bis heute Abend, sagte ich und legte auf.

*

Theo war so blass wie sein Händedruck schlapp. Während er den Schlüssel für den Medienraum holte, raunte Schiefer mir zu, dass er Theo eine Menge Fürsorge angedeihen lasse, was im Klartext bedeute, dass er für viel Obst und Gemüse sorge, jeden Morgen einen Fitnessdrink bereitstelle, auch nicht mehr so genau auf die Wasseruhr schaue, sondern sich im Gegenteil generös zeige und Theo immer wieder frage, ob er ihm ein Bad einlassen solle. Aber er habe das Gefühl, es werde nur noch schlimmer. Und irgendwie fühle er, Schiefer, sich schuldig. Ob ich mich auch schuldig fühle, wollte Schiefer von mir wissen, schließlich habe ich mit den blöden Hamstern angefangen und damit alles ins Rollen gebracht.

Meinst du, es ginge Theo besser, wenn er nicht bei dir wohnen würde?, fragte ich zurück. Schiefer zuckte mit den Schultern.

Ich fühle mich wie ein Schweinemäster. Wenn ich morgens frische Orangen presse, frage ich mich, ob ich das tue, damit es ihm besser geht, oder damit er länger durchhält. Verstehst du? Ich mache eigentlich etwas Gutes, weiß aber nicht, ob ich es für ihn oder für mich mache. Vielleicht ist das Gute also etwas Schlechtes.

Ich schaute Schiefer an, aber der drehte sich weg. Lass uns jetzt die Filme anschauen, sagte ich, während das Klacken von Theos Schuhen zu hören war.

In dem Raum befanden sich zwölf Computer. Alles ältere Modelle, wie ich auf den ersten Blick erkannte. Sämtliche Gehäuse waren mit schwarzen Edding-Stiften beschmiert, einige der Diskettenlaufwerke außerdem mit Kaugummi beklebt. Auf weißen Linoleumtischen standen 15-Zoll-Röhrenbildschirme, die mit Liebes- und Hassbekundungen, Tastenkombinationen oder umgangssprachlichen Ausdrücken des Erbrechens verziert waren. Auf mehreren Tischen wurde der Wunsch geäußert, eine gewisse Tanja T. zu vögeln. Zwei bis drei Stühle standen vor jedem Computertisch. Neben der Tafel ein weißer Schrank, darin ein Fernseher, ein Videorekorder und ein DVD-Player. An der Decke zwei Stahlträger, die längs durch das Zimmer liefen, und der übliche Kabelsalat. Auf einem der Stahlträger lag ein gelber Schwamm, der für die Tafel bestimmt war.

Wir schauten die Aufzeichnungen im Fernseher an.

Theo erklärte das Lehrerzimmer: Die Regalwand mit den einzelnen Fächern für die Lehrer, daneben der mit gelben, grünen und roten Strichen versehene Vertretungsplan, für den Kogler, der Konrektor, verantwortlich war, die Kaffeemaschine und die nebenstehende Kaffeekasse, die ein Mysterium darstelle, wie Theo sagte. Wenn alle einbezahlen würden, die Kaffee trinken und die von sich behaupten, dass sie auch ihren Obolus dafür leisten, müssten wir uns Kaffeevorräte leisten können, die einem Mittelgebirge zur Ehre gereichen würden. Aber so ist die Kaffeekasse ein Furunkel im Darmausgang der wöchentlich abgehaltenen Konferenzen. Theo zeigte auf eine unscheinbare Frau, die allein an einem Tisch saß und lustlos ein Schulbuch durchblätterte. Ich schätzte sie auf Anfang fünfzig. Sie trug eine rötliche Brille, einen modischen Kurzhaarschnitt und einen unglücklichen Lippenstift. Frau Rothschild, sagte

Theo, sie führt heimlich Buch, wer, wann, wie viel in die Kasse zahlt. Sie hasst Betrüger und Schmarotzer, wer im Kleinen anfängt, hört im Großen nicht auf, sagt sie. Bachmann erzählte einmal, dass die Rothschild früher eine ausgesprochen kluge und feinsinnige Frau gewesen sei. Die Schule habe aus ihr einen Kleingeist gemacht, und heute stehe sie exemplarisch für die gesamte Arbeitswelt: Wer das Gefühl hat, überflüssig zu sein, sucht sich seine Nische, in der er gebraucht wird. Bei Rothschild war es die Kaffeekasse, bei anderen sind es die Anzahl der vergessenen Klassenbucheinträge, die Einhaltung der Arbeitszeit oder irgendwelche Paragraphen. Wer sich überflüssig und wertlos fühlt, bespitzelt andere.

Wer ist Bachmann?, fragte Schiefer.

Theo zeigte auf einen Mann, der am Fenster stand, sich aber immer wieder in den Raum drehte, seine Kollegen musterte, als fragte er sich, was sie gerade denken, oder als überlegte er, ob er sich irgendwo dazusetzen sollte. Er blieb am Fenster stehen, mit den Fingern seiner rechten Hand trommelte er unablässig auf einen Fenstergriff.

Er onaniert auf die Schullandkarten, sagte Theo. Hat sich herumgesprochen. Seitdem will niemand mehr etwas mit ihm zu tun haben.

Ich schaute Theo fragend an: Du meinst onanieren wie onanieren?

Im Kartenraum, dritter Stock. Er sucht so seine Urlaubsorte für die Ferien aus, sagte Theo. Später lässt er ihm verhasste Schüler auf den Karten die Orte mit den Fingern suchen.

Sehr geschmackvoll, sagte ich, wo war er denn schon überall?

Mal hier, mal dort, nehme ich an, sagte Theo. Schiefer lachte: Mal wie mal sehr wahrscheinlich, dass er nicht immer denselben Ort trifft.

Kaum zu glauben, dass er schon immer auf diese Art seine Urlaubsorte ausgesucht hat, sagte ich.

Ich habe mal gelesen, Infantilität sei eine Lebensbewältigungsstrategie, sagte Theo.

Sagt das etwas über das Leben oder über den Strategen?, fragte Schiefer.

Ich schlug vor, dass wir noch in den Unterricht von Theo reingucken sollten. Theo zuckte kurz zusammen, schaute dann zu Boden, als tangierte ihn meine Frage überhaupt nicht, zuckte mit den Schultern und fing an, an seinen Fingernägeln zu knibbeln. Schiefer sah zu Theo und sagte: Ich denke, es reicht für heute. Lasst uns nach Hause gehen. Aber da sagte Theo auf einmal ganz leise: Nein, nein, schaut ihn euch ruhig an, den Versager. Schaut euch an, wie er versucht zu unterrichten. Lachen wir gemeinsam über den Trottel. Ein Hampelmann, ein Depp, schau'n wir, wie er sich zum Affen macht. Theos Gesicht lief rot an, Schiefer ging zu ihm, legte ihm den Arm über die Schulter, aber Theo schüttelte den Kopf. Nein, schrie er, nein, schauen wir ihn uns ruhig an, den Lehrer Mal. Er hat's ja selber so gewollt. Theo traten Tränen in die Augen und ich wusste nicht, wo ich hinsehen sollte. Schiefer fing an zu schreien, ein unverständliches Gebrüll verzerrte sein Gesicht, er nahm einen Bildschirm, riss ihn vom Tisch hoch in die Luft, wie ein Gewichtheber, breitbeinig stand er da, den Bildschirm über sich, die Kabel waren herausgesprungen und schlingerten vor seinem Gesicht, als wollten sie sich nicht so leicht verscheuchen lassen, bis Schiefer schließlich den Bildschirm mit voller Wucht gegen die Wand schleuderte. Dann lief er dorthin, wo der Bildschirm zerborsten am Boden lag, und trat wie ein Irrer auf die Einzelteile ein. Immer wieder trat er Teile des Bildschirms gegen die Wand oder sprang auf ihnen herum, bis sie in immer kleinere Stücke zersprangen. Schließlich lehnte er sich mit dem Rücken gegen die Wand und glitt langsam zu Boden.

Er schaute mich an und sagte: *Macht kaputt, was euch kaputt macht.* Auf Hochzeiten dürfen wir das nie spielen. Er lachte. Dabei habe ich gar nichts gegen Computer.

Es war halb zwei, als wir das Schulhaus verließen. Obwohl wir versicherten, es sei unnötig, hatte Theo darauf bestanden, dass wir die Aufzeichnungen aus seinem Unterricht anschauen. Schon aus Fairness Bachmann gegenüber, meinte er, der der Veröffentlichung seiner Masturbationsrituale nichts entgegensetzen konnte. Er sei unfair gewesen, habe jemand anderen ins schlechte Licht rücken wollen, um nicht allein als Depp dazustehen.

Schiefer reichten zwei Minuten, dann hatte er genug gesehen und verließ das Zimmer. Theo hatte sich mit dem Rücken zur Heizung gestellt.

Ich wollte etwas Nettes, etwas Aufbauendes, Mitfühlendes sagen. Mensch, Theo, das ist aber auch eine schwierige Geburt, sagte ich.

Gib dir keine Mühe, murmelte Theo, das ist eine Totgeburt, sonst nichts.

Tatsächlich drängte sich bei den Bildern weniger der Eindruck von entstehendem Leben auf denn von

Vernichtung von Leben. Zwar gab es auch hier wie bei einer Geburt viel Geschrei, aber das glich eher dem Gejohle bei einem Boxkampf, der mit ungleichen Mitteln geführt wurde, aber zur Belustigung der Zuschauer nicht abgebrochen wurde. Bei jedem Boxkampf gibt es einen Ringrichter, der eingreift, wenn ein Boxer sich nicht mehr verteidigen, die Schläge nicht mehr parieren kann. Notfalls verordnet der Ringrichter einen Abbruch, aber hier griff niemand ein, niemand gebot Einhalt, nicht einmal ein Trainer stand an der Seite und gab Ratschläge. Theo hing in den Seilen, die Augen blau geschlagen, und wartete auf den Pausengong. Niemand da, der ein Handtuch warf. Ich gab meinem Drang aufzustehen nicht nach, sondern blieb sitzen. Nachdem schon Schiefer gegangen war, wollte ich Theo auf keinen Fall auch noch das Gefühl vermitteln, dass es eigentlich nicht auszuhalten war. Theo stand immer noch mit dem Rücken zur Heizung, die Hände in den Hosentaschen, stierte auf seine Schuhe, die er abwechselnd drehte oder auf die Spitze stellte, als machte er Sprunggelenksübungen oder untersuchte, ob seine Schuhe sauber waren.

Wie zynisch kam mir auf einmal mein tägliches Warten auf das Wort *Explosion* in den Nachrichten vor. Ein unwürdiges Spiel mit einem Horror, der einen selbst nicht betraf. Nur aus dem Gefühl heraus, auf das richtige Pferd gesetzt zu haben, und in dem Wissen, dass kein anderes Pferd auch nur ansatzweise eine Chance aufs Gewinnen hat. Ich ekelte mich vor mir selbst. Das Wort *Explosion* war kein *Crazy Horse*, das nur auf Platz lief, nein, es war das Gewinnerpferd immer und überall. Damit konnte man keine Punkte fürs Himmelreich ergattern.

Theo wollte alleine nach Hause laufen und verabschiedete sich. Schiefer und ich liefen eine ganze Zeit lang schweigend nebeneinanderher. Die Luft war angenehm kühl. Mir fiel auf, dass ich jedes Mal, wenn ich aus dem Schulhaus kam, die Luft als angenehm kühl empfand, egal, wie kalt oder warm es draußen war.

Schiefer fragte mich, ob auch mir aufgefallen wäre, dass Theo sich mit kaum einem Lehrer unterhalten habe. Bei den Aufzeichnungen aus dem Lehrerzimmer habe er immer allein am Tisch gesessen, von niemandem sei er angesprochen worden, und er selbst habe auch niemanden angesprochen.

Ich sagte, dass ich nicht darauf geachtet hätte, aber auch nicht verstünde, was er mir damit sagen wolle.

Das Pest-Syndrom, sagte Schiefer. Theo wird als Verlierer gesehen, die Kollegen haben Angst, angesteckt zu werden, wenn sie sich mit ihm abgeben. Gleich und gleich gesellt sich gern, das wissen auch die Schüler, und die Kollegen wissen, dass die Schüler das wissen.

Vielleicht ist Theo als Lehrer einfach eine Pfeife? Vielleicht sollten wir mit den Schülern Mitleid haben. Was meinst du?, fragte ich Schiefer.

Wäre das eine Rechtfertigung für das, was wir gesehen haben?

Lass uns Theo zum Gewinner machen, schlug ich vor.

Schiefer lachte lauthals los. Du hast wirklich überhaupt gar keine Ahnung, sagte er. Morgen gibt es einen Crashkurs, extra für dich. Schiefer lachte den ganzen restlichen Weg vor sich hin, zum Abschied sagte er: Zum Gewinner machen, das ist wirklich gut.

Dann lachte er wieder, klopfte mir auf die Schulter und schüttelte den Kopf. Ketchup saß auf der Bank, vom Mondlicht beschienen, und winkte mir zu.

Zu viel ging mir durch den Kopf, als dass ich ins Bett gehen konnte. Ich schaltete den Computer an und suchte im Internet nach Theo Mal und anderen Lehrernamen, die im Laufe des Abends gefallen waren. Über Umwege stieß ich auf eine private Homepage, auf der sich eine Art Lehrerlexikon befand. Theos Gesicht zierte die Startseite. Sein Mund war ausgetauscht gegen das blutverschmierte Maul eines Pitbulls. Die Überschrift lautete: Die Missgeburt des Tages. Am linken Bildrand befanden sich Links, anhand derer man Theos Biographie und weitere Bilder aufrufen konnte. Ich entschied mich für seine Biographie.

Beschrieben wurde, dass Theo in einem Migrantengetto, unter lauter Türkenfotzen und Albanerschlampen aufgewachsen war, dass er als Kind nichts essen wollte außer Fäkalien, von Mutter und Vater sexuell missbraucht wurde, von seinen Eltern auch an Fremde zum Vergnügen ausgeliehen wurde, dass sein Glied nicht wachsen wollte und nicht erektionsfähig sei, er deshalb keine Kinder zeugen könne, was aber angesichts seines missratenen Charakters ein Segen für die Menschheit sei. In der Schule war er ein Streber, der den Lehrern die Taschen trug, er habe im Laufe seiner Schulzeit nichts gelernt, aber so viel an Erkenntnis gewonnen, dass er sich selbst als Missgeburt und Opfer bezeichne. Lehrer sei er geworden, um als abschreckendes Beispiel für die nachwachsende Generation zu dienen, damit die nicht so ein hirnverbrannter Wixer werden sollten, wie er einer ist. Beim Reden spucke er, deshalb solle man sich nicht in die ersten Reihen setzen, und so fort. Der Artikel war mit Bildern von behinderten Kindern, Unfallopfern und Kriegsleichen versehen, dazu gab es Kommentare und Ergänzungen. Die letzte Ergänzung war, dass er mit einem Mann zusammenlebe, dem er sexuell hörig sei, und am liebsten dessen Fäkalien esse. Am Ende des Artikels war Theos Adresse und Telefonnummer angegeben mit der Bitte, ihm telefonisch Mut und Unterstützung für seinen weiteren Lebensweg zuzusprechen, sowie mit dem Hinweis, dass Theo Mal selbstverständlich jede Fanpost beantworte. Die Internetseite war verlinkt zu anderen Seiten, auf denen wiederum Hinweise zu weiteren Seiten zu finden waren, und überall gab es ähnliche Artikel, Hohn- und Spottlieder und mit dem Fotohandy aufgenommene Bilder von Lehrern in der ganzen Republik. Der Hinweis, dass der Lehrer, um den es gerade ging, ein hirnverbrannter Wixer war, fehlte nie.

Es war kurz vor vier Uhr morgens, als ich ins Bett ging. Bei Schiefer brannte Licht. Es war mir nicht klar, ob noch immer oder schon wieder. Aber ich dachte, um diese Uhrzeit ist so eine Frage sowieso irrelevant.

*

Am nächsten Morgen rief ich bei Stola an. Ich wollte ihre Stimme hören. Der Anrufbeantworter sprang an und eine kalte, mechanisch klingende Stimme sagte: Bitte Nachricht aufzeichnen. Ich legte auf, ohne etwas zu hinterlassen. Gegen halb zehn meldete sich Schiefer. Ich habe Theo heute krank gemeldet, sagte er. Theo war dagegen und sagte, das könne ich nicht tun, er sei nicht krank und gehe auf jeden Fall in die Schule. Aber ich habe gesagt, das entscheide immer noch ich, was ich tun kann und was nicht. Und der Telefonanruf in der Schule sei schon erfolgt. Er könne ja gern in die Schule gehen und sagen, dass er nun doch nicht krank sei, aber diese Wunderheilung müsse er dann schon selbst erklären.

Und?, fragte ich. Welche Krankheit hast du ihm angedichtet?

Morbides Racholus, sagte Schiefer und machte eine Pause, um sicherzugehen, dass sich seine Worte gebührend entfalten konnten.

Morbides was?

Morbides Racholus. Tödliches Racheverlangen, sagte Schiefer und lachte so herzerfrischend, als empfände er eine unschuldig kindliche Freude über seinen eigenen Witz. Du bist der Erste, der nachfragt, sagte Schiefer, alle anderen, sagte er noch immer lachend, sind ganz erschrocken, wenn sie das Wort *morbid* hören, weil sie denken, dass man nicht mehr lange zu leben hat, dabei sind sie es, die vielleicht nicht mehr lange leben. Verstehst du?, schrie Schiefer ins Telefon und lachte so laut, dass ich erschrocken den Hörer weghielt.

Was ist mit den Telefonanrufen für Theo?, fragte ich.

In der Nacht hat es noch ein paar Mal geklingelt, so dass ich irgendwann das Kabel aus der Dose gezogen habe. Aber seit heute Morgen ist Ruhe. Als hätten wir auf das Wort *Ruhe* gewartet, hörten auch wir jetzt auf zu reden, behielten die Hörer aber in den Händen. Unser Atem rauschte abwechselnd durch die Leitung. Ich ließ mich ins Sofa zurückfallen. Schiefer und ich hatten eine entspannte Art gefunden, zusammen am Telefon zu schweigen. Wir hingen unseren Gedanken nach und lauschten dem leisen Rauschen aus der Leitung. Ich empfand eine Entspannung, wie sie sonst nur eintrat, wenn ich mir Bilder mit Stola vorstellte.

Schiefer, sagte ich, du bist irgendwie meditativ. Nein, erschöpft, sagte Schiefer. Dann verfielen wir beide wieder in Schweigen, und ich war mir sicher, dass man so nur mit einem Freund schweigen könnte. Aber war ich auch ein Freund, wenn ich gleichzeitig an Schiefers Frau dachte? Ich legte den Hörer beiseite, ohne aufzulegen.

Mittags ging ich an den Computer. Die Internetseite vom Vorabend war nicht mehr vorhanden. Ich nahm an, dass die Seiten nur für kurze Zeit online gestellt waren. Das würde auch das Nachlassen der Telefonanrufe erklären. Ich suchte ein bisschen, fand andere Seiten, andere Lehrer und wusste, bei wem heute das Telefon klingelte.

Es war halb acht abends, als ich mich auf den Weg machte. Wegen einer Baustelle vor meinem Haus sah ich mich genötigt, die Straßenseite zu wechseln. Ketchup saß auf der Bank, die Arme wie Flügel über die Lehne ausgebreitet, so dass niemand neben ihm Platz finden konnte. Er pfiff, während er mich mit leicht zusammengekniffenen Augen verfolgte, leise vor sich hin. Als ich an ihm vorbeiging, beugte er sich vor. Wir müssen reden, zischte er mir zu.

Ich habe kein Geld, sagte ich, ohne ihn anzuschauen.

Ketchup verfiel in ein raues, kehliges Lachen. Was rennst dann in die Schule, bist doch eh blöd. Verkackter Scheißhaufen ist eine Tautologie, damit du's weißt, kostet zwei Euro. Dann lachte er wieder so rau und kratzig, dass ich förmlich glaubte, den Alkohol zu riechen, der aus seinem Rachen strömte. Ich schüttelte den Kopf und ging stur geradeaus.

Ich würde mir das an deiner Stelle noch mal überlegen, rief er mir hinterher. Ich hab dich im Auge. Ich schnaufte verächtlich und vernehmlich und ging weiter.

Theo und Schiefer warteten schon am Eingang. Etwa zwanzig Meter entfernt lief eine Frau mit Kopftuch, das ihr fast bis zum Hinterkopf gerutscht war, und Plastiktüten in den Händen hin und her. Immer nach ein paar Metern wechselte sie die Richtung, lief wieder zurück, als baute sie ein imaginäres Spinnennetz oder suchte sich aus einem solchen zu befreien. Schiefer nickte in ihre Richtung. Sie will zum Hausmeister, sagte er.

Der hat mindestens schon zwanzigmal mit ihr gesprochen, sagte Theo und zuckte mit den Schultern. Wir schauten uns um, ob noch jemand in der Nähe war, den man nicht als verwirrt abtun konnte, dann schlichen wir ins Schulhaus. Wieder gingen wir in den Medienraum. Die Scherben waren weggeräumt, aber keiner von uns verlor darüber ein Wort. Schiefer hatte einen Rucksack dabei, den er jetzt auf dem Pult ablegte. Er packte zwei Flaschen Wein und drei Gläser aus. Wollen wir das *savoir vivre* nicht vergessen, sagte er und schenkte die Gläser bis zum Rand voll. Theo und ich hatten uns nebeneinander auf zwei Stühle gesetzt. Schiefer drückte uns jeweils ein gut gefülltes Glas in die Hand und ging dann an die dreigliedrige Tafel. Er erhob sein Glas, *in vino veritas*, sagte er, prostete uns zu und nahm einen Schluck, mit dem er das Glas bis zur Hälfte leerte.

Passt auf, sagte Schiefer, ich bin jetzt der Lehrer und du, Theo, verkörperst die Schüler. Und du, richtete Schiefer das Wort an mich, siehst zu, wie der Hase läuft.

Schiefer griff sich ein Stück Kreide aus der Ablage, die sich unterhalb der Tafel befand, und malte viele, viele Strichmännchen. Die ganze linke Tafelseite voll. Die Schüler, sagte er, ging drei Meter nach rechts und malte auf die rechte Tafelseite ebenfalls ein Strichmännchen. Der Lehrer. Über den Lehrer schrieb er das Wort *Kultusminister*. Der Lehrer soll den Schülern etwas beibringen, nennen wir es *Groß A*. Schiefer schrieb in die Mitte der Tafel *Groß A*. Wie finden die Schüler das, Theo? Theo rief: Blöd, saublöd. Wir wollen *Groß B*. Schiefer nickte anerkennend. Das machst du gut, Theo, sagte er und wiederholte: Blöd, saublöd. Er malte Pfeile und Verbindungslinien an die Tafel, schrieb *beibringen*, *blöd* und *Konflikt* daneben und redete währenddessen ununterbrochen weiter: *Groß B* geht nicht, der Kultusminister hat *Groß A* gesagt, der Lehrer gibt sich Mühe, *Groß A* schmackhaft zuzubereiten, schnippelt und schnappelt *Groß A* zu, so wohlgefällig es eben geht, bringt Spiel, Spaß und Spannung mit hinein und präsentiert das Ganze auf einem großen silbernen Tablett. Schiefer nickte Theo zu, der völlig in seiner Schülerrolle aufzugehen schien, die Beine auf den Tisch ausstreckte und sich mit lässiger Geste meldete. Das finden wir blöd, saublöd, rief er, schmier dir dein silbernes Tablett sonst wohin. Schiefer nickte, malte und schrieb an die Tafel, während er gleichzeitig weiterredete: Die Schüler werden renitent, der Lehrer bekommt Magenschmerzen, der Arzt sagt, das Geschwür ist nicht mehr weit, die Kollegen fürchten, dass sie ihn vertreten müssen. Der Lehrer vergibt schlechte Noten, die Eltern sind unzufrieden, die Schüler bekommen Stress zu Hause. Der Lehrer ist eine Niete, brüllte Theo, noch bevor Schiefer fragen konnte, was die Schüler dazu meinen. Schiefer schüttelte kurz seinen Arm aus und schrieb dann auf einen der wenigen verbliebenen freien Flecken an der Tafel: Niete. Die Eltern gehen zum Rektor, es gehe hier um die Zukunft ihrer Kinder, sagen sie, aber mit dem Lehrer sehe man keine mehr. Der Rektor sagt, so geht es nicht, und bittet den Lehrer zum Gespräch. Schiefer redete immer schneller, er schien kaum noch Luft zu holen, sein Gesicht war rot angelaufen. Schwierige Zeiten, sagt der Rektor, die allgemeinen Verhältnisse, Schüler schwierig, Eltern überfordert, schon klar, alles kein Pappenstiel, trotzdem, so gehe das nicht. Der Lehrer bekommt Tinnitus und Magengeschwüre und ist insgesamt in keiner guten Verfassung mehr, das findet die Frau des Lehrers nicht so gut, so hat sie sich das nicht vorgestellt, er selbst auch nicht, um es sich anders vorstellen zu können, fängt er an zu trinken. Das findet der Arzt besorgniserregend und schreibt den Lehrer krank. Das gefällt den Kollegen gar nicht, denn nun müssen sie ihn vertreten, das wiederum können die

Eltern der Schüler nicht gutheißen, wie Vertretungsunterricht aussehe, das wisse man ja. Die Eltern beschweren sich beim Minister, das findet der gar nicht gut, wirft ein schlechtes Licht auf ihn, hat er doch nicht verdient, denkt der, gibt eine Presseerklärung heraus, sagt, die Lage sei stabil, daran könne ein schwarzes Schaf nichts ändern.

Wie ein Irrwisch sprang Schiefer an der Tafel hin und her, malte Pfeile und Verbindungslinien von links nach rechts, von oben nach unten, kreuz und quer, ich hatte den Überblick vollkommen verloren, war aber fasziniert, wie Schiefer immer weiterredete und jeden Fleck an der Tafel bemalte und sich von Theo, der auf seinem Stuhl kippelte und Zwischenrufe wie Ist doch blöd oder Ist mir doch egal oder Du Opfer nicht aus der Ruhe bringen ließ. Theo hatte rote Backen und sichtlich Freude an seiner Rolle. Doch was dran an der Theorie über Infantilität als Lebensbewältigungsstrategie, dachte ich.

Ich weiß nicht mehr, aufgrund welcher Schlussfolgerungen Schiefer dorthin gelangte, auf jeden Fall gab es am Ende keinen Beteiligten, der, wenn er überhaupt noch am Leben war, nicht in ärztlicher Behandlung war.

Schiefer holte tief Luft, nahm das Glas Rotwein, leerte es in einem Zug und füllte es erneut. Die Hälfte ging daneben. Schiefer kümmerte es nicht.

Es gibt Varianten, sagte er. Und nach einer Pause: Im Verlauf. Nicht im Ergebnis.

Alle drei nahmen wir einen großen Schluck Wein.

Sieht nach einem gordischen Knoten aus, sagte ich mit Blick auf das verwirrende und undurchdringbare Geflecht von Pfeilen und Linien an der Tafel.

So, sagte Schiefer, jetzt passt auf, was passiert. Er nahm einen Schwamm in die Hand und wischte den Lehrer von der Tafel.

Theo und ich trauten unseren Augen nicht. Auf einmal bekam das Tafelbild etwas Luftiges, es war, als finge das Schaubild an zu schweben, als löste sich die Schwerkraft auf: Viele Pfeile gingen nun ins Leere oder verloren ihre Bedeutung, weil ihr Ausgangs- oder Zielpunkt verloren gegangen war. Schiefer lachte und klatschte in die Hände vor Vergnügen. Ich habe es ausprobiert, sagte er, diesen Effekt gibt es nur beim Lehrer: Alles beginnt zu schweben.

Als ob die Schwerkraft aufgehoben ist, sagte Theo.

Schiefer nickte: Das hast du schön gesagt, Theo. Genau so ist es, als ob die Schwerkraft aufgehoben ist. Und was passiert, wenn man schwebt?, fragte er: Ohne unsere Antwort abzuwarten, sagte er: Es werden Endorphine ausgeschüttet. Und was machen Endorphine?, fragte er weiter. Schiefer stand vor der Tafel mit fragenden Augen und hochgezogenen Augenbrauen und sah uns an, wie ein Lehrer, der einem auf die Sprünge helfen will: Das ist doch nicht so schwer. Endorphine. Was machen Endorphine? Schließlich dauerte es ihm zu lange oder er fürchtete, eine falsche Antwort zu bekommen, und so schleuderte er uns die Antwort entgegen: Glücklich. Endorphine machen glücklich. Und als ob er selbst in diesem Moment einen gewaltigen Ausstoß an Endorphinen hatte, bekamen seine Gesichtszüge etwas Weiches, fast Zartes, als hätte er sich nach Tagen wieder mal rasiert. Wie ein Fußballer, der ein entscheidendes Tor geschossen hat, hob Schiefer jubelnd die Arme in die Luft, seine Augen leuchteten vor

Stolz und Freude, und jetzt war es unverkennbar, dass genau in diesem Moment eine enorme Zahl von Endorphinen wild und mit hoher Geschwindigkeit durch seinen Körper raste – so glücklich sah er aus. Für Sekunden verharrte er in dieser Pose, sein Blick war weltentrückt.

Verstehst du, sagte Schiefer zu mir gewandt: Das Experiment mit den Hamstern musste schiefgehen. Glück ist keine Frage der Zeit, sondern der Schwerkraft.

Ich nickte zustimmend und bewunderte Schiefer, dass er ein Experiment, das es niemals gegeben hatte außer in seiner Phantasie, derart verinnerlichen konnte, als sei es Realität gewesen.

Theo wog bedenklich seinen Kopf. Angenommen, ich lösche mich selbst aus, sagte er, wer genau wird dann glücklich?

Vor allem du, sagte Schiefer.

Und nach und nach auch die anderen. Denk an den Witz mit den Wolken und den Lehrern – es wird ein schöner Tag. Du bist der zentrale Punkt. Stell dir vor, ein glücklicher Lehrer. Was könnte das für Auswirkungen haben. Schiefers Augen glänzten vor Freude.

Und wie soll das konkret aussehen?, fragte Theo weiter: Dass ich mich auslösche?

Das frage ich mich auch, sagte ich und versuchte mir vorzustellen, wie Schiefer Theo mit dem Schwamm einfach wegrubbelte. Ich fing an zu lachen.

Zum Lachen ist das nicht, sagte Schiefer. Letztlich ist alles eine Frage von Verantwortung: Wem oder was gegenüber ist man verpflichtet. Schiefer nahm die rechte Hand hoch und öffnete drei Finger.

Nehmen wir drei Menschen, sagte er: Soldat X, Jimi Hendrix und Muhammad Ali. Alle drei nutzen ihre Finger. Soldat X läuft unter den Stars and Stripes in den vietnamesischen Dschungel und hält den Finger am Abzug. Jimi Hendrix hält seine Finger an die Saiten seiner Gitarre und verzerrt die Star-Spangled Banner so, dass Amerikas Hymne nur noch ein Mix aus Jaulen, Kreischen, Maschinengewehrsalven und Bombeneinschlägen ist. Muhammad Ali wiederum verweigert den Dienst an der Waffe, muss dafür ins Gefängnis und verliert seinen Weltmeistertitel. Alles drei Äußerungen zu ein und derselben Sache. Alle drei fühlen sich unterschiedlichen Vorstellungen verpflichtet. Schiefer sah uns an und nahm einen Schluck Wein. Theo und ich schwiegen.

Drei Männer, drei Reaktionen, sagte Schiefer, ist doch nicht so schwierig.

Ich verstehe nicht, der Vietnamkrieg war vor vierzig Jahren, was hat das mit Lehrern zu tun.

Man muss sich entscheiden, sagte Schiefer, irgendwann muss man sich entscheiden. Ob man noch da steht, wo man einmal stehen wollte.

Was hat das mit Jimi Hendrix und Muhammad Ali zu tun?, fragte ich.

War Jimi Hendrix der Originalpartitur verpflichtet oder seiner Idee von Amerika?

War Muhammad Ali einem Einberufungsbefehl verpflichtet oder seinem Gewissen?

Bist du dem Kultusministerium verpflichtet oder deiner Idee von Bildung?

Was ist mit Verantwortung?, fragte ich. Verantwortung den Schülern gegenüber zum Beispiel.

Beim Schach hast du auch Verantwortung für deine Bauern und trotzdem musst du ein paar opfern, wenn du die Schlacht gewinnen willst.

Was schlägst du vor?, fragte Theo.

Ich denke, du solltest den Muhammad Ali machen. Er war der Größte.

Theo und ich starrten Schiefer an, als wäre er ein Wesen von einem anderen Stern. Schiefer machte ein zufriedenes Gesicht, nickte wiederholt, und mit einer Stimme, als wäre es das Codewort, mit dem er einen Tresor knacken könnte, sagte er: Verweigern.

*

Anfang April war ich für zehn Tage unterwegs. Ich sollte einen fünfzehnjährigen Jungen eine Woche lang beobachten. Der Vater sagte, er habe so viel zu tun, er sehe seinen Sohn kaum, bekomme nichts von ihm mit. Wenn der Sohn einmal bei den seltenen Zusammentreffen etwas erzähle, sei er misstrauisch, ob das auch stimme, man wisse doch, dass es Fünfzehnjährige mit der Wahrheit nicht so genau nähmen, schon gar nicht den eigenen Eltern gegenüber. Er wolle genau wissen, was sein Sohn die Woche über mache, mit wem er sich treffe, in welchen Kneipen er verkehre, ob er rauche oder Alkohol trinke, ob er in der Schule schwänze, ob er eine Freundin habe, überhaupt an Mädchen interessiert sei, über jede noch so kleine Bewegung möchte er Auskunft haben. Nebensächlichkeiten gebe es für ihn nicht. Auf seine Frau sei kein Verlass, die glaube, er habe ein schwaches Herz, und erzähle ihm deshalb immer nur Sachen, über die er sich nicht aufregen könne.

Schnell stellte sich heraus, dass der Junge ein Kollege von mir war. Er protokollierte, wann sein Vater das Haus verließ, beobachtete ihn auf dem Weg zur Arbeit, wartete, bis er das Büro verließ, um sich mit seiner Geliebten zu treffen, schoss Fotos und machte sich unentwegt Notizen. Kurz, es sah so aus, als sammelte er Material für eine Erpressung. Vielleicht war der Junge ein Mork vom Ork oder ein Dr. Doolittle, aber irgendwie tat er mir leid. Dies war kein Fall, den ich lösen konnte, kein Fall für einen Detektiv.

Aus Rücksicht auf das schwache Herz, das der Vater vielleicht doch hatte, schwächte ich die Wirklichkeit etwas ab. Sagte dem Vater, dass sein Sohn sehr an der Realität interessiert sei, dass er mit großer Konzentration und Ernsthaftigkeit versuche, seine Umwelt wahrzunehmen und festzuhalten. Vielleicht wird er mal Journalist, sagte der Vater stolz. Ich verabschiedete mich und nahm mir vor, bei Gelegenheit nach dem Vater im Internet zu suchen.

Es dunkelte bereits, als ich nach Hause zurückkehrte. Ich nahm die Post, drückte auf die Anrufbeantwortertaste und stellte mich ans Fenster. Bei Schiefer brannte Licht. Auf den Straßen war kaum jemand unterwegs. Schiefer räusperte sich. Theo hat sich entschieden, sagte er. Der Ton seiner Stimme ließ nicht erkennen, ob Schiefer mit der Entscheidung zufrieden war oder nicht. Sogleich aber sagte er: Jetzt geht es auf die Zielgerade und ich bin aufgeregt wie ein kleines Kind in der Nacht vorm Geburtstag. Ruf mich zurück, sobald du wieder da bist.

In der Post entdeckte ich eine Karte von Stola. Ich hatte sie unter der Woche mehrmals angerufen. Meistens vergeblich. Nur einmal hatte sie abgenommen und mich dann zwanzig Minuten nicht zu Wort kommen lassen: Es ist ein so schöner Tag heute, der Himmel so blau, war der Himmel jemals so blau, ich kann mich nicht erinnern. Wie schade, dass du jetzt nicht bei mir bist, habe ich dir schon gesagt, dass du ein schöner Mann bist, ich weiß gar nicht, ob ich das sagen darf, aber nun ist es gesagt und zurücknehmen will ich es nicht. Ich habe heute schon eine Runde auf dem Fahrrad gedreht und Florian hat mich begleitet und viel gelacht hat er, so aus dem Nichts heraus, einfach so, weil es ihm so gut geht, hat er gesagt. Wann kommst du vorbei? Du hättest auch schon längst vorbeikommen können.

Bald, hatte ich geantwortet, ich komme so bald wie möglich. Lass mich nicht warten, hörst du, lass mich nicht warten. Dann hatte sie aufgelegt.

Ich wäre gerne sofort hingefahren, aber ich wusste, dass ich sie in dem heiteren Zustand nicht mehr angetroffen hätte. Bis ich bei ihr gewesen wäre, wäre die Wodkaflasche leer und sie nicht mehr ansprechbar gewesen.

Ich hatte an dem Abend noch mehrmals probiert, sie anzurufen, aber es hatte niemand mehr abgenommen. Die Karte war eine Blanko-Postkarte ohne Motiv:

Schiefer wollte nur noch gestreichelt werden wie ein kleines Kind, das Angst vorm Gewitter hat. Ich habe ihn gehasst dafür. Jetzt geht es mir genauso. Geh woanders hin.

Ich nahm meinen Mantel und ging zurück auf die Straße. Vor der Haustür blieb ich stehen, unschlüssig, wohin ich mich wenden sollte. Als die Haustür hinter mir ins Schloss fiel, fuhr ein Bus vorbei. Bis auf den Fahrer saß nur eine Frau darin. Sie schaute nicht aus dem Fenster. Ich verspürte große Lust, irgendetwas gegen den Bus zu werfen. Plötzlich riss mich jemand am Ärmel. Ich zuckte zusammen. Ein raues Lachen und eine versoffene Stimme: Was erschrickst' denn so? Wohl Schiss in der Bux', was? Wundert mich nicht, bei dem, was du auf dem Kerbholz hast. Ketchup stand plötzlich neben mir. Glaubst', ich bin blöd, ja? Bin ich aber nicht. Ihr treibt euch nachts in der Schule rum, glaub nicht, dass ich blöd bin und das nicht weiß. Und in den Koffern waren Kameras, das weiß ich auch. Ketchup lachte wieder ein heiseres, kehliges Lachen. Seid ihr drei pädophil oder was? Schulmädchenreport, ja? Ihr Perversen. Ketchup lachte wieder auf und zeigte mit einem Zeigefinger auf sein Auge. Bin nicht blöd, Arschloch. Was glaubst du, was so eine Information wert ist. Ich will es dir sagen: fünfzigtausend Euro. Ich wollte mich wegdrehen und gehen, dachte, sich überhaupt nicht zu äußern wäre die beste Strategie. Aber Ketchup hielt mich am Ärmel fest und zog mich näher zu sich heran. Ich mag die Schule nicht, flüsterte er, und sie mochte mich auch nicht. Verstehst du. Wir hassen uns, wir zwei. Ketchup spuckte aus und wischte sich mit dem freien Arm über den Mund. Das fahle Licht der Straßenlaternen gab ihm etwas Fratzenhaftes. Der Geruch seines fauligen Atems und der modrige Gestank seiner schmuddeligen Kleidung krochen mir in die Nase. Jetzt flüsterte er: Wenn ihr sie abfackelt, kannst' dein Geld behalten, und ich vergesse, dass ihr den Mädchen unter die Röcke schaut. Aber kein Lagerfeuer, der Himmel soll leuchten. Ketchup ließ mich los, gab mir einen Schubs und machte sich dran, wieder die Straße zu überqueren. Mitten auf der Straße drehte er sich noch mal um. Glaub nicht, dass ich blöd bin, ich hab euch im Auge, rief er mir hinterher. Wieder spreizte er zwei Finger und hielt sie sich vor die Nase.

Ich entfernte mich schnell, zu schnell, wie ich sogleich dachte, und korrigierte meinen Schritt in einen gemächlich schlendernden Gang. Schnelles Laufen könnte Ketchup als Schuldeingeständnis verstehen, und das wollte ich auf keinen Fall. Ich hatte Ketchup bisher keinerlei Veranlassung gegeben, zu glauben, dass er mit seinen Vermutungen recht haben könnte, und wollte das auch jetzt nicht tun. Dennoch fragte ich mich, wie Ketchup zu seinem Wissen kam. Er musste uns beobachtet haben. Mir fiel die Frau mit den Plastiktüten und dem Kopftuch ein. Vielleicht steckte sie mit Ketchup unter einer Decke. Sie hatte uns auf jeden Fall gesehen. Aber woher wusste Ketchup von den Kameras? Konnte die Frau etwas von unseren Gesprächen mitbekommen haben?

Ich trank im *Schmalen Wurf* zwei Bier und ging zurück nach Hause. Im Flur blinkte der Anrufbeantworter. Zweimal das Knacken eines aufgelegten Hörers. Ich ging ins Wohnzimmer, ließ das Licht aus und stellte mich ans Fenster. Ketchup saß auf der Bank. Er griff in seine Jackentasche, holte ein Feuerzeug raus, zündete es an und hielt es in die Luft. Mit dem Zeigefinger seiner anderen Hand zeigte er darauf, so als wüsste er genau, dass ich in diesem Moment hinterm dunklen Fenster stand und ihn beobachtete. Während der ganzen Zeit grinste er zu mir hoch.

Ich beschloss, so zu tun, als hätte die Begegnung heute Abend nie stattgefunden. Wer wusste schon, wie viel Promille er im Blut hatte und ob er sich am morgigen Tag überhaupt noch daran erinnerte, was er gesagt hatte. Vielleicht hatte er mich auch einfach provozieren wollen, aus Langeweile, aus Frust, wer wusste das schon. Ich ärgerte mich, dass ich mir überhaupt so viele Gedanken machte. Bei Schiefer war alles dunkel, ich trank noch einen Schnaps, dann ging ich ins Bett.

Als ich am nächsten Morgen das Haus verließ, richtete ich meinen Blick unwillkürlich auf die andere Straßenseite zur Bank an der Bushaltestelle. Ketchup. Die Arme links und rechts wie zwei ausgebreitete Flügel über die Lehne gelegt. Mit dem Kopf winkte er mich zu sich herüber. Für einen Moment stutzte ich, was ich zu überspielen suchte, indem ich in meinen Taschen kramte und so tat, als suchte ich etwas. Wer war er, dass er glaubte, mich einfach zu sich über die Straße nicken zu können?

Ich war unsicher, wie ich reagieren sollte: Ketchup machte keinen verkaterten Eindruck, im Gegenteil, mich beschlich das Gefühl, als wartete er schon seit geraumer Zeit auf mich. Seine lässige Haltung ließ vermuten, dass er sich seiner Sache sicher war. Weiter in den Taschen zu kramen, würde meine Unsicherheit offenbaren. Ich musste mich entscheiden. Ihn zu ignorieren könnte seinen Unmut vergrößern, vielleicht wollte er sich auch für gestern Abend entschuldigen oder mich lediglich um ein bisschen Geld anbetteln. Vielleicht war es gut, die Situation offensiv anzugehen. Ich würde ihm einen Hunderter in die Hand drücken und sagen, dass er sich einen anderen Platz suchen solle, er solle es nicht persönlich nehmen, aber mich würde sein Anblick halt stören. Mein Gott, ein Hunderter in seiner Situation, da konnte er doch froh sein, den steckt man stillschweigend ein und macht sich vom Acker. Eine arrogante Geste, gut, na und, nicht schlimmer als eine Erpressung und die Beschuldigung, ein Perverser zu sein.

Schiefer hatte einmal zu mir gesagt, nachdem ich fast eine halbe Minute mit seinem Turm auf e8 herumgewackelt hatte vor lauter Unsicherheit, ob es richtig wäre, ihn zu schlagen oder nicht: Wenn der Turm wackeln sollte, hätte man ihn anders gebaut. Hat man aber nicht. Schachspielen ist ein Spiel der Gestik. Dein Gegner muss jederzeit spüren: Du weißt genau, was du tust. Wenn du eine Figur deines Gegners schlägst, darfst du nicht zögerlich sein und erst noch ein bisschen herumwackeln, du musst durch die Art, wie du die Figur greifst, unmissverständlich klarmachen, dass die Figur nichts, aber auch gar nichts mehr auf dem Spielfeld verloren hat. Jedes Zögern ist für deinen Gegner psychologischer Traubenzucker.

Ich steckte die Hände in die Hosentaschen und ging ohne zu zögern, den Blick fest auf Ketchup gerichtet über die Straße. Ketchup lächelte mich schon von Weitem mit gelben, fauligen Zähnen an. Bevor ich etwas sagen konnte, legte er schon los: Hast gehofft, ich sei besoffen gewesen, ja? Bin ja nicht blöd, lachte er. Ich will dir noch sagen, warum. Als Entscheidungshilfe. Du sollst ja wissen, worum es geht. Ketchup machte eine Pause, ich hob die Augenbrauen, zog die Stirn in Falten und hielt das für eine angemessene Geste. Ein Ausdruck, der ihm vermitteln sollte: Ich höre dir zu, weil du ein armes Schwein bist, aber natürlich weiß ich, dass du nur Müll redest. Ketchup räusperte sich, sah sich um, aber es war kein Mensch in der Nähe. Er zog eine 2-Euro-Münze aus der Tasche. Hab sie extra aufgehoben, das gute Stück. Hast du mal aus dem Fenster geschmissen, sagte er. Nicht so, dass ich sie hätte auffangen können. Auch nicht, um mir zu helfen, sondern damit ich verschwinde. So blöd bin ich nicht, so was merke ich. Die Münze ist unter ein Auto gerollt. Ein Passat Kombi. Weißt du, wie lang die sind? Über vier Meter. Sieh mich an, sagte er und schaute mir ins Gesicht. Ich kann es mir nicht leisten, nicht drunterzukriechen. Das Gefühl schenk ich dir. Mal schauen, was du dir leisten kannst.

Du spinnst, sagte ich, trink nicht so viel.

Verkackter Scheißhaufen, lachte er. Fünfzigtausend oder Abfackeln, vergiss das nicht.

Ich drehte mich um und ging. Ketchup hörte nicht auf, hinter mir her zu lachen.

In einem in der Nähe gelegenen Park setzte ich mich auf eine Bank. Ich war an einen Moralisten geraten, einen Eiferer, dem es um moralisch-pädagogische Aspekte ging. Die schlechteste und gefährlichste unter allen denkbaren Möglichkeiten. Ketchup würde von seiner Forderung keinen Fingerbreit abrücken, soviel war mir jetzt klar. Würde ich nur versuchen, ihn mit hundert Euro abzuspeisen, so würde er sich erst richtig herausgefordert fühlen und nicht eher locker lassen, bis er mich am Boden kriechen sah. Mit dem Vorwurf der sexuellen Ausbeutung Minderjähriger und im Falle Theos sogar Schutzbefohlener hatte Ketchup zweifellos Anschuldigungen auf seiner Seite, die Theo, Schiefer und mir das Genick brechen könnten, wären sie erst einmal publik gemacht.

Verzweifelte ich sonst häufig an Menschen, die keine Überzeugungen, keine Grundsätze mehr für sich in Anspruch nahmen, so wünschte ich mir jetzt nichts sehnlicher als einen korrupten Menschen, den man kaufen könnte. Billiger kaufen könnte.

Sollte Ketchup seine Drohung wahr machen und zur Polizei gehen, so würde man den Anschuldigungen auf jeden Fall nachgehen. Selbst wenn man keine Kameras mehr fand, so würde man auf den zerbrochenen Bildschirm im Medienraum, den Weinfleck, die aufgestapelten Tische und Stühle und die geschmierten Parolen an den Tafeln zu sprechen kommen. Das waren genug Hinweise, dass jemand im Schulgebäude gewesen war. Theo hielte angesichts seiner katastrophalen Verfasstheit keinem Verhör stand. Vielleicht würde man die Frau mit dem Kopftuch als Zeugin auftreiben. Der Vorwurf, Theo und wir hätten minderjährige Schüler gefilmt, stünde unweigerlich im Raum. Auch wenn man keine Beweise finden konnte, gäbe es genug Verdachtsmomente für die Vorwürfe. So absurd es war, man würde es für plausibler halten als die Wahrheit.

Wenn ich etwas nicht hatte, dann waren das fünfzigtausend Euro.

*

Ich hatte Schiefer gebeten, mich während meiner Reise auf dem Laufenden zu halten. Schiefer hatte Theo geraten, sich für eine Woche offiziell krankschreiben zu lassen, er solle sich Zeit zum Nachdenken nehmen.

Aber Theo wollte nicht, er sei verwirrt, das schon, aber nicht krank. Schiefer rief jeden Abend an, erzählte, was Theo gegessen hatte, wie Theo aussah und was für einen Eindruck er machte. Das beschrieb er derart bildhaft, dass ich dachte, Schiefer müsse Theo im Kopf gehabt haben, als er den Lehrer an der Tafel als Strichmännchen malte. Er erzählte von Theo, als handelte es sich bei ihm um einen Kriegsflüchtling aus der Sahelzone.

Eines Abends aber rief Schiefer an und eröffnete mit den Worten: Bachmann heiratet. Das gesamte Kollegium habe er zu seiner Hochzeit eingeladen. Den Kollegen habe das Herz gestockt, da jeder sich gefragt habe, wie man mit dem Wissen um die Schullandkarten Bachmann zur Hochzeit gratulieren solle. Bachmann habe gesagt, die Frau, die er zu heiraten gedenke, sitze im Rollstuhl und ihr Aussehen sei keines, an dem man sich ergötzen könne, so ehrlich wolle er sein. Manche Kollegen würden sich sicherlich noch an sie erinnern, an ihr habe man sehen können, wie schnell man in der Schule schmallippig werden könne. So richtig interessiert habe das aber niemanden, so wenig wie ihr Selbstmordversuch wenig später. Ein Jahr halte er noch durch, habe Bachmann gesagt, dann bekomme seine Frau Witwenrente. Das sei das Mindeste an Entschädigung, was man ihr geben müsse. Außerdem fühle er sich seit einiger Zeit dem Buddhismus nahe und wolle jetzt noch etwas für sein Karma tun.

Die Kollegen hätten sich dann noch darüber ausgetauscht, ob Buddhismus und Bachmanns Hang zur Onanie kompatibel seien. Außerdem wurde gesagt, dass die Frau, an die man sich natürlich noch erinnere, ein schreckliches Schicksal erleide, aber sie sei eben auch eine labile Person gewesen. Bachmann wolle ihnen mit dieser Aktion nur ein schlechtes Gewissen machen, weil sie sich eben nicht um die Frau gekümmert hätten, das sei offensichtlich. Man solle die Hochzeit boykottieren.

Übrigens, sagte Schiefer zum Schluss des Gesprächs, spiele er auf der Hochzeit, er habe das gerade von *Magic Electric* erfahren, der die Termine mache.

Bachmann sammelt Punkte fürs Himmelreich, dachte ich.

Am nächsten Tag rief Schiefer erneut an. Morgens um drei. Noch während der Hörer auf dem Weg zu meinem Ohr war, hörte ich ihn. Entschuldige, sagte er, ich habe auch schon auf deinen Anrufbeantworter gesprochen. Theo hängt seit Stunden zusammengesunken über dem Küchentisch. Er fühlt sich schwer, am Boden sei er, schon lange angezählt, er überstehe keine weitere Runde. Unglücklich sei er, total unglücklich und er sehe auch kein Licht am Ende des Tunnels. Es sei inzwischen schon so, dass er die Vorstellung, mit uns zwei Flaschen Wein zu trinken, als Glück empfinde. Das könne kein Lebensentwurf sein, sagt er. Die Schule sei ein Alptraum.

Er probiere jetzt aus, ob Pädagogik wie Physik funktioniere. Eiskalte Finger halte man unter kaltes Wasser, damit sie warm würden. Das sei auf den ersten Blick ja absurd, denke man ja nicht, dass kalt plus kalt warm ergebe, aber so sei es eben.

Er mache auf jeden Fall nicht mehr mit, weigere sich, ziehe den Stecker. Punkt. Aus. Basta.

Ist das eine Nachricht?, schrie Schiefer in den Hörer. Da darf man schon mal morgens um drei durchklingeln, oder?

Theo hat sich also entschieden?

Ja, sagte Schiefer, der Hamster weigert sich. Jetzt schauen wir, wie das Hamsterrad reagiert. Gute Nacht. Schiefer legte auf.

*

Ketchup hatte sich hingelegt. Alte Zeitungsreste hatte er sich unter den Kopf geschoben. Er gehörte zu dieser Bank wie die Tauben zu Theos Schule. Mochte ihn auch niemand vermissen, aber hier auf der Bank würde er fehlen.

Ich würde vorsichtshalber die Kameras abbauen müssen. Aber wie sollte ich das Schiefer und Theo plausibel machen, jetzt, da Theo sich verweigern wollte? Schiefer würde sich die Bilder nicht entgehen lassen wollen und ich nicht erklären können, dass mich alles auf einmal nicht mehr interessierte. Schiefer und Theo durften nichts von Ketchups Erpressungsversuch erfahren. Ich musste mir etwas einfallen lassen.

Ich hörte noch einmal den Anrufbeantworter ab, obwohl ich wusste, dass niemand draufgesprochen haben konnte. Stolas Karte nahm ich mit ins Bett, obwohl ich wusste, dass das lächerlich ist. Genauso, dass ich die Jalousien nicht herunterließ, damit mir der Mond ins Zimmer schien.

Am nächsten Morgen war ich früh wach. Es war noch dunkel. Noch bevor ich meinen ersten Kaffee trank, ging ich auf die Straße zu Ketchup. Er schlief noch. Ich fragte mich, ob es einen Punkt gibt, ab dem man sich selber nicht mehr riecht. Ich rüttelte ihn an der Schulter, bis er unter Stöhnen die Augen aufschlug: Ich brauche Zeit, sagte ich, sechs bis acht Wochen, solange lässt du mich und die anderen in Ruhe. Ich drückte ihm einen zerknüllten Fünfziger in die Hand und ging wieder zurück.

Ich trank den Kaffee am Fenster und wartete, bis Theo das Haus verließ. In der rechten Hand baumelte seine Schultasche. Unnötiger Ballast, dachte ich, für einen, der sich weigern will zu unterrichten. Vielleicht hatte er seine Meinung auch schon wieder geändert, kalte Füße bekommen. Oder er hatte sich in seiner Tasche etwas zu lesen mitgenommen. Ich hatte keine Vorstellung davon, wie eine Verweigerung Theos in der Praxis aussehen würde. Setzte er sich in eine Ecke und las ein Buch? Irgendwie drängte sich mir der Eindruck auf, als machte sich da einer heute einen lockeren Lenz. Ich öffnete das Fenster, wollte ihm etwas zurufen, etwas in der Art wie *Das Gejammer muss dann aber auch mal ein Ende haben* oder *So schön möchte ich es auch mal haben.* Schiefer sah mich vom Balkon aus. Er pfiff mir zu und zeigte mir einen hochgestreckten Daumen. Auch Ketchup pfiff und streckte seinen Daumen hoch. Gleich darauf legte er einen Zeigefinger auf die Lippen. Theo drehte sich um, schaute erst zu mir, dann zu Schiefer. Der warf ein paar Boxhände in die Luft und rief: Mach uns den Ali. Theo nickte, ich schloss das Fenster und legte mich wieder ins Bett.

Irgendwie hatte die Geschichte eine seltsame Richtung angenommen. Es kam mir auf einmal alles sehr unwirklich vor. Ich hatte nichts anderes vorgehabt als Schiefer zu einem Mitbewohner zu verhelfen, damit sich sein soziales Leben nicht mehr ausschließlich auf mich konzentrierte. Jetzt war unser Kontakt enger denn je, der Mitbewohner war zu einem wandelnden Gerippe verkommen, das seine berufliche Karriere aufs Spiel setzte, und ich wurde von einem Obdachlosen beschuldigt, ein Pädophiler zu sein. Es kam mir so vor, als liefe es darauf hinaus, dass wir bald zu dritt täglich bei mir im Wohnzimmer säßen, zwei würden Schach spielen, der Dritte sich um den Wein kümmern.

Eine Aussicht, die mich unwillkürlich zum Telefonhörer greifen ließ, um Stolas Nummer zu wählen. Doch ich legte auf, bevor es tutete. Immer wieder wählte ich die Nummer, vollkommen sinnlos, da ich sofort wieder wegdrückte und mir doch nichts sehnlicher wünschte, als dass Stola in diesem Moment das Gleiche täte. Wenigstens das zu wissen hätte ihre Postkarte in einem anderen Licht erscheinen lassen.

Ich dachte daran, dass Schiefer vor nicht langer Zeit gesagt hatte, man schließe etwas ab, weil man etwas oder jemanden schützen wolle. Vielleicht hatte Stola abgeschlossen, weil sie sich oder mich schützen wollte. Aber ich machte mir nichts vor. Ich wusste, dass ich die Dinge so interpretierte, dass sie meiner Eitelkeit schmeichelten.

Es war gegen halb zwei, als es klingelte. Schiefer stand mit Theo vor der Tür. Auf Theos Gesicht lag ein kaum merkliches schiefes Grinsen, wie bei einem Kind, das etwas ausgefressen hat, worüber es selbst noch innerlich staunen muss. Schiefer trug drei

Pizzaschachteln vor sich her wie ein Kellner und unter den Arm geklemmt eine Flasche Chianti.

Peperoni, Champignons, quattro Formaggi, sagte er.

Ist das wieder *savoir vivre*?

Er fühlt sich lebendig, sagte Schiefer, nickte zu Theo und zwinkerte mir zu.

Ich dachte, du hast heute den Toten gespielt. Wolltest du dich nicht weigern zu unterrichten?, fragte ich, als wir am Tisch saßen, die geöffneten Pizzaschachteln vor uns und die Gläser gefüllt.

Nachdem mehr als die Hälfte die Hausaufgaben nicht hatte, ja. Theo lachte. Ich habe meine Tasche auf das Pult gelegt und gesagt, dass ich sie mit der Arbeitshaltung nicht mehr unterrichten werde.

Klingt ein bisschen bürokratisch, sagte ich. Wie haben die Schüler reagiert?

Sie meinten, dass sei einer der besten Vorschläge seit Langem, und ich hätte ihre volle Unterstützung. Das sei das erste Mal, dass wir gemeinsam an einem Strang ziehen würden, sagte ich und setzte mich hin. Die Schüler haben einen kurzen Moment gestutzt, da sie wohl nicht geglaubt haben, dass ich das ernst meine, aber dann haben sie gemacht, was sie wollten.

Was heißt, sie haben gemacht, was sie wollten?

Theo zuckte gelangweilt mit den Schultern. Gequatscht, sich gegenseitig Sachen an den Kopf geworfen, Wichser und Hurensohn gebrüllt, das Übliche.

Ich habe den Stuhl zurückgeschoben, die Hände hinterm Kopf verschränkt, die Beine überkreuzt und zugeschaut, sagte Theo und lächelte. Habe beobachtet, wie die Schüler mich verstohlen oder herausfordernd anschauten, habe gehört, wie sie hinter vorgehaltener Hand oder offen über mich redeten, über meine Schuhe, meine Kleidung, meine Frisur, wie lächerlich ich aussähe, dass ich durchgeknallt sei, sie redeten, als wäre ich ein Objekt, kein Mensch. Aber das Seltsame war, es hat mich nicht gestört. Ich war mir auf einmal so sicher, dass ich das Richtige tue, dass mir die ganzen Beleidigungen nichts ausgemacht haben. Es war ein Gefühl, als wären mir Flügel gewachsen.

Einmal bin ich zwischendurch aufgestanden und habe gesagt, wenn sie Fragen hätten, so dürften sie mich gerne fragen. Daraufhin sind sie vor Lachen fast zusammengebrochen. Aber es hat mir nichts ausgemacht, ich fühlte mich, als schwebte ich über den Dingen. Seit langer Zeit hatte ich zum ersten Mal das Gefühl, etwas Richtiges zu tun. Theo schaute uns an. Mit den Fingern schob er zwei Pizzastücke zusammen.

Was soll ich sagen? Besser als jede Pizza. Theo lachte, bis ihm die Tränen in die Augen traten.

Den Nachmittag verbrachte ich allein. Ich ging wieder in den Park und setzte mich auf eine Bank. Ich legte die Arme wie zwei Flügel über die Lehne, legte den Kopf in den Nacken und schloss die Augen. Über mir zwitscherten Vögel, und Sonnenstrahlen wärmten mein Gesicht. Aber ich hielt es nicht lange aus, weil ich auf einmal Angst bekam, dass mich der Kot eines Vogels treffen könnte. Die Wahrscheinlichkeit war gering, aber wenn man einmal so einen Gedanken im Kopf hat, ist es mit der Ruhe vorbei. Ich stand auf und ging weg, aber das Gefühl, das Richtige getan zu haben, hatte ich nicht.

Ziellos ließ ich mich durch die Straßen treiben. Ohne zu wissen wie, kam ich in die Straße, in der vor wenigen Monaten eine halbe Wohnungseinrichtung aus dem Fenster geschmissen worden war. Ich erinnerte mich an den Hauseingang, in den ich damals geflüchtet war. Es war nichts mehr zu sehen von dem nächtlichen Ausbruch, kein umgeknickter Gummibaum, kein Teil von der Hifi-Anlage, die auf einer Motorhaube gelandet war, nicht einmal eine Socke lag noch irgendwo herum. Als ob das Spektakel nie stattgefunden hatte. Anhand der Fenster war nicht zu erkennen, ob die Wohnung leer stand, neu vermietet war oder noch immer von den damaligen Mietern bewohnt wurde. Ich kam an Theos Schule vorbei, auf dem Schulhof standen ein paar Jungen mit Baseballkappen und rauchten. Am Rand, angelehnt an eine Betontischtennisplatte, auf der drei kaputte Fahrräder übereinandergestapelt waren, stand die Frau mit dem Kopftuch. Ihre zwei Plastiktüten hatte sie vor sich abgestellt. Sie sah mich an, bemerkte meinen Blick und zuckte die Schultern, als wollte sie mir sagen, ich bräuchte es gar nicht erst zu probieren, der Hausmeister ist nicht da. Ich wendete mich von der Frau ab und machte mich auf den Rückweg. Wieder kam ich an einem Teppichgeschäft vorbei, das seine Geschäftsaufgabe verkündete und wertvolle Teppiche als Schnäppchen abgab. Über das gesamte Schaufenster klebten in großer Anzahl Zettel mit den Wörtern *Geschäftsaufgabe*, *Schnäppchen* und *Wahnsinnspreise*. Preisreduzierungen von bis zu fünfundsiebzig Prozent wurden angeboten. Ich blieb stehen und sah mir die Schaufensterauslage an.

Ein handgeknüpfter Teppich aus Nepal fungierte als Blickfang. Er wurde für unter tausend Euro angeboten, reduziert von ehemals über viertausend Euro, wie dem Preisschild zu entnehmen war. Der Teppich war an zwei Ecken mit durchsichtigen Seilen an der Decke befestigt, aber die Spannkraft hatte nachgelassen, schwer hing der Teppich durch, von Schweben keine Spur. Ich wendete mich ab, dachte an Stola und daran, dass sie nicht von mir gestreichelt werden wollte. Von einer Straßenecke aus sah ich Ketchup. Er wischte mit einem alten T-Shirt die Bank ab.

Zu Hause angekommen, rief ich Schiefer an und fragte ihn, ob er Lust auf eine Partie Schach habe.

Schiefer eröffnete spanisch. Das passe am besten zu seiner momentanen Gemütsverfassung. Er fühle sich heute irgendwie leidenschaftlich.

Schiefer summte vor sich hin. Ich bat ihn, damit aufzuhören, aber er sagte, das könne er nicht, sein Temperament gehe mit ihm durch.

Du summst besonders laut, wenn du meine Figuren schlägst. Das ist nicht leidenschaftlich, das ist hämisch.

In der Musik wird Dramatik immer Crescendo gespielt, sagte Schiefer, ohne seinen Blick vom Spielfeld zu wenden.

Ich bin heute an einem Teppichgeschäft vorbeigekommen, sagte ich nach einer Weile. Sie hatten einen handgeknüpften Teppich im Angebot, ein wahres Prachtstück.

Brauchst du einen Teppich?, fragte Schiefer, um gleich danach weiterzusummen.

Er war um fünfundsiebzig Prozent reduziert. Für mein Empfinden wurde er viel zu billig angeboten. Auf eigenartige Weise fühlte ich mich solidarisch mit ihm.

Solidarisch mit einem Teppich, das hört sich nicht gut an, sagte Schiefer.

Ich fragte mich, ob das der Lauf der Dinge ist, dass man während seines Lebens immer mehr zu einem Schnäppchen verkommt.

Du bist gemütskrank, sagte Schiefer. Trink einen Schnaps.

Ich schüttelte den Kopf. Nein, nein, sagte ich, schau dich an, du warst mal der weiße Jimi Hendrix und jetzt bist du Hochzeitsmusiker. Nicht gerade das, was man unter einem Hochpreisprodukt versteht.

Schiefer zuckte zusammen. Spar dir deine Verachtung. Ein Sherlock Holmes bist du auch nicht gerade. Und ein Sieg gegen dich beim Schach ist auch nichts, was man sich an die Brust heften kann. Schiefer wischte mit einer wütenden Handbewegung die Figuren vom Brett und stand auf. *Hochpreisprodukt, Schnäppchen*, überlass das Philosophieren Leuten, die was davon verstehen, murmelte er. Ohne sich noch einmal umzudrehen, verließ er die Wohnung. Die Tür knallte er hinter sich zu.

Ich rannte ihm hinterher. Schiefer, warte. Es tut mir leid. Schiefer blieb stehen. Langsam drehte er sich um.

Ich dachte an die Schule, sagte ich. Sie präsentiert sich wie ein Schnäppchen. Wie geht man mit einem Schnäppchen um, Schiefer? Wie geht man mit einem Schnäppchen um? Wir haben es gesehen, oder?

Respektlos, sagte Schiefer und sah mir dabei geradewegs ins Gesicht.

*

Am nächsten Morgen wartete ich am Fenster, bis Theo und Schiefer das Haus verließen. Schiefer musste zu einem Arzttermin, das hatte er mir am Abend zuvor mitgeteilt. Vor dem Haus wechselten sie ein paar Worte, dann gingen sie in entgegengesetzten Richtungen die Straße entlang. Obwohl Schiefer frühestens in einer Stunde nach Hause zurückkehren würde, beeilte ich mich, aus dem Haus zu kommen, sobald die beiden aus meinem Blickfeld verschwunden waren.

Schiefers Altbauwohnung besaß das ihr entsprechende Türschloss. Weder eine Frage der Zeit noch des Geräuschs. Es war das zweite Mal, dass ich Schiefers Wohnung betrat. Ich vermutete den Schulschlüssel in Schiefers Schreibtischschublade. Sein Zimmer machte den gleichen unaufgeräumten Eindruck wie bei meinem ersten Besuch. Auf dem Schreibtisch lagen wieder ein Haufen ausgeschnittener Zeitungsartikel und mehrere Blätter mit sorgfältig gezeichneten Schaubildern, die demjenigen an der Tafel ähnelten, das Schiefer vor ein paar Wochen vor unseren Augen hatte entstehen lassen. Eine ausgeschnittene Zeitungsseite, die ein bisschen abseits lag, fiel mir ins Auge. Das obere Drittel der Seite wurde komplett von einem Foto eingenommen: eine Frau mit hochgesteckten Haaren, daneben ein Mann mit Bart und Holzfällerhemd und ein etwa siebzehnjähriger Junge mit verkehrt herum aufgesetzter Schiebermütze, die Hände lässig in die Hosentaschen gesteckt. Im linken Bildhintergrund ein weiß getünchtes Haus mit einer großen Veranda, etwas abseits davon eine große leuchtend rote Scheune. Über dem Scheunentor ein Basketballkorb. Hinter den Gebäuden war eine Koppel zu sehen, auf der weiß-braun gescheckte Ponys grasten. Unter dem Foto stand in kleiner Schrift: Neues Glück in Louisiana. Ich hob den Artikel hoch und bemerkte, dass mit einer Büroklammer am rechten oberen Rand noch etwas geheftet war. Ich drehte die Seite um und entdeckte das Foto, das bei meinem letzten Besuch in Schiefers Wohnzimmer hing: das lachende Kind mit der Schultüte vor der Brust. Auf der Rückseite des Fotos stand: *The Flying German.* Ich legte den Artikel vorsichtig zurück an seinen Platz. Den nachgemachten Schlüssel für das Schulhaus fand ich an der vermuteten Stelle. Auf dem Rückweg kam ich an der verschlossenen Tür vorbei, die mir schon bei meinem ersten Besuch aufgefallen war. Ob ich noch eine zweite Tür verbotenerweise öffnete, war nun auch egal. Eine Rumpelkammer, dachte ich auf den ersten Blick. Überall standen Kartons, große Umzugskartons und kleinere Schuhkartons, manche von ihnen verschlossen, andere geöffnet, als ob jemand noch vor Kurzem etwas herausgeholt oder hineingelegt hatte. Bilderrahmen lagen herum, eine Kommode stand an der Wand, darauf ein Schaukelpferd und ein Teddybär, so groß wie ein Kinderfahrrad. Dann aber fiel mir auf, dass nicht das ganze Zimmer so aussah, als wären wahllos Sachen hineingestopft worden. In der Mitte stand ein alter grüner Ledersessel, und schnell wurde mir klar, dass der nicht zufällig hier abgestellt worden war. Neben dem Sessel stand eine Stehlampe. Das Netzkabel führte zu einer Steckdose an der Wand. Es war eingesteckt. Vorsichtig setzte ich mich in den Sessel. Ich sank tiefer ein, als ich erwartet hatte. Das Leder war durchgesessen und abgewetzt. Mein Blick fiel auf eine Kinderzeichnung an der Wand: drei Strichmännchen, zwei große, in der Mitte ein kleines. Alle drei hielten sich an den Händen. Die Zeichnung war mit Reißnägeln an der Wand befestigt. Es war das einzige, was dort hing, und der Sessel schien darauf ausgerichtet zu sein. Neben dem Sessel auf dem Boden lagen mehrere Schuhkartons. Alle waren voll mit Fotos, Urlaubsbilder, und zwischendrin lagen immer wieder kleine Notizzettel, auf denen ebenfalls drei Strichmännchen gezeichnet waren, sonst nichts, nur drei Strichmännchen. Als ob jemand das Bild an der Wand immer wieder nachgezeichnet hatte.

Auch die eigene Trauer ist wertvoll, sprach ich leise vor mich hin, recht hast du. Vorsichtig verschloss ich die Tür wieder.

Ohne in die anderen Zimmer noch einen Blick zu werfen, verließ ich die Wohnung. Im Verlauf des Tages klingelte mehrmals das Telefon, aber ich nahm nicht ab. Auch das Klingeln an der Wohnungstür am Nachmittag ignorierte ich. Als es anfing zu dämmern, ging ich aus dem Haus. Ketchup schnitt eine Grimasse und zog mit einem Finger seiner linken Hand ein Augenlid herunter. Die rechte Hand streckte er mir entgegen und wies mit einem höhnischen Grinsen auf seine fünf ausgestreckten Finger hin. Ich nahm das Auto, um die Kameras transportieren zu können. Als ich am Teppichgeschäft vorbeifuhr, war der Teppich war nur noch in Teilen zu erkennen, da fast über das gesamte Schaufenster große Zettel mit der Auskunft *Alles muss raus* klebten.

Gegen Mitternacht kam ich wieder zurück. Ich winkte Ketchup zu mir ans Auto und bat ihn, mir zu helfen, die Koffer ins Haus zu tragen. Zu meinem Erstaunen stand er sofort auf und kam bereitwillig mit. Im Licht des Mondes öffnete ich die Koffer und zeigte ihm die Kameras.

Ketchup pfiff leise durch die Zähne. Ein Profi. Seine Stimme schwankte zwischen Abscheu und Anerkennung.

Damit siehst du alles messerscharf, sagte ich. Alles, was du willst. Ich drückte ihm eine Kamera in die Hand und erklärte ihm die Einstellungsmöglichkeiten. Ketchup drehte sie wie Schiefer einige Wochen zuvor in den Händen. Vorsichtig, sagte ich, das sind echte Schätze. Ich gab ihm auch die anderen Kameras, erklärte die Anbringungsmöglichkeiten und sagte, dass man so von oben und von unten alles sehen könne. Und darauf käme es ja an. Ich lachte.

Vielleicht zeig ich dir bei Gelegenheit mal den einen oder anderen Film.

Lass mich bloß in Ruhe mit dem perversen Zeugs, sagte Ketchup und legte die Kamera zurück in den Koffer. Ich drückte die Deckel ins Schloss und versprach Ketchup einen Zehner, wenn er mir half, sie nach oben zu tragen. Wir stellten die Koffer vor die Wohnungstür. Es wird alles gut, du wirst sehen, sagte ich zu ihm, gab ihm seinen versprochenen Lohn, drehte mich um und schloss die Tür auf. Während ich noch hörte, wie Ketchup die Treppe polternd hinunterging, sah ich den Anrufbeantworter blinken. Es war Stola. Sie war kaum zu verstehen, und ich musste immer wieder zurückspulen. Warum bist du nicht bei mir, warum fährst du immer wieder weg, du blöder Idiot. Du kannst dir doch ein Haus aussuchen, sind doch alle frei, bis in alle Ewigkeit frei, hörst du. Der Sekt ist schon kalt. Ich bin so allein. Und müde, hörst du. Bist du bei Schiefer? Dann brach ihre Stimme unversehens weg, nur ein Rauschen war noch zu hören, dann plötzlich ein leises Schnarchen, bis das Telefon wieder anfing zu tuten.

Am nächsten Morgen brachte ich den Schlüssel zurück, dann fuhr ich für ein paar Tage weg. Ich wollte alleine sein und nachdenken. Obwohl ich neugierig war, wie es Theo ging, vermied ich es, anzurufen. Ich hatte mein Handy zu Hause gelassen, und auch die Telefone aus den Hotelzimmern, in denen ich nächtigte, ließ ich verbannen. Ich wusste, wenn ich erst einmal das Telefon in den Händen hielte, um Schiefer anzurufen und mich nach dem neuesten Stand erkundigen würde, würde ich kurz danach auch Stola anrufen. Das wollte ich nicht. Doch, ich wollte es, unbedingt sogar, aber ich wusste zu gut, dass sie nicht in nüchternem Zustand bei mir angerufen hatte, die Karte dagegen war Ausdruck nüchterner Erkenntnis. Mit einem Anruf hätte ich sie in Verlegenheit gebracht, deutlich werden zu müssen. Das wollte ich ihr und mir ersparen.

Ich war eine Woche unterwegs, in der ich es nicht geschafft hatte, irgendeinen Entschluss zu fassen, aber mich jeden Abend an der Hotelbar mit doppelten Wodkas volllaufen ließ, um nicht doch nach einem Telefon zu fragen.

Als ich zurückkam, hatte ich zehn neue Nachrichten: drei Kunden, sieben Mal Schiefer. Er hatte nichts hinterlassen, stand aber am nächsten Tag mit Theo und drei Pizzen vor der Tür.

Chinesisch esse ich auch gern, sagte ich. Schiefer drängte sich an mir vorbei durch die Tür, ohne auf meine Bemerkung einzugehen. Theo gab mir die Hand. Ich hoffe, wir stören nicht, sagte er, aber Schiefer meinte, du würdest auf jeden Fall wissen wollen, was Sache ist.

Er hat recht, sagte ich und bat Theo mit einer Geste in die Wohnung.

Ohne zu fragen, ging Schiefer in die Speisekammer und holte eine Flasche Wein. Ich nahm die Flasche, stellte sie zurück und füllte stattdessen drei Gläser mit Wasser. Schiefer runzelte die Augenbrauen, verkniff sich aber eine Bemerkung.

War nicht Bachmanns Hochzeit am Wochenende?, fragte ich.

Schiefer ließ sein Kinn schwer auf die Brust sinken und Theo nickte bedeutungsschwer. Eine Hochzeit so zäh wie ein vergessenes Rinderfilet, sagte Schiefer mit einem lauten Seufzer. Ich musste immerzu daran denken, dass Bachmann die Frau, die er heiratet, nicht lieben würde, aber glücklich machen wolle. Das muss man in seinem Kopf erst mal zusammenknoten. Und dann noch eine Frau im Rollstuhl, die auf die Witwenrente wartet, da hat man nicht das Gefühl, man spiele für einen Aufbruch zu neuen Ufern. Es waren auch kaum Gäste da. Theo, zwei Kolleginnen aus der Schule und ein paar andere. Aber alle haben, rein physiognomisch gesehen, den Eindruck vermittelt, vom Burn-Out-Syndrom ganz unmittelbar betroffen zu sein. So war auch der Hit des Abends *Light my fire* von den Doors.

Eine trostlose Angelegenheit, sagte Theo zustimmend.

In der Schule macht Theo den Buddha, sagte Schiefer in der offensichtlichen Absicht, das Thema zu wechseln.

Ich versuche bloß, die Sache entspannt anzugehen, sagte Theo entschuldigend.

Du sitzt weiterhin am Pult und legst die Hände in den Schoß?

Ich starte einen Versuch, aber der wird sofort torpediert und dann lass ich es bleiben, ja.

Mit so einer Berufsauffassung säßen wir heute noch in Höhlen, sagte ich. Vielleicht ginge es ja beim zweiten Versuch.

Vielleicht, sagte Theo, vielleicht aber auch erst beim dritten, vierten oder fünften. Versuchen reimt sich auf Verfluchen.

Du hast recht, sagte ich. Entschuldige.

Zwei Schüler kamen und fragten, warum ich keinen Unterricht mehr halte.

Und, was hast du geantwortet?

Dass ich nur noch unterrichte, wenn man mich auch unterrichten lässt.

Und?

Sie lachten und meinten, das sei wohl ein Witz.

Kein Witz, sagte ich. Dann drohten sie mir, mich anzuzeigen. Sie sagten, meine Haltung sei ungesetzlich, darüber wüssten sie Bescheid. Ihre Eltern würden hart arbeiten, um mein Gehalt zu bezahlen, das sollte ich mir mal vor Augen halten.

Ich sagte, vielleicht hätten ihre Eltern nicht nur an mich Erwartungen, sondern auch an sie. Was mir einfiele, das würden sie ihren Eltern sagen. Außerdem hätten sie ein Recht auf Bildung. Warum sie es dann nicht in Anspruch nähmen, fragte ich.

Kurz darauf bat mich der Rektor in sein Büro. Er fragte, was los sei? Mehrere Eltern hätten angerufen und behauptet, ich würde mich weigern, zu unterrichten. Er hätte natürlich versucht zu beruhigen und gesagt, es müsse sich um einen Irrtum handeln, um ein Missverständnis. Er sah mich über seine Brille hinweg an, als würde ein strenger Blick reichen, alles Ungeliebte wegzuretuschieren. Ist doch ein Missverständnis, oder?, fragte er. Nein, kein Missverständnis, sagte ich. Daraufhin zog der Rektor seine Stirn in Runzeln. Also fügte ich hinzu, dass es aber keinen Unterschied zu den vergangenen Monaten gebe. Es sei alles beim Alten, außer, dass ich meine Stimme schone.

Der Rektor räusperte sich: Wie er das denn verstehen solle, dass kein Unterricht stattfinde?, fragte er.

Er solle sich den Alltag vor Augen halten, nur, dass *ich* jetzt eine passive Rolle einnehme.

Was er sich denn unter einer passiven Rolle vorzustellen habe, wollte der Rektor wissen.

Vornehmlich sitzend und schweigend, habe ich ihm geantwortet, sagte Theo. Daraufhin holte der Rektor ein Taschentuch hervor und wischte sich den Schweiß von der Stirn. Ob ich denn nicht einfach ein paar Tage zu Hause bleiben könne, fragte er. Ich solle mich krankschreiben lassen, ein paar Tage meine Seele baumeln lassen, er würde seine Hand schützend über mich halten. Aber so, das sei ja wohl klar, da müsse er hoffentlich nicht deutlicher werden, ginge es nicht. Er erhob sich aus seinem Sessel und schrie: Überhaupt nicht. Gar nicht. Verstanden. Wieder nahm er das Taschentuch zur Hand. Er tat mir leid, ich wusste ja, dass er nur meinetwegen schwitzte. Er stand auf, wischte sich seine Hand an der Hose ab, gab mir die Hand und sagte: Ich denke, wir haben uns verstanden. Gehen Sie jetzt. Gehen Sie.

Am nächsten Tag bat er mich wieder zu sich. Das Telefon stünde nicht mehr still. Ich hätte ja keine Vorstellung. Die Elternvertreter säßen ihm quasi auf dem Schoß und verlangten meine sofortige Suspendierung. Das Schulamt wolle wissen, was hier vor sich gehe, ob das wahr sei, was sie gehört hätten. Ein Krankheitsfall, habe er ihnen gesagt, aber bevor er nur ein einziges erklärendes Wort hätte nachschieben können, habe das Schulamt einen Ersatzlehrer abgelehnt und gesagt, dann müssten halt die Kollegen ran. Aber die, sagte der Rektor zu mir, hätten schon gesagt, dass sie sich in diesem Falle krankmelden würden. Ich würde doch also verdammt noch mal sehen, dass es hier keinen Spielraum für Selbsterfahrungstrips gebe, es gehe um Solidarität, alle müssten an einem Strang ziehen. Er habe ja Verständnis, wenn einer mal eine schlechte Phase habe, aber jetzt sei es genug.

Ich sagte ihm, dass ich keine schlechte Phase hätte, im Gegenteil, es gehe mir gut, auf jeden Fall besser als noch vor zwei Wochen. Und das Wort *Solidarität* habe man, als man mir als Neuling die schlimmste Klasse zuschob, wohl noch nicht im Wortschatz gehabt, überhaupt, sagte ich, komme es mir so vor, dass man in der Schule nur frage, wie es einem gehe, um in Erfahrung zu bringen, ob Vertretungsstunden drohen. Aber er müsse sich nicht sorgen, ich sei nicht krank, niemand müsse für mich einspringen. Wenn das so sei, brüllte der Rektor, dann könne er nichts mehr für mich tun.

Das war's. Theo nahm ein Stück Pizza. Er war nicht wiederzuerkennen. Aufrecht saß er am Tisch, als wäre tonnenschwerer Ballast von ihm abgefallen, und kaute genüsslich ein Stück Thunfischpizza. Und selbst dabei, so kam es mir vor, verschwand das leicht verschmitzte Grinsen nicht aus seinem Gesicht.

Ich wunderte mich, dass Schiefer nicht nach den Kameraaufzeichnungen fragte. Ich konnte mir das nur so erklären, dass Schiefer sich die Bilder seiner Vorstellung von den realen Bildern nicht zerstören lassen wollte. Vielleicht fürchtete er insgeheim, dass die Schwerkraft doch nicht so einfach aufzuheben sei.

Es war Spätnachmittag, als Theo nach Hause ging. Schiefer blieb noch sitzen.

Trinken wir einen Wein?, fragte er mich.

Schiefer. Deine Frau. Stört es dich gar nicht, dass sie mit einem anderen Mann zusammen ist?

Schiefer drehte seinen Kopf zu mir und schaute mich lange und durchdringend an, als überlegte er, was mich veranlasste, so eine Frage zu stellen, was mich überhaupt veranlasste, nach Theos Erzählung abrupt das Thema zu wechseln.

Ich glaube, ihr hättet euch gut verstanden, sagte er schließlich und erhob sich schwerfällig vom Tisch. Er blieb vor mir stehen, lächelte, packte mich bei der Schulter und zog mich ein Stück zu sich heran. Für einen Moment dachte ich, er wollte mich umarmen, aber dann kam doch eine Fremdheit über uns, so dass die abgebrochene Umarmung sich anfühlte, als wären wir zufällig gegeneinandergerempelt. Wir vermieden jeden Blickkontakt, bis Schiefer die Tür hinter sich schloss.

*

Es war halb vier. Ich setzte mich wieder an den Tisch und ließ meinen Tränen freien Lauf. Auf dem Tisch lagen drei offene Pizzaschachteln mit kalten Pizzastücken. Wir hatten kaum davon gegessen. Ruckartig stand ich auf, wobei der Stuhl nach hinten umstürzte, und ging ins Bad. Lange schaute ich in den Spiegel. Meine Augen waren rot. Die Tränen machen dich nicht schöner, dachte ich, aber wegwischen wollte ich sie auch nicht. Auf eigenartige Weise war ich gerührt von ihnen. Sie waren etwas Wahres in meinem Gesicht, als hätte ich ein Stück Unschuld zurückgewonnen. Fast bedauerte ich, dass ich dieses Gefühl mit niemandem teilen konnte.

Schließlich wusch ich mir doch das Gesicht, zog frische Kleider an und machte mich auf den Weg zu Stola.

Während der Fahrt redete ich mir ein, dass es für Schiefer nur von Bedeutung war, dass es ihr gut ging, egal, ob hier oder in Amerika. Nein, ich musste auf niemanden Rücksicht nehmen. Rücksicht auf dich musst du nehmen, sagte ich laut. Und vielleicht auf Stola. Ein netter Abend. Mein Gott, es soll doch nur ein netter Abend werden. An einer Tankstelle kaufte ich eine Flasche Wodka. Ich könnte sie im Auto liegen lassen, ich muss sie nicht mitnehmen. Ich nehme sie nicht mit. Ich kaufe sie für mich. Für alle Fälle.

Nur für mich. Ich kann verdammt noch mal so viele Wodkaflaschen für mich kaufen, wie ich will. Wenn ich will, dann kaufe ich zwei Flaschen.

Ich kaufte zwei Flaschen, packte sie in eine Plastiktüte und legte sie auf den Rücksitz.

Die Haustür war angelehnt. Ich klopfte. Die Flaschen hatte ich im Auto gelassen. Mein Herz schlug wie verrückt. Warum konnte ich nicht aufhören zu fragen, ob das falsch war, was ich tat? Was, wenn sie betrunken war? Wenn sie mich nicht sehen wollte?

Ich wollte dich sehen, sagte ich, als sie die Tür mit einem Schwung aufriss und vor mir stand. Sie lächelte und nickte, als hätte sie damit gerechnet, dass ich auftauchen würde. Sie trug eine weiße Leinenhose, eine rosa Bluse und darüber eine leichte graue Strickjacke.

Ihr Blick war wach, mit offenen Augen sah sie mich an, stand in der Tür, sagte nichts, aber sah mich an, als läse sie in mir wie in einem offenen Buch. Nur ein leichtes Lächeln spielte um ihre Lippen. Ich spürte an ihrem Blick, dass sie nüchtern war. Ich fühlte mich auf einmal klein, so klein und schwach, dass ich an den Wodka im Auto denken musste, daran, dass der Wodka sie bedürftiger machen würde, weicher und anschmiegsamer. Ich hasste mich für meine Gedanken und wünschte mir doch in dem Moment nichts sehnlicher, als dass Stola schon angetrunken wäre.

Es ist halb neun, sagte sie schließlich. Ihr Ton war nicht vorwurfsvoll, eher erstaunt. Es klang nicht so, als wäre ihre Äußerung auf mich gemünzt. Aber wen sonst sollte sie meinen? Sie konnte nur mich damit gemeint haben, dass die Uhrzeit unpassend war, dass ich vorher hätte anrufen sollen, dass es unangebracht ist, einfach so hereinzuplatzen.

Es tut mir leid, sagte ich. Ich dachte … Aber ich hatte an gar nichts gedacht, ich hatte mir lediglich etwas vorgestellt, mir etwas gewünscht, ein Verlangen war es gewesen, das mich hierhergetrieben hatte. Kein Gedanke.

Nein, nein, sagte Stola, mir ist nur gerade aufgefallen, dass es noch nicht dunkel ist. Der Frühling kommt. Du bist ein Vorbote des Frühlings. Sie lachte, trat einen Schritt zur Seite, reichte mir die Hand und bat mich ins Haus.

Während ich durch den Flur Richtung Wohnzimmer ging, dachte ich wieder an die Wodkaflaschen im Auto. Auf dem Rücksitz in einer Plastiktüte. Jetzt war es zu spät, sie zu holen, ich hätte sie gleich mitbringen müssen.

Stola lief vor mir, die Konturen ihrer Beine schimmerten durch die Leinenhose.

Ich habe Geburtstag, sagte ich spontan. Stola blieb stehen. Abrupt. Langsam drehte sie sich zu mir. Mir wurde heiß, meine Hände fingen an zu schwitzen. Bestimmt wurde ich rot im Gesicht.

Entschuldigung, sagte ich. Es war eine blöde Idee. Ich sollte lieber wieder gehen.

Du kommst an deinem Geburtstag zu mir?, fragte sie ungläubig. Stola hatte Tränen in den Augen. Sie wischte sie schnell beiseite, trat ebenso schnell einen Schritt auf mich zu, umarmte mich und gab mir einen flüchtigen Kuss auf die Lippen.

Ich habe lange keinen Geburtstag mehr gefeiert, sagte sie. Ich wünschte, ich hätte ihr in diesem Moment gesagt, wie lange ich keinen Kuss mehr geschmeckt hatte, aber ich traute mich nicht, ich hatte Angst, dass ich noch einmal so unvermittelt anfangen könnte zu heulen wie am Nachmittag. Stattdessen murmelte ich: Ich habe nicht mal Sekt zum Anstoßen dabei.

Daran soll es nicht scheitern. Sie lachte, drehte sich um und lief kopfschüttelnd in die Küche. Ihr Schritt war leicht. Auch ihre Stimme, als sie rief: Einen Moment, bin gleich wieder da. Alles passte jetzt zur luftigen Leinenhose. Nur das Datum meines Geburtstages nicht.

Sie kam ins Wohnzimmer mit einer Flasche Sekt und zwei Gläsern im Arm. Sie gab mir die Gläser, füllte sie und stellte die Flasche auf den Tisch. Sie stand jetzt ganz nahe vor mir. Ich roch ihr Parfüm. Ich war mir sicher, es vorhin bei der Umarmung nicht wahrgenommen zu haben.

Du bist rot geworden vorhin, sagte sie. Eigentlich sollte ich dir etwas schenken. Verkehrte Welt. Sie hob ihr Glas, stieß es gegen meins, und nachdem wir beide einen Schluck getrunken hatten, küsste sie mich noch einmal auf den Mund.

Das zweite Glas füllte ich nach. Wir standen am Fenster, blickten in die aufziehende Dunkelheit und versicherten uns, wie schön es sei, dass die Tage nun wieder länger würden. Nach dem dritten Glas hakte sich Stola bei mir unter: Ich stehe oft abends vor dem Fenster, beobachte, wie die Dunkelheit der Welt ihre Konturen klaut. Und obwohl niemand im Haus ist, weiß ich manchmal nicht, wohin mit meinen Händen. Plötzlich lachte sie auf. Genug mit trübsinnigen Gedanken. Feiern wir Geburtstag. Sie schenkte nach, machte die Flasche leer, stieß mit mir an und fragte, ob ich mit ihr tanzen wolle. Du siehst aus, als hättest du schon länger nicht mehr. Überleg's dir. Sie nahm die Flasche und verschwand in der Küche.

Kurz darauf kam sie zurück mit einer neuen Flasche Sekt und einer tragbaren Audio-Kompaktanlage, die sie unter den Arm geklemmt hatte. Das Stromkabel schleifte auf dem Boden. Sie zuckte mit den Schultern, als sie meinen Blick bemerkte.

Leider habe ich keine CDs. Aber vielleicht findest du einen Sender.

Als ich mir das Gerät näher anschaute, kam ich zufällig an den Knopf, der den CD-Player öffnet. Im Fach befand sich eine CD.

Was ist das?, fragte Stola.

AC/DC, sagte ich. Das ist Hardrock, ein Paartanz wird schwierig.

Quatsch, sagte Stola, beugte sich zu mir herunter und nahm mich bei der Hand. Hardrock ist immer Viervierteltakt.

Ich drückte den Abspielknopf, richtete mich auf, Stola führte mich in die Grundstellung eines Foxtrotts, dann ertönte ohrenbetäubender Gitarrenlärm. Stola lachte und schrie: Du kannst doch Foxtrott, ja?

Schnell wurde aus einem Foxtrott ein Improvisationstanz und bald ein Spiel, in dem es darum ging, trotz allerlei Verrenkungen und Drehungen nicht die Hand des anderen zu verlieren. Den Sekt tranken wir aus der Flasche. Und die ganze Zeit über pulsierten die Lautsprecher der Anlage wie die Pumpen von Herz-Lungen-Maschinen. Obwohl ich es genoss, Stolas Blicke und Hände zu spüren, störte mich bald die Musik. Diese alles beherrschende Gitarre. Es hörte sich an, als wäre Schiefer mit im Raum. Vielleicht empfand das auch Stola so, oder sie bemerkte, dass meine Bewegungen langsamer, weniger lustvoll wurden. Noch bevor die CD zu Ende war, schaltete sie sie aus, nahm mich bei der Hand und wir ließen uns erschöpft ins Sofa fallen. Stola legte ihren Kopf auf meine Schulter. Eine kurze Pause, sagte sie, nur eine kurze Pause. Sie hielt meine Hand fest und schloss die Augen. Nicht, dass du fortläufst, sagte sie leise. Nur eine kleine Pause. Ich sagte nichts. Ich hatte Angst vor meiner eigenen Stimme, dachte, dass mein Bass wie ein plötzlich geöffnetes Fenster wirken würde, durch das ein kalter Luftzug strömte. Gleichzeitig hatte ich Angst, dass Stola jetzt einschlafen würde. Der Abend durfte noch nicht vorbei sein. Nicht schlafen jetzt, dachte ich. Nicht schlafen. Ich beugte mich nach vorne, um an die Sektflasche auf dem Tisch zu kommen. Ich rechnete damit, dass Stola aufschrecken würde. Sie richtete sich auf, sah, wie ich die Flasche vom Tisch nahm und leicht schüttelte. Das ist nicht charmant, sagte sie. Wie du mich darauf hinweist, dass ich eine schlechte Gastgeberin bin. Sie erhob sich, nahm die leere Flasche und ging in die Küche. Sie schwankte leicht beim Gehen. Sie kam wieder mit der dritten Flasche Sekt und gab sie mir mit den Worten: Lass es knallen. Du hast Geburtstag. Wieder schüttelte ich die Flasche, diesmal heftig, während Stola die kurze Strickjacke auszog. Die Bluse war ärmellos und die Nacktheit ihrer Arme ließ mich unwillkürlich an ihre Brüste denken, die sich weich unter der rosa Bluse abzeichneten.

Ich möchte noch einmal tanzen, sagte sie. Es war so schön vorhin. Lass uns noch mal tanzen. Bitte. Sie kniete sich auf den Boden, um die Anlage anzustellen, musste sich aber mit beiden Händen schnell auf dem Boden festhalten, um nicht umzufallen. Dann fing sie verlegen an zu kichern, richtete sich mühsam wieder auf und lachte mich an. Ist vielleicht besser, wenn du das machst, sagte sie. Der Korken krachte mit lautem Knall an die Decke, wo er einen deutlichen Abdruck hinterließ, fiel dann auf den Boden und rollte ein paar Meter Richtung Fenster. Stola blickte zur Decke, dann zu mir und sagte: Eine Delle. Kein Loch. Eine Erinnerung. Kein Schaden. Sie lachte. Und jetzt lass uns tanzen. Ich füllte die Gläser, ging zur Anlage, wunderte mich, dass ich noch nicht schwankte. Vielleicht war es mein Kopf, in dem sich Wünsche und Erwartungen mit Ermahnungen und Zurechtweisungen einen erbitterten Machtkampf lieferten, der ein Schwanken nicht zuließ.

Auf einem Kurzwellensender erklang ein Wiener Walzer.

Stola schmiegte sich an mich und wir bewegten uns mit kleinen Schritten durch den Raum. Zwischendurch nahmen wir einen tiefen Schluck aus unseren Sektgläsern und setzten unseren Tanz fort. Beide hielten wir die Augen geschlossen. Ich spürte Stolas unsicheren Schritt, verstärkte den Druck meiner Hand auf ihrem Rücken und glaubte zu spüren, dass ihre Beine bei jedem Schritt die meinen zu berühren suchten.

Das zweite Mal, dass ich einen Walzer tanze, murmelte Stola und schüttelte leicht den Kopf, hörte aber nicht auf, sich langsam mit mir im Kreis zu drehen.

Irgendwo und irgendwann wird alles gut. Glaubst du das?, fragte sie plötzlich und blieb stehen.

Ich nahm ihren Kopf in meine Hände. Bevor ich ihr einen Kuss geben konnte, entwand sie sich, nahm unsere Gläser, gab mir meins und sagte: Trinken wir darauf: Irgendwo und irgendwann. Wir leerten die Gläser in einem Zug. Stola lächelte, hob ihr Glas und sagte: Wollen wir es besiegeln. Dann ließ sie ihr Glas auf den Boden fallen, wo es in lauter Scherben zersplitterte. Jetzt du, sagte sie. Scherben bringen Glück. Ich hob mein Glas und ließ es ebenfalls zu Boden fallen. Stola fiel mir um den Hals, im Radio spielten sie einen Tango und unter unseren Tritten knirschten die Scherben. Ich spürte Stolas leicht geöffneten Mund an meinem Hals, spürte ihren Kuss, spürte, dass sie meine Lippen suchte. Ich schloss die Augen, es war so schön, wann war es so schön, jetzt nichts sehen, nichts sehen, was mich zweifeln lassen könnte. Komm, hauchte sie mir ins Ohr. Ich nahm sie auf meine Arme, wie geht das, dachte ich, ich komme nicht ins Schwanken, fest stehe ich, nichts wirft mich um. Gar nicht schwer, viel leichter, als ich dachte, und ich musste lächeln vor so viel Glück. Nicht irgendwo irgendwann, dachte ich. Hier und jetzt wurde alles gut. Ich legte sie aufs Sofa, beugte mich zu ihr, wir küssten uns. Aber Stola hatte nicht mehr viel Kraft, sie hielt die Augen geschlossen, ihr Kopf drohte zur Seite zu rutschen, und ihre Arme lagen auf meinem Körper wie auf einer Decke, die ihr weggerutscht war. Und trotzdem lag ein Lächeln auf ihrem Gesicht, durch das ich mich ermutigt fühlte.

Auf einmal lachte sie leise auf. Du bist so anders, sagte sie. Als ob du wieder Motorrad fährst. Fährst du wieder Motorrad? Mit geschlossenen Augen strich sie mir übers Haar. Aber du weinst ja. Mein lieber, bester Schiefer. Weinst du immer noch. Ich bin ja da, ich bin doch da, flüsterte sie. Wein doch nicht. Aber ich konnte nicht aufhören, unablässig flossen Tränen aus meinen Augen, mein Kopf schüttelte sich, mit solcher Wucht drückten die Tränen empor. Ich legte meinen Kopf auf Stolas Bauch, merkte, wie meine Tränen in den Stoff ihrer Bluse eindrangen, und Stola hörte nicht auf, meinen Kopf zu streicheln. Es ist doch Frühling, murmelte ich zwischen den Tränen hervor. Es ist doch Frühling. Kann ich denn nur der Vorbote sein? Nur der Vorbote sein? Stolas Hand rutschte von meinem Kopf. Sie hörte mich nicht mehr.

Der Morgen dämmerte bereits, als ich mich auf den Weg machte. Ich hatte eine Decke aus Stolas Zimmer geholt und sie damit zugedeckt. Eine Weile noch stand ich im Türrahmen und lauschte ihren Schlafgeräuschen, bevor ich mich endgültig abwendete. Mit meinen Fingern löste ich vorsichtig die Scherben von den Sohlen und fragte mich, ob es etwas bedeutet, wenn das Glück unter den Schuhen klebt.

In der Nähe der Stelle, wo ich einmal das Reh gesehen hatte, fuhr ich auf einen Parkplatz, setzte mich auf die Leitplanke und hielt Ausschau. Aber über Stunden konnte ich nichts entdecken außer einem Mäusebussard, der erfolglos am Himmel Kreise zog.

Am späten Vormittag setzte ich mich wieder ins Auto und verfluchte Schiefer, wie ich noch nie einen Menschen verflucht hatte.

*

Eine Woche lang meldete ich mich nicht bei Schiefer, ging nicht ans Telefon und verließ das Haus nur, wenn es sich nicht vermeiden ließ. Ich versicherte mich, dass ich weder Schiefer noch Theo über den Weg laufen konnte. Schließlich fasste ich einen Entschluss.

Am Freitagnachmittag klingelte ich bei Schiefer. Er erwartete mich in der Tür. In der einen Hand hielt er einen nassen Waschlappen, mit der anderen hielt er sich an der Tür fest. Als ich auf den letzten Stufen war, stieß Schiefer die Tür ganz auf. Neben ihm erschien Theo mit einem blauen Auge.

Endlich, sagte Schiefer. Wo ich gewesen war, fragte er mich nicht.

Wir setzten uns in die Küche, und auch wenn es diesmal nicht meine war, nahmen wir so selbstverständlich unsere Plätze ein, als wäre die Küche die Kommandoeinsatzzentrale und die tägliche Lagebesprechung stünde an.

Ich dachte, das mit Muhammad Ali sei eher symbolisch gemeint gewesen, sagte ich mit Blick auf Theos dunkelblaues Auge.

Schiefer räusperte sich, als wollte er eine Stellungnahme abgeben, ging dann aber zum Gefrierschrank, nahm ein Kühlelement heraus, wickelte es in ein Geschirrhandtuch und drückte es Theo in die Hand, der es vorsichtig auf sein linkes Auge legte.

Trotz des blauen Auges war es unverkennbar, dass den Rest des Gesichts eine gesunde Farbe zeichnete. Bei näherem Hinsehen aber bemerkte ich, dass auch Theos rechtes Auge eine leichte Verfärbung aufwies. Schiefer hatte vorhin so selbstverständlich das Kühlelement aus dem Gefrierschrank genommen, dass ich nun glaubte, er habe das nicht zum ersten Mal gemacht.

Nach Schweben sieht das nicht aus, mehr nach schlechter Deckung. Mit so einer Deckung hätte Ali schon viel früher Parkinson bekommen, sagte ich.

Theo nickte, lächelte schief, lockerte seinen Krawattenknoten, nahm einen Schluck Wasser und räusperte sich wie Theo kurz zuvor.

Ich kam morgens in die Klasse, auf meine Frage, ob eine Bereitschaft für Unterricht da wäre, kam es zu einem lauten Gekreische, worauf ich nickte als stilles Zeichen, dass ich verstanden hätte, und schweigend meinen Platz einnahm. Auf einmal stand ein Schüler auf und sagte, dass das Gekreische nicht die allgemeine Stimmung in der Klasse wiedergebe und dass er und einige andere einem Unterricht nicht abgeneigt seien.

Er sagte, sie seien einem Unterricht nicht abgeneigt?, fragte ich.

Ja, aus Angst, sagte Theo. Es ist nicht angesagt, zu sagen, dass man etwas lernen will. Also versucht man es sprachlich zu dämpfen. Der Schüler hat den Satz kaum zu Ende gebracht, da flog ihm schon ein Federmäppchen ins Gesicht. Kurz darauf segelte ein Buch hinterher und dann flogen etliche weitere Gegenstände, die ich in der Schnelligkeit, in der sie geworfen wurden, nicht mehr erkennen konnte. Plötzlich sprangen mehrere Schüler auf und auf einmal war eine regelrechte Massenschlägerei im Gange. Ein Knäuel von Armen, Beinen und Köpfen, darin immer wieder Fäuste wie aufplatzendes Popcorn. Die Mädchen kreischten, als wären sie Zeuge einer Jahrmarktsbelustigung und so konnte ich nicht umhin, ihre Schreie als Anfeuerungsrufe zu deuten. Ich sprang auf, fing auch an zu schreien, ging zwischen die ineinander verkeilten Leiber, als plötzlich eine Faust auf mein Auge klatschte. Ich kippte nach hinten und dann wurde mir schwarz vor Augen. Als ich aufwachte, standen die Schüler schweigend um mich herum.

Er lebt, sagte einer schließlich, aber sein Auge sieht nicht gut aus, worauf ein anderer meinte, soll er froh sein, dass der liebe Gott ihm zwei geschenkt hat.

Der Rektor meinte, dass ich in dieser Sache nicht mit einem blauen Auge davonkäme. Das Fass sei voll. Das Fass sei nicht nur voll, es sei am Überlaufen. Er werde meine Versetzung beziehungsweise meine Ablösung beantragen.

Prügelnde Schüler scheinen mir auch kein befriedigendes Ergebnis zu sein, warf ich ein. Ich sah Schiefer an. Der nickte gedankenverloren vor sich hin und zog mit seinem Glas Kreise auf dem Tisch.

Prügelnde Schüler waren nicht das, was ich mir erhofft hatte, stimmte Theo zu. Ich weiß nicht, ob ich mir überhaupt irgendetwas erhofft hatte, aber auf jeden Fall nicht das.

Wahrscheinlich bin ich einfach am falschen Platz, dachte ich. Ich habe mich geirrt. Ich bin kein Lehrer. Zu lange einem Traum nachgehangen, der sich in mir nur verirrt hatte. Zeit für etwas Neues. Mit diesem Gedanken ging ich heute Morgen in die Schule. Ich wollte mich verabschieden, dem Rektor sagen, ich gehe freiwillig.

Als ich das Klassenzimmer betrat, herrschte eine ungewöhnliche Stille. Alle Schüler saßen an ihrem Platz. Irgendetwas stimmte nicht. Ich wünschte einen Guten Morgen. Seltsamerweise erhielt ich eine Antwort in gemäßigter Tonlage, aber es kam mir so vor, als ob ein paar Bässe fehlten. Ich ließ meinen Blick über die Klasse streifen, um zu sehen, ob jemand fehlte, und dabei fiel mir auf, dass einige Schüler ihre Arme krampfhaft hinter ihren Stuhl streckten.

Ein Schüler sagte, es sei jetzt alles vorbereitet und ich möge doch bitte mit dem Unterricht anfangen. Da stand ein anderer Schüler auf, schrie Dreckiger Verräter und warf etwas durch die Luft. Dann ging alles ganz schnell. Sechs Schüler erhoben sich blitzartig von ihren Stühlen, stürzten sich auf den Schüler, einer nahm ihn in den Schwitzkasten, zwei hielten seine Beine fest, zwei seine Arme und einer verschnürte ihn mit dicker Paketschnur. Zum Schluss klebten sie ihm braunes Paketband über den Mund. Dann setzten sie sich wieder auf ihre Plätze, als sei nichts gewesen. Das trug sich in derartiger Geschwindigkeit zu, dass ich mich fragte, wie lange sie das wohl heimlich geübt hatten. Jetzt sah ich auch, dass die Schüler mit den nach hinten gestreckten Armen ebenfalls geschnürt und geknebelt waren.

Wir haben das Gefühl, dass eine gewisse Radikalisierung vonnöten ist, sagte der Schüler, der mich anfangs gebeten hatte, mit dem Unterricht anzufangen. Wenn Sie jetzt bitte anfangen könnten, wiederholte er.

Die Schüler merkten, dass ich zögerte. Sie vermuteten, dass ich mich schwertue mit geknebelten Schülern vor meiner Nase. Also standen zwei Schüler auf und trugen einen Jungen, der an Armen und Beinen gefesselt auf seinem Stuhl saß, heraus und stellten ihn auf dem Schulhof ab. Kurz darauf kamen sie wieder, trugen den nächsten Schüler raus und stellten ihn ebenfalls ab. So ging das eine ganze Zeit lang, während ich am Fenster stand und sah, dass die alte Frau mit dem Kopftuch ihre Plastiktüten abstellte, von einem Schüler zum anderen ging und ihnen zärtlich über den Kopf strich.

Wie ging es weiter?, fragte ich. Dein blaues Auge ist doch frisch von heute?

Der Rektor sah keinen Fortschritt zwischen prügelnden Schülern und Schülern, die von Schülern geknebelt und gefesselt werden. Er sagte, die Schüler wollten wohl kaum in die Schule gehen, um sich knebeln zu lassen. Das wohl nicht, stimmte ich ihm zu, aber man müsse doch fragen, warum sie geknebelt wurden. Einige, das hätte die Aktion doch gezeigt, wollten etwas lernen und die seien nicht länger bereit, sich das verwehren zu lassen. Das sei doch die Eigeninitiative, die man sich sonst immer wünsche und einfordere. Eine eindeutige und klare Zielorientierung spreche aus der Aktion und die durchführende Konsequenz sei den Umständen angemessen. Man könne doch sagen, dass aus der gestrigen Prügelei gelernt worden sei und man es nicht noch einmal so habe eskalieren lassen wollen. Ich jedenfalls habe den Schülern meinen Respekt ausgesprochen. Ob ich noch ganz bei Trost sei, fragte mich der Rektor. Von welchem Planeten ich komme? Ein Fall für den Amtsarzt sei ich. Ob ich mal aus dem Fenster gesehen hätte? Was die Schule denn für ein Bild abgäbe? Ab sofort sei ich vom Dienst suspendiert, eine Gefahr für Leib und Seele stelle ich dar, das könne er nicht länger verantworten.

Er hat dir kein blaues Auge geschlagen?, fragte ich.

Nein, er hat mir die Hand geschüttelt zum Abschied. Damit ich sehe, dass man auf unterschiedliche Meinungen auch anders reagieren könne als mit Foltermethoden. Auf dem Flur kam mir ein Kollege entgegen, hakte sich bei mir ein und meinte, er müsse mal mit mir reden. Wir gingen auf die Toilette. Er müsse mal, sagte er. Ich wartete am Waschbecken. Ein einziges Pissoir sei noch frei, sagte er kurze Zeit später, während er neben mir stand und seinen Reißverschluss hochzog. Ein einziges Pissoir! Alle anderen mit Klopapier verstopft. Richtig reingewurschtelt das Klopapier. Pure Destruktivität. Für so eine destruktive Haltung sei ich verantwortlich. Verweigerung sei Destruktivität in Vollendung. Soviel zum Thema Vorbild. Eine Sau sei ich. Wissen Sie, schrie er mich plötzlich an, dass Schüler zu mir kommen und fragen, ob ich mich nicht auch verweigern könne. So weit sei es gekommen. Meinetwegen. Das Gesicht des Kollegen war schon ganz rot, ich wollte etwas sagen, was ihn beruhigte, aber er schrie immer weiter. Was passieren würde, wenn er sich auch noch verweigern würde? Alle Pissoirs wären dann verstopft, und die Kloschüsseln, die würden dann mit ganzen Papierrollen gestopft werden. Gestopft wie eine Gans und das alles meinetwegen. Wissen Sie, was meine Frau gesagt hat, schrie er mich an. Die hat gesagt, der Herr Mal mache es richtig, der sei offenbar nicht so ein Schlappschwanz. Das hat sie gesagt. Wissen Sie, wie lange wir verheiratet sind. Vierundzwanzig Jahre. Wissen Sie, was das bedeutet? Den Schlappschwanz müsse er mir heimzahlen, das sei klar, er lasse sich doch seine Ehe nicht von mir zerstören. Bevor ich etwas sagen konnte, war seine Faust auf meinem Auge. Für den Schlappschwanz, sagte er und verließ die Toilette.

Theo nahm das Kühlelement vom Auge und legte es auf den Tisch: Nun sitze ich hier, bin suspendiert und sehe aus wie ein Preisboxer auf der Kirmes.

Ich sah Theo schweigend an. Schiefer fuhr mit seinem Glas Achten nach. Sollte ich Theo gratulieren? Sollte ich ihn bedauern? Hatte Schiefer eine Antwort auf seine Frage, ob der Hamster oder das Hamsterrad Schuld an der Misere trugen? Theo saß da mit seinen blau geschlagenen Augen und lächelte schief.

Zusammengefasst könnte man sagen: Eine brenzlige Situation. Unterrichten geht nicht, verweigern geht auch nicht. Theo nickte zustimmend.

Die Strukturen sind mächtig, meldete sich Schiefer zu Wort, verfiel aber gleich wieder in Schweigen.

Vielleicht wäre ein Wein jetzt doch ganz gut, sagte ich. Schiefer erhob sich schwerfällig, holte aus der Speisekammer einen Roten, öffnete ihn und füllte drei Gläser, die er vor uns auf den Tisch stellte. Wir tranken schweigend.

Feuer kann man mit sich selbst bekämpfen, durchbrach ich die Stille. Einen Waldbrand zum Beispiel kann man durch gezieltes Legen von Gegenbränden löschen. Mit Wasser geht das nicht. Eine Überschwemmung durch eine weitere Überschwemmung zu stoppen wäre höchst ungeschickt.

Eigentlich war das nicht das Thema, sagte Schiefer gelangweilt. Theo betastete vorsichtig sein Auge.

Was willst du damit sagen?, fragte er.

Nur so eine Idee, sagte ich, stand auf und verabschiedete mich.

*

Zu Hause angekommen, rief ich Stola an, legte aber auf, bevor es tutete. Ich ging ins Wohnzimmer und öffnete das Fenster. Es war fast Vollmond. Ketchup hatte sich schon hingelegt. Zeitungspapier wirbelte vom Boden hoch und sank wieder nieder. Ich schaute zum Mond hinauf. Ich bildete mir ein, dass er es war, der mich in die Küche schickte, um eine Flasche Wein zu holen. Ein Abend noch, schien er mir durch sein fehlendes Stück zu sagen. Ich zwinkerte dem Mond zu und trank den Wein am offenen Fenster.

Auf dem Wohnzimmertisch stand das Schachbrett. Ich würde nie ein wirklich guter Schachspieler werden. Aber einmal würde ich noch eröffnen. Jetzt kam ich an die Reihe. Diesmal nicht spanisch, nein, ein direkter Angriff, der Gegner soll gleich wissen, was Sache ist. Ein Zug, der den Gegner zwingen würde, innezuhalten, Luft zu holen, seine Strategie zu überdenken. Das Spiel war damit noch nicht gewonnen, keine Frage. Ich würde es auch nicht zu Ende spielen, lediglich den Eröffnungszug wollte ich machen. Nur den Eröffnungszug, den Anstoß, nichts weiter.

Ich duschte und rasierte mich. Dann zog ich meinen schwarzen Anzug an, dazu band ich eine rote Krawatte um. Ich ging durch alle Zimmer, drehte die Heizungen aus, schaute nach, ob ich etwas Wichtiges vergessen hatte, dann packte ich den Müll und schloss leise hinter mir die Tür. Auf der Treppe fiel es mir ein. Ich stellte den Müll ab, ging noch einmal in die Wohnung zurück und holte den Autoschlüssel. Aus dem Keller holte ich zwei große Propangasflaschen, die ich immer als Ersatz für meinen Gasherd bereithielt, und brachte sie ins Auto.

Es war halb zwei, als ich bei Schiefer klingelte. Es dauerte eine ganze Weile, bis er öffnete. Schiefer stand im blau-weiß gestreiften Pyjama in der Tür. Im Anzug?, fragte Schiefer. Mitten in der Nacht?

Gib mir den Schlüssel für die Schule.

Warum?

Eine neue Partie. Ich eröffne jetzt. Konkret, ohne Umschweife, direkter Angriff.

Du hast getrunken.

Erinnere dich an die Bilder im *Schmalen Wurf*, sagte ich.

Schiefer sah mich verständnislos an.

Die Zeit drängt, sagte ich. Hol den Schlüssel.

Während Schiefer den Schlüssel holte, kam Theo aus seinem Zimmer heraus. Er hatte sich einen blauen Bademantel übergeworfen. Der Gürtel war aus der Schlaufe gerutscht und schleifte am Boden. Verzweifelt versuchte Theo, nach dem Gürtel zu greifen, bis er es schließlich aufgab und den Bademantel mit der Hand vorne zuhielt. Überrascht schaute er mich an.

Schiefer kam mit dem Schlüssel.

Was hast du vor?

Spanien, sagte ich. Da gibt's viele Waldbrände. Die können immer mal einen Feuerwehrmann gebrauchen.

Ich meine den Schlüssel.

Ich schüttelte den Kopf. Gönnen wir uns eine Pause, sagte ich und reichte Schiefer die Hand. Er schüttelte sie, als gälte es, etwas zu besiegeln.

Ihr seid noch komischer als die Köchin und der Gärtner meiner Kindheit, sagte Theo. Dann legte er seine Hand auf unsere. So verharrten wir für Sekunden.

Schauen wir, dass es nicht zu rührselig wird, sagte ich. Schiefer ließ mich los. Ich habe noch etwas für dich, sagte er. Einen Moment. Er ging in sein Zimmer und kam mit einem Briefumschlag zurück. Ich habe dich einmal um sechs Zahlen gebeten, erinnerst du dich. Ich habe damit Lotto gespielt. Das ist dein Anteil, die Hälfte. Er gab mir den Umschlag. Ich öffnete ihn, ließ die wenigen Münzen durch meine Finger rieseln und sah Schiefer an. Der zuckte mit den Schultern. Es ist die Hälfte, sagte er. Dann gehe ich mit leichtem Gepäck, sagte ich, lachte und ließ den Umschlag in der Hosentasche verschwinden.

Ich habe auch noch etwas für dich, sagte ich, nahm seine Hand und gab ihm den Ohrring.

Woher?, fragte Schiefer, aber ich schüttelte den Kopf. Du warst immer bei ihr, sagte ich. Das ist nicht gelogen.

Für mich hat wohl niemand was?, fragte Theo.

Ich nahm meinen Hausschlüssel und warf ihn Theo zu. Falls du mal alleine wohnen willst, sagte ich. Dann drehte ich mich um und ging leise das Treppenhaus hinunter.

Ketchup schlief laternenbeschienen auf der Bank. Er lag auf dem Rücken. Die Hände hatte er auf dem Bauch ineinander verschränkt, als ob er betete. Du warst es, der in der Schule war, sprach ich leise vor mich hin. Ich habe lange gebraucht, bis es mir klar wurde. *Verkackter Scheißhaufen.* Was eine Tautologie ist, hast du gelernt. Immerhin. Deine Fingerabdrücke sind auf den Kameras, und selbst den Rotweinfleck würde man doch eher dir zutrauen. Wer würde schon glauben, dass Theo mit Freunden in die Schule ging, um Rotwein zu süffeln.

Ich würde mich gerne setzen, sagte ich mit lauter Stimme. Ketchup schlug die Augen auf, und zu meiner Verwunderung war er sofort wach. Er lachte kehlig auf: Im feinen Zwirn, olala.

Ich würde mich gerne setzen, wiederholte ich. Ketchup richtete sich auf und bot mir mit einer übertriebenen Geste den Platz neben sich an. Ich setzte mich, steckte die Hände in die Hosentaschen und streckte die Beine aus. Ich legte den Kopf in den Nacken und schloss für einen Moment die Augen.

Die Nächte sind mild geworden. Es ist Frühling.

Den gab es auch schon letztes Jahr. Sommer, Herbst und Winter auch. Lull mich nicht ein. Was interessiert uns der Frühling.

Wenn ein Brand außer Kontrolle geraten ist, dürfen Feuerwehrmänner ein Gegenfeuer legen, sagte ich. Verrückt, nicht wahr? Man zerstört etwas, um den Schaden in Grenzen zu halten. Wie eine kontrollierte Explosion.

Auf deinen Vortrag kann ich verzichten, murmelte Ketchup.

Was hältst du von der Zahl 347?

Nicht so viel wie von 50000, sagte Ketchup.

Ist dir eigentlich irgendetwas wichtig, Ich meine, wirklich wichtig.

Ketchup sah mich mit zusammengekniffenen Augen an. Seine Stirn lag in Falten.

Dass solchen Scheißern wie dir das Lachen vergeht.

Ich lache gar nicht so viel, sagte ich, stand auf und ließ Ketchup sprachlos zurück.

Juli Zeh

Schilf

Roman

384 Seiten, btb 73806

Sebastian kann mit seinem Leben mehr als zufrieden sein. Vielleicht hat er ein bisschen zu viel von seinem physikalischen Talent zugunsten seiner Familie aufgegeben. Sein alter Freund Oskar, auch er ein Genie der theoretischen Physik, erinnert ihn zuweilen daran. Als Sebastian seinen Sohn in ein Ferienlager fahren will, findet er sich unversehens in einem Alptraum wieder. Der Sohn wird entführt, und er bekommt ihn erst wieder, wenn er einen Mord begeht …

»Man hält das Buch in den Händen wie ein kostbares Kleinod, so prall gefüllt ist es mit überraschenden Erkenntnissen, schönen Sätzen, poetischen Bildern und kunstvollen Dialogen. Kein Zweifel: Juli Zeh schreibt ganz wunderbar.«

Amelie Fried

Markus Orths

Fluchtversuche

Erzählungen

176 Seiten, btb 73799

In Markus Orths' Erzählungen geht es um verrückte Fluchtversuche, um gewagte Auf- und Ausbrüche. Es geht um unser Leben, das wir so oft aufschieben. Oder um die Chance, es endlich am Schopf zu packen, auch wenn man nie weiß, was geschehen wird. Genau wie in diesen Geschichten: Jede von ihnen birgt eine Überraschung..

»Markus Orths' Erzählungen sind verspielt, witzig, intelligent, klug und spielerisch. Sie sind spannend, voller Leben, voller Kuriositäten und Aberwitz, glasklar und doch unheimlich.«

Deutschlandfunk

btb

Juli Zeh

Adler und Engel

Ein Prozess

448 Seiten, btb 72926

Der junge Karrierejurist Max wird Zeuge, wie sich seine Freundin Jessie erschießt, während sie mit ihm telefoniert. Für Max bricht eine Welt zusammen. Erst Clara, eine junge Radiomoderatorin, kann ihn zu einem schonungslosen Blick auf die Wahrheit zwingen. Sie überredet ihn zu einer Reise in seine Vergangenheit. Allmählich wird Max klar, dass sein Leben und seine Liebe zu Jessie, der Tochter eines Drogenkönigs, in ein Netz aus Politik und Verbrechen verstrickt sind.

»Ein traumwandlerisch sicher hingelegter Roman, exakt zur richtigen Zeit am richtigen Ort: Die Kollegen von der Popfraktion werden sich warm anziehen müssen.«

Der Spiegel

»Die Ausnahme-Juristin Juli Zeh hat einen sensationellen Debüt-Roman geschrieben: aufregend, mutig, kompromisslos«

Brigitte

»Mit diesem erstaunlichen, fulminanten Roman hat sich die Autorin die Tür zu einer literarischen Zukunft weit geöffnet.«

Süddeutsche Zeitung

btb